¿QUIÉN ES OLIMPIA WIMBERLY?

LA TRAMA

¿Quién es Olimpia Wimberly?

María Frisa

Papel certificado por el Forest Stewardship Council®

MIXTO
Papel procedente de
fuentes responsables
FSC
www.fsc.org   FSC® C117695

Penguin
Random House
Grupo Editorial

Primera edición: noviembre de 2022

© 2022, María Frisa
© 2022, Penguin Random House Grupo Editorial, S. A. U.
Travessera de Gràcia, 47-49. 08021 Barcelona

Printed in Spain – Impreso en España

ISBN: 978-84-666-7332-7
Depósito legal: B-16.683-2022

Compuesto en M.I. Maquetación, S. L.

Impreso en Rodesa
Villatuerta (Navarra)

BS 7 3 3 2 7

Para César Abajo, por tu complicidad,
tu cariño y tu apoyo inquebrantable.
Eres una parte imprescindible de esta novela.

PRIMERA PARTE

Está claro que no sabes quién soy. Te diré
algo. Yo no estoy en peligro, Skyler. Yo soy el
peligro. Un tío abre la puerta y dispara, ¿crees
que sería a mí? ¡No! Yo soy el tío que llama.

WALTER WHITE, *Breaking Bad*

Studio 54 era una dictadura en la puerta y una
democracia en la pista.

ANDY WARHOL

20 DE MARZO DE 2018

SOBRE LA EVALUACIÓN

El arte de la guerra se basa en el engaño. Por lo tanto, cuando es capaz de atacar, ha de aparentar incapacidad; cuando las tropas se mueven, aparentar inactividad. Si está cerca del enemigo, ha de hacerle creer que está lejos; si está lejos, aparentar que se está cerca. Poner cebos para atraer al enemigo.

SUN TZU, *El arte de la guerra*
Capítulo 1 «Sobre la evaluación»

Olimpia

Intentar detener a Olimpia Wimberly es tan absurdo como pretender frenar un tren de mercancías con la cabeza.

—En posición —susurra a la minicámara que lleva prendida en la solapa.

Tiene la respiración un poco agitada por la carrera. Se agacha. Ante ella se encuentra el patio trasero de la casa, un rectángulo sembrado de capas y capas de basura que debe atravesar para llegar hasta la puerta.

—Corto la valla del «nido» —indica.

Una valla de tela metálica romboidal rodea el perímetro del patio. Está tan oxidada y suelta que resultaría más rápido asestarle un par de patadas a uno de los pilares que agujerearla. Pero eso provocaría un estruendo, y hasta un aprendiz en allanamientos conoce la importancia del sigilo en un ataque sorpresa. Por supuesto, Olimpia no es ninguna novata.

De rodillas, secciona con las tenazas el entramado de alambre hasta cortar una pequeña gatera de siete por siete rombos. No precisa más porque, a pesar de ser una mujer alta, a sus treinta y siete años se mantiene delgada y muy flexible.

«Cuatro minutos y quince segundos. Bien».

De ningún modo pueden retrasarse. Tiene que regresar a Washington D.C. a tiempo de acompañar a su tía Carlotta a la fastuosa recepción en la Casa Blanca.

Sin quitarse los guantes, flexiona los dedos y los desentumece después del esfuerzo. Regresa a su posición y, antes de sacar la pistola de la cartuchera, se limpia el sudor de la frente con la manga de la camiseta.

—Lista.

—Voy a hacer las últimas comprobaciones, jefa —añade Jacob en su oído a través del pinganillo.

Desde la furgoneta negra aparcada en una calle adyacente, Jacob coordina al equipo Wimberly. Tiene visual de cada uno en las pantallas encastradas en la pared izquierda. En el resto de ellas aparece el interior del «nido» gracias a las dos minicámaras de vigilancia que han conseguido introducir.

En esta ocasión, el «nido» es una casa inmunda en un suburbio también inmundo del noroeste de Richmond, Virginia. Una vivienda de una planta recubierta de lamas de madera astilladas, dos puertas, rejas y mosquiteras con agujeros en las ventanas.

El «huevo» que hay que «recoger» es un niño de diez años, rubito y pecoso según la fotografía que les han proporcionado los padres. Los secuestradores lo retienen en una de las habitaciones de la parte trasera, la que da al patio, tumbado en el suelo sobre una colcha sucia con flecos. Una mordaza le cubre la boca, tiene los ojos cerrados y, por el ritmo de su respiración, parece bajo los efectos de un sedante.

Olimpia permanece en cuclillas y nota la tensión en los muslos y los gemelos. La incomodidad de las correas del chaleco antibalas.

—Comienza la cuenta atrás —indica, por fin, Jacob. Aprieta el play del equipo de sonido—. Vamos allá.

A través del pinganillo su voz llega envuelta en los primeros acordes de *Single Ladies*. Jacob es un fetichista y la canción de

Beyoncé se ha convertido en una especie de seguro contra posibles contingencias: «No queremos que se nos rompa ningún "huevo"».

—Diez.

Ella cierra los ojos para sentir el subidón de adrenalina, cómo aumenta la energía enviada a los músculos, la potencia de los latidos, el estado de alerta. Inspira hondo. Se siente increíblemente viva. Es su parte preferida del trabajo.

—Siete.

Se ha esforzado a conciencia en encontrar algo diferente que le haga experimentar esta sensación de peligro tan adictiva. No existe ninguna alternativa.

Como se niega a ser una de esas personas que está de paso en la vida —presas de semanas repetidas, indistinguibles, mientras se consuelan contando los días que faltan hasta el viernes o el verano—, hace dos años fundó la Wimberly Art Gallery, una galería de arte contemporáneo con sede en Washington D. C.

—Seis.

Separa la pistola, una 9 milímetros, del cuerpo. Envuelve con los dedos la base de la empuñadura, sin superponerlos, sin apretar. La mano izquierda cubre el resto del espacio libre del arma.

Y no, el mercado del arte no se ha vuelto ni tan peligroso ni tan desquiciado. Más bien lo que ocurre es que la galería es una tapadera de la verdadera actividad de Olimpia, una de carácter bastante más ilícito.

A lo largo de estos dos años, Olimpia y su equipo han tomado parte en numerosas liberaciones de rehenes. Los secuestros constituyen una parte fundamental de su empresa —de la ilegal, no de la galería de arte—. Más personas de las que cabría imaginar prefieren resolver el asunto en privado (sin la intromisión del FBI) y, si esa gente tiene contactos, si saben a quién deben dirigirse y pueden pagarlo, acuden a ella.

Cuentan con la ventaja añadida de que no necesitan ocultar la inconveniente transacción económica al fisco. Al concluir su relación laboral con Olimpia no solo han resuelto su aparentemente irresoluble problema, sino que también han adquirido una nueva obra de arte con la que deleitar sus sentidos. Una pieza por la que han abonado una cantidad escandalosa que a nadie le extraña porque, en cuanto a los precios, el mercado del arte sí que está desquiciado y resulta peligroso.

Olimpia soluciona casi cualquier problema. Por supuesto, ante los clientes nunca utiliza el término «problema»: ha asistido a suficientes terapias como para conocer la importancia de etiquetar de forma adecuada. Lo sustituye por «crisis».

El equipo Wimberly es el mejor del país gestionando «crisis».

Aunque no espera ninguna complicación, Olimpia siente una ligera angustia, un funesto presagio. Hoy no es un día cualquiera, el 20 de marzo se ha convertido en una enorme cruz roja en su calendario. La fecha que más teme.

Como no se fía demasiado de sí misma, ayer le entregó a su abogada un sobre lacrado. Contiene la llave de la caja fuerte con seis lápices de memoria: uno para su tía Carlotta y otro para su padre, otros dos para su primer y su tercer exmaridos, y los restantes con instrucciones para la propia abogada y los miembros de su equipo.

—Cero —dice Jacob.

Olimpia se pone en pie.

Oye el primer disparo de la maniobra de distracción en la parte delantera del «nido» con la seguridad de que en esa barriada nadie avisará a la policía.

Se aproxima a la gatera para reptar por ella.

Introduce la cabeza sin reparar en el extremo de uno de los rombos que sus tenazas han convertido en un peligroso anzuelo.

El grueso alambre atraviesa con decisión el cabello rojizo y se hunde en la piel. Olimpia siente el relámpago de dolor.

«Joder. No me lo puedo creer».

Trata de volver hacia atrás. Imposible. Solo hay una manera de soltarse. Aprieta los dientes anticipando el dolor.

Impulsa la cabeza al frente con todas sus fuerzas. La afilada punta del anzuelo raja su cuero cabelludo con la suavidad de un escalpelo y le provoca una herida que sangra en abundancia. Al alcanzar el cogote, el alambre ya no tiene donde agarrarse y Olimpia se libera. Tras la cabeza, pasa el resto del cuerpo.

Un mechón de largos cabellos pelirrojos queda enganchado en la valla, meciéndose al viento.

De nuevo con la pistola en la mano en posición de tiro, y consciente de que el imprevisto la ha retrasado, aguanta las ganas de detenerse a aliviar el intenso escozor del cuero cabelludo, que nota húmedo, apelmazado. Recorre con ágiles zancadas los quince metros que la separan de la casa.

—En la puerta —informa.

—Un minuto y cinco segundos de retraso —le indica Jacob.

Dentro de la furgoneta, sobre las pantallas que muestran a los componentes del equipo, hay dos contadores. Uno con el tiempo real y otro con el que Jacob cronometró durante el último ensayo y al que deberían ceñirse hoy.

Una rápida inspección ocular por la parte superior acristalada de la puerta le basta a Olimpia para confirmar que, tal y como se veía en las imágenes que el dron le ha ido enviando a Jacob, el plan se desarrolla según lo previsto. La cocina está desierta.

Sin dejar de empuñar la pistola, hunde la mano libre en uno de los bolsillos laterales del pantalón. Palpa los alicates, el destornillador y la gruesa jeringuilla de epinefrina. Saca la ganzúa.

Al introducirla en la cerradura, la puerta se mueve hacia dentro. Le extraña que esté abierta, pero la cabeza le palpita de dolor y no le concede demasiada importancia.

«Por fin algo que sale bien».

La entorna. Quizá porque está preocupada por la demora o porque es 20 de marzo, le pasa desapercibido el aroma acre y sutil que emana el peligro y que tan bien reconoce normalmente.

Entra decidida y tarde, muy tarde, nota la tensión alrededor del tobillo. En esa fracción de segundo previa a partirse el cable y a que el dispositivo explote, le da tiempo a pensar: «¡Serán hijos de puta!».

El escritor

Tres días antes (17 de marzo)

El hombre gira el pomo de la puerta y, al abrirla, la explosión de luz le obliga a detenerse. Cierra los ojos. Le escuecen tras años penando entre penumbras y contornos difusos. Aun así, se siente bendecido.

Inspira hondo el aire tan fresco, tan puro, tan cargado de aromas, para que penetre en sus maltrechos pulmones acostumbrados al ambiente insalubre y estancado del sótano. Identifica el olor vegetal del bosque y de la tierra húmeda.

Debería huir, no sabe cuánto tardará en regresar la persona que lo mantiene retenido. Pero, sencillamente, no puede moverse.

Se embriaga de dicha. La ligera brisa de la tarde juega con los hilos de su largo cabello, blancos y finos como el plumón. Los rayos del sol son un cálido bálsamo que lame su piel. El murmullo de las ramas de los árboles, el graznido de unos pájaros que no identifica. La vida.

¿Cuánto tiempo lleva prisionero? No puede calcularlo. A partir del octavo año dejó de marcar en la pared cada día y aceptó su destino: nunca saldría de allí. Quizá no le sorprendería demasiado saber que han transcurrido treinta años.

Queda muy poco en este anciano del apuesto y orgulloso escritor que era. El secuestro ha sido un tremendo descenso a los infiernos. Le ha mostrado que los límites de su propia miseria moral no existían, siempre quedaba un peldaño más que bajar, una humillación más que soportar.

Y le ha inoculado el veneno de la soledad, el peor. Mes a mes, esta ha ido horadando su mente como un gusano la blanca carne de una manzana. Sus recuerdos se han descompuesto en fragmentos, en imágenes, que se confunden con sus sueños. ¿Qué es real?, ¿las fiestas en Studio 54?, ¿su gran amistad con Truman Capote, con Andy Warhol?, ¿su novela en los primeros puestos de la lista de los más vendidos de *The New York Times*?

Si acaso algo ha sobrevivido de aquel que fue, han sido las palabras. La necesidad de moldearlas para desahogarse.

Lo único que ha rescatado de su prisión, que sujeta con fuerza contra su pecho, son las cuatrocientas páginas en las que ha narrado su historia. O sus pesadillas.

Coloca en la frente, a modo de visera, la mano que no deja de temblar por culpa del Parkinson. Sale al amplio porche de madera de la cabaña. Se encuentra en un claro. Delante de él, a apenas unos metros, las aguas de un lago resplandecen de tonos dorados, ocres, cobrizos. Los ojos se le humedecen ante un espectáculo tan hermoso. Ni siquiera tantos años de cautiverio lo han vuelto inmune a la belleza.

Baja con mucha dificultad, sin soltar el manuscrito, agarrándose al pasamanos, los cuatro o cinco escalones que lo separan del suelo. Las rodillas se quejan con una sinfonía de crujidos y está a punto de caerse.

Se da cuenta de que, aunque se ha obligado a caminar cada día para que los músculos no se le atrofiasen, no es lo mismo hacerlo al aire libre. Además, va descalzo, hace mucho que sus únicos zapatos se rompieron y dentro del sótano tampoco los necesitaba. Las ramas, los cantos afilados de las piedras, las punzantes acículas de los pinos se le clavan inmisericordes en las plantas de los pies a través de la lana de los calcetines.

Debe huir, pero ¿hacia dónde? Si pudiera orientarse elegiría el norte. Siempre al norte, eso le enseñaron de niño.

Le parece oír un ruido procedente del interior de la cabaña. El terror lo abofetea con fuerza, ni siquiera es consciente del líquido que se le escapa y que moja la entrepierna de los pantalones del pijama. Unos cuantos folios escapan del fajo y vuelan como blancas palomas en busca de la libertad.

Angustiado, arrastra los pies. Se interna trastabillando en las fauces del bosque.

Olimpia

A finales de invierno, las seis de la mañana es la mejor hora para comenzar a trabajar, sobre todo si tu trabajo consiste en liberar rehenes —o «recoger huevos», en el argot Wimberly—. El momento mágico en que la noche se rompe en jirones empujados por la sutil luz del amanecer. El momento mágico en que los cuerpos atiborrados de alcohol y estupefacientes de los secuestradores fermentan en los hedores del «nido» tras días de encierro.

«¡Serán hijos de puta!», piensa Olimpia.

El fino cable con el que su tobillo ha tropezado no aguanta la tensión y se parte en dos activando el dispositivo. Un violento estallido la lanza por los aires como a un muñeco relleno de paja.

Asombrosamente, el tiempo se estira y cada uno de los siete segundos transcurre en una angustiosa cámara lenta. Es consciente de que el explosivo estaba dentro de un recipiente de cristal y una lluvia de esquirlas vuelan como flechas buscando su carne. Se cubre el rostro con las manos para protegerlo. Los pinchazos son decenas de afiladas agujas. Un trozo de madera impacta en su pecho con tanta fuerza que, a pesar del chaleco antibalas, la deja sin respiración. Un jadeo escapa de sus labios.

Es consciente de que está siendo propulsada contra la pared y a esa velocidad el golpe será tremendo, probablemente mortal. Alcanzará el hueso occipital, lo que le provocará una fractura de cráneo. O un hematoma epidural. O el otro premio gordo de la lotería de los traumatismos: una paraplejía.

Ella, que no suele cometer fallos, acaba de cometer otro en el peor momento. Ahora necesita las manos para amortiguar el golpe, pero ya es tarde. En su mente se forma un largo rosario de noes.

«No. No. No».

No puede impedirlo. ¡Va a morir un 20 de marzo! Casi admira la siniestra simetría.

En el último segundo antes de chocar contra la pared, en un movimiento reflejo, acerca la barbilla al pecho. Se oye el ruido seco, como de melón que se escurre de las manos y estalla contra el suelo. La vista se le puebla de diminutos puntos negros que bailan desesperados y pierde el conocimiento.

Dentro de la furgoneta, Jacob ve cómo Olimpia vuela hasta que su cabeza impacta contra la pared. Beyoncé entona el famoso *Oh, oh, oh...*

—¡Jefa! —le grita por el pinganillo.

De pie ante la consola aprieta fuerte los puños. Siente los latidos del corazón por todo el cuerpo. Se esfuerza en hacer caso omiso a la voz que le dice que lo mande todo al carajo, entre en esa pocilga y la rescate.

Tiene la impresión de que ha sido él quien se ha equivocado.

Jacob se encarga de las investigaciones y lo hace a conciencia. Su meticulosidad raya la obsesión patológica. Fue uno de los motivos por los que su superior del FBI le sugirió que abandonara el Bureau a cambio de no presentar cargos contra él.

«La he cagado a lo grande».

Dos años antes, al formar el equipo, Olimpia les enseñó un arsenal de trucos y estrategias. «Si sumas conocimiento y acción, obtienes poder». Y a ese poder lo llamó, con bastante sorna, el «Método de resolución de problemas Wimberly».

A menudo, Jacob se ha planteado que trabajar con Olimpia debería convalidar como un Máster en Estudios Avanzados sobre Extorsiones Varias.

—Los seres humanos nos repetimos hasta la náusea a la hora de delinquir —le explicó—. Casi todos los secuestros siguen una serie de patrones fijos y pueden clasificarse en dos tipos. En el primero, la «cabeza pensante» lo ejecuta en solitario de principio a fin. Suelen ser tipos demasiado controladores o directamente psicópatas que disfrutan con el proceso. En el segundo, prefieren no mancharse las manos y delegan en «pajaritos».

Desde el principio, Jacob asumió que este secuestro pertenecía al segundo tipo. Solo había que ver el «nido» y los tres «pajaritos» que empollaban el «huevo». Sin embargo, a la vista de cómo se está desarrollando la operación, está claro que no era así.

Los «pajaritos» con el cerebro frito solo piensan en la siguiente dosis o el próximo trago. Carecen de los conocimientos y, sobre todo, de la inteligencia para colocar una bomba trampa asegurando las entradas.

Olimpia sigue inconsciente. Con los ojos cerrados no parece ella, porque si algo la define no es ni su melena rojiza, ni sus pecas, ni su piel tan blanca, sino la intensidad de su mirada.

«¿Es sangre lo que le oscurece el pelo?».

Jacob se angustia al comprobar que de la oreja derecha supura un hilillo de líquido rosado. Por primera vez desde que forma parte del equipo Wimberly tiene el convencimiento de que ahí dentro nada es lo que parece y que las vidas del resto corren un serio peligro.

El escritor

El día anterior (noche del 19 de marzo)

A la misma hora en que Olimpia, vestida con unas braguitas, camiseta de tirantes y los pies descalzos, se lava los dientes en el baño de su suntuoso dormitorio repasando el plan para la «recogida del huevo» del día siguiente, el escritor deambula por el bosque.

En dos días no ha encontrado a nadie que pueda auxiliarlo.

Emite un jadeo áspero, doloroso, como el de un gato recién nacido reclamando a su madre, que le irrita aún más la garganta. Se encuentra tan abatido que ni advierte las lágrimas que bajan por sus mejillas y se mezclan con la sangre de la profunda herida de la frente. Tiene la quebradiza piel de los brazos y el rostro llena de rasguños producidos por las zarzas y las ramas.

La llovizna que ha caído unas horas antes, sumada a la humedad que rezuma el bosque, le ha calado hasta los huesos. Tirita. Y no solo de frío. Camina encorvado por los calambres que siente en el vientre. A causa de la desesperación del hambre, ha bebido pequeños sorbos de arroyos estancados y masticado bayas, raíces e incluso algunas páginas.

Desvaría sin ser consciente de que apenas conserva cuarenta o cincuenta hojas de lo único que le importa: su manuscrito. Han ido quedando en el suelo, en el barro o entre las ramas, igual que las inútiles migas de pan que Hansel y Gretel dejaban a su paso marcando el camino de vuelta.

Queda tan poco de él, del escritor que impartió un seminario de crítica literaria en la Universidad de Columbia, que ni repara en la ironía. Ha olvidado la famosa anécdota con la que abrió el curso, la del teórico Mijaíl Bajtín, un fumador empedernido que durante el interminable sitio de Leningrado por los nazis acabó usando las páginas de la única copia de su libro inédito para liar cigarrillos.

Anochece de nuevo y la oscuridad se adensa. Con las plantas de los pies en carne viva, cada paso es un suplicio. Se obliga a hacer un último esfuerzo. No le importa morir. De hecho, la muerte sería una liberación. Apoyarse en el tronco de un árbol. Cerrar los ojos. Descansar al fin.

Pero no puede permitirse ese lujo.

No ha perdido ni un ápice de la tenacidad que le ha obligado a mantenerse con vida durante los largos años de cautiverio. Debe encontrar a alguien, a quien sea. Entregarle el manuscrito. Ahí está toda su vida. Sus respuestas. Su gran obra, la que creyó que nunca sería capaz de escribir.

La aprieta con más fuerza. Mira a su alrededor desesperado. Un último esfuerzo.

Justo en el momento en que Olimpia, satisfecha de su plan, estira las piernas y siente en las puntas de los pies el tacto firme y suave de la tela de algodón egipcio de las blanquísimas sábanas, el sutil perfume del suavizante, el escritor cree distinguir un destello de luz entre la espesura.

Olimpia

De niña, a Olimpia le encantaba jugar con su muñeca matrioska, una delicada antigüedad rusa. En el suelo de la biblioteca de su tía Carlotta extraía una a una las quince muñequitas y las alineaba. Muy seria. No se cansaba de observarlas. Le fascinaba que fuesen idénticas, excepto por el tamaño. Unas provenían de las otras, se necesitaban para existir. Eso debía de ser una familia.

Como posee una memoria excepcional y recuerda casi cualquier cosa que lee, oye o ve, conoce muchos datos de las matrioskas.

Datos como que las primeras datan de 1890 y las creó un pintor de un taller de artesanía, inspirado por unas similares traídas desde Japón. O que están fabricadas en blanca madera de tilos cortados durante el mes de abril, cuando el árbol tiene más savia, y que se deja reposar durante dos años. También que el tallador debe construir las muñecas —siempre en número impar— utilizando un único bloque de madera para mantener el mismo proceso de contracción y dilatación. Armado con un torno y cinceles, comienza por la más pequeña, la única pieza entera. Esa dará su medida a las otras.

Igual de dificultoso resulta que encajen todas las piezas de un plan de rescate. Y con la misma habilidad, Olimpia tornea una dentro de otra, intentando prever casi cualquier contratiempo.

Mientras ella permanece desmayada en el suelo, Jacob se prepara para extraer la siguiente matrioska. Ruega que funcione, que sea lo suficientemente efectiva y le salve la vida a su jefa, aunque por primera vez se enfrenta a un falso «nido».

Mira el cronómetro, ha perdido dos minutos y diecisiete segundos.

Comprueba en las pantallas la posición de los «pajaritos».

El salón. Ahí están los dos chavales inconscientes, entre un barullo de botellas, cajas de pizzas y ceniceros con colillas. Yonquis que ni siquiera recuerdan la primera vez que esnifaron, cuyas vidas empiezan y terminan en el mismo punto. Vidas de mierda que heredaron de sus padres y que será lo único que dejarán a sus hijos.

En uno de los dormitorios, el «zorro».

—Siempre hay un «zorro» al mando y a menudo da problemas. Algunos no se conforman con el «huevo» y buscan devastar el «gallinero». Debéis tenerlo siempre localizado —les dijo Olimpia en otra de las lecciones Wimberly.

Este «zorro» en concreto lo ha engañado. De algún modo ha creado un pasado falso (un par de condenas por apuñalamiento, robo y consumo de alcohol en la vía pública) para los pardillos que quisieran averiguar quién era.

«Pardillos como yo», piensa Jacob.

Al oír la explosión en la cocina, el «zorro» se despierta y comprende enseguida lo que ocurre. Identifica los tiros de Blake en la parte delantera de la casa como una maniobra de distracción. Jacob lo ve levantarse de la cama, abrir un armario y sacar un rifle de asalto.

«Por Dios, un AK-47. ¡Tiene un puñetero AK-47!».

Con el rifle en la mano, se dirige al salón. Al «zorro» le cuesta creerse el espectáculo. Hace apenas cuatro horas que se acostó dejando a los otros dos de guardia.

«¿Quién es esa jodida putita?», se pregunta.

En el sofá, abrazada en la posición de la cucharita a uno de los dos inútiles, hay una chica desgreñada, con el maquillaje corrido y una escueta minifalda que deja a la vista el nacimiento de las nalgas. Supone que ella les ha conseguido la droga.

Hincha a patadas al del suelo. Grita. Reparte hostias. No sirve de nada. Están demasiado colocados. Se encamina a la cocina a ver qué ha cazado.

—Vaya, vaya, una preciosa ratita —dice con una sonrisa.

Por desgracia, no puede perder más tiempo, así que se sitúa a un par de metros del cuerpo inconsciente de Olimpia.

«Joder, joder, joder», piensa Jacob.

Ahora ya no le preocupa que su jefa esté cada vez más pálida, ni la sangre que baja por su frente hasta sus labios. Las posibles complicaciones médicas no resultan demasiado relevantes cuando a alguien están a punto de destrozarle la cabeza como si fuera una piñata.

La distancia a la que se ha situado el «zorro» no es casual. Solo alguien que haya reventado muchas cabezas sabe cuánto hay que alejarse para que el confeti de fragmentos de hueso, sangre y masa cerebral no le salpique. Separa un poco las piernas. Se procura una plataforma de tiro estable y levanta el rifle.

Jacob no consigue apartar la vista de la pantalla que recibe las imágenes de la cocina donde en unos segundos van a asesinar a sangre fría a la única persona a la que admira y ama en el mundo sin que pueda hacer nada para evitarlo. El dron se encuentra demasiado lejos, en la otra punta del patio. Siguiendo sus instrucciones, Blake corre tratando de rodear la casa y alcanzar el patio trasero, pero no va a llegar a tiempo.

Las cosas han ocurrido a tal velocidad que han atravesado a Jacob con la potencia que un rayo destroza un árbol y por eso ha olvidado extraer la siguiente muñeca matrioska, la única que, quizá, hubiese podido salvar a Olimpia.

El escritor

El día anterior (noche del 19 de marzo)

A Nick le gusta mucho la chica. ¡Dios, cómo le gusta! Pero en el pueblo, quien más quien menos ha tenido ocasión de probar el mal carácter de su padre.

Por suerte, él conoce el tenebroso bosque. Muy pocos están al tanto de la existencia de la pequeña cabaña abandonada, apenas una choza de troncos de madera y techumbre de zinc. Menos mal que se ha llevado los guantes que utiliza en la serrería porque ha tenido que batallar con una maraña de zarzas y espinas para poder entreabrir la puerta.

A la luz del reflector, la chica se saca la camiseta por la cabeza. Se desabrocha el sujetador —es menos pudorosa de lo que a él le habría gustado— y libera los pechos de rosado pezón. Durante una fracción de segundo a Nick le vienen a la cabeza los higos resecos de su exmujer. Aparta la imagen de su mente.

Se aproxima a la chica, que apesta a perfume. No le sorprende, esta no es su primera vez con una de las de la conservera. Todas recurren al mismo truco a la hora de enmascarar el tufillo a pescado que se les adhiere a la piel y al cabello.

Los pechos encajan en la cavidad de sus palmas. Duros y cálidos como ciruelas en un día de verano. La besa y se pega a ella para que advierta la tremenda erección que le tensa la tela de los vaqueros.

De pronto, cuando ya todo debería ir como la seda, la chica suelta un gritito agudo. Aparta a Nick y se cubre con los brazos.

—¿Qué cojones…?

—La ventana.

Mira en esa dirección esperando distinguir un hocico o quizá una cornamenta pero, a través de los fragmentos de vidrio, ve el rostro de un viejo de pelo blanco.

«Steve. Puto mirón. Esta vez te vas a enterar».

Ciego de rabia, sale a por él.

Ni el puñetazo en el estómago que dobla en dos al entrometido y lo hace caer de rodillas, ni la patada en el pecho que lo tumba en el suelo, ni las siguientes que le muelen las costillas y los riñones, sacian a Nick. Hasta que le rompe la nariz y la sangre se derrama en cascada por el cuello, las súplicas de la chica no atraviesan su furia.

Mira desde arriba el despojo ensangrentado, cubierto de fango, hojas y ramitas. Con sorpresa advierte que no se trata del puñetero Steve. Es un tipo al que no conoce.

«¿De dónde cojones ha salido?».

En cualquier caso, se merece el escarmiento por meterse donde no lo llaman, pero la chica no parece pensar igual.

—No podemos dejarlo aquí —gimotea—. Morirá.

Está preciosa tan asustada, con los ojos brillantes, el pelo revuelto, las mejillas arreboladas. Nick accede, no quiere que se lleve una impresión equivocada de él. Ahora se estilan los tíos sensibles y complacientes por culpa de todos esos programas de la tele por cable que les reblandecen el cerebro a las tías.

Entre los dos a duras penas pueden arrastrarlo.

—¿Qué es eso?

La chica siempre ha sido curiosa, muy curiosa —se ha llevado muchas guantadas de su padre por preguntar—, y le llaman la atención unos papeles que el desconocido estruja en la mano izquierda. Se están destrozando con el roce contra el suelo.

Se detiene.

—¿Quieres que nos lo llevemos o no? —se impacienta Nick.

La chica le dedica uno de sus mohínes más encantadores.

—Un momento, solo un momento.

Suelta los tobillos del desconocido y se agacha. Le abre uno a uno los dedos atenazados. Apenas quedan cuatro páginas sucias con los bordes roídos. Las coge y, después de plegarlas, se queda con ellas en la mano, dudando qué hacer. El hombre no parece llevar bolsillos y, aunque trabajar en la conservera le ha quitado casi todos los remilgos, no está dispuesta a hurgar entre los apestosos harapos.

—O seguimos o se queda aquí —le advierte él.

Sin otra alternativa a la vista, la chica se los guarda en los vaqueros y agarra de nuevo los tobillos del hombre.

Llegan a la baqueteada camioneta pickup, una Ford Ranger Stormtrak roja, y lo suben a la parte posterior descubierta. Nick lo cubre con las mantas que usa en las cacerías. Coloca encima un par de garrafas viejas de aceite y gasolina para que no salgan volando.

Aparca a una manzana de la casa de la chica, que se lo agradece con un largo y húmedo morreo que hace revivir su erección.

—¿Lo dejarás en un hospital?

—Claro, reina, pero merezco algo a cambio, ¿no?

La agarra de la nuca para guiarla. Con la mano libre se desabrocha los botones de la bragueta.

—¿Me lo prometes? —pregunta ella antes de agacharse.

Y él asiente conteniendo un poco la respiración. En este momento podría prometerle caminar sobre brasas ardientes si se lo pidiera.

Cuando Nick arranca, ella se da cuenta de que aún lleva los folios en el bolsillo de los vaqueros.

«Ay, no».

Pretendía que él los dejara sobre el anciano, para cuando lo encontrasen. Blandiéndolos como un pompón, da saltitos sobre la acera pidiéndole que se detenga.

Nick saca el brazo por la ventanilla. Mueve la mano despidiéndose.

Lo ve torcer la esquina y desaparecer.

«Jo, ¿y ahora qué?».

La vence la curiosidad. Se aproxima al foco de luz que proyecta la farola más cercana. Desdobla los folios. La letra es casi ininteligible, como si la mano que la hubiese escrito temblase sin cesar. Frunce su encantador ceño. Se esfuerza en comprender qué pone.

Por fin consigue descifrar la primera frase:

Me acusaron del pecado más atroz y fui juzgado por él.

Olimpia

La primera vez que Olimpia Wimberly oyó hablar de los hábitos reproductores del cuco fue en clase de biología. Unas semanas más tarde abandonó la carrera de Medicina en tercer curso. Se aburría mortalmente. Antes había dejado Derecho, Psicología y Química.

Recuerda al cuco, un pajarito de aspecto simpático que se reproduce de forma parásita. Las hembras ponen sus huevos en los nidos de otras especies de aves copiando el diseño y el colorido de la cáscara, así estas otras hembras los empollan, y luego los cuidan y los alimentan. Al nacer, el polluelo del cuco arroja fuera del nido a los huevos legítimos hasta convertirse en el único y monopolizar las atenciones.

—La clave reside en mimetizarse —repitió el profesor.

Si Olimpia no estuviese inconsciente en el suelo de una cocina de los suburbios de Richmond, le daría las gracias por la lección.

El «zorro» separa un poco las piernas y alinea los pies con los hombros. Levanta el AK-47 y apoya la cantonera contra el hombro para absorber el retroceso. Flexiona un poco las rodillas. El blanco —la bonita cabeza de Olimpia— es amplio y no necesita afinar la puntería.

Está enganchado al subidón que le proporciona la adrenalina y se siente exultante.

«¿Cuánto tiempo hacía?».

Coloca el dedo en el gatillo.

Entonces ocurre algo inesperado. La pierna derecha le cede igual que una rama al partirse y cae al suelo golpeándose las rodillas. A su cerebro, ebrio de hormonas, le cuesta unas milésimas de segundo procesar la señal de dolor que le envían los músculos de la parte posterior del muslo, directamente desde el bíceps femoral. El tiempo que tarda en comprender que ha recibido un disparo.

Antes de que pueda reaccionar y recuperar el rifle que se le ha escapado de las manos, la putita del sofá le apunta con una Smith & Wesson a medio metro de la frente.

«¿Qué coño…?».

El «zorro» ignora lo sencillo que ha sido para Olimpia introducir el cuco en el «nido». Solo ha necesitado paciencia, y ni siquiera mucha. Al segundo día de vigilancia, Jacob estableció el patrón: en cuanto el «zorro» se acostaba, los yonquis se apresuraban a telefonear a su camello y a encargar provisiones —día tras día hacían corto—. Y si algo caracteriza a los camellos no son precisamente sus elevados principios morales. El cuco llegó con la droga, se contoneó lo suficiente para que la dejasen unirse a la fiesta y la meta adulterada dejó fritos a los «pajaritos» antes de que intentasen ponerle la mano encima.

Sin dejar de encañonar al «zorro», el cuco propina una patada al AK-47 para alejarlo de su alcance.

El cuco se llama Erika. Camaleónica, es una virtuosa del disfraz capaz de mimetizarse en cualquier ambiente y hacerse pasar por quien quiera.

La propia Olimpia hay ocasiones en que la escruta con disimulo. Observa los pantalones vaqueros, la camiseta negra, la media melena castaña recogida en una coleta, los aretes en las orejas, la cara lavada sin rastro de maquillaje, y ni ella se atrevería a asegurar que ese aspecto sea el auténtico o uno que Erika ha creado para ellos: «El disfraz de chica normal y corriente de veintiséis años».

Mientras el rifle se desliza sobre la mugre del suelo, Blake aparece en la puerta jadeando. El cuarto y último miembro del equipo Wimberly es un tipo enorme, un auténtico armario ropero.

—¿Y los «pajaritos»? —pregunta.

El sudor baja por su rostro hasta el bigote y la barba. Tiene los ojos oscuros y pequeños, que contrastan con las largas pestañas. La nariz rota de recuerdo de sus tiempos de boxeador. En la mano sujeta una Beretta 92.

—Perímetro asegurado: los «pajaritos» tienen para un buen rato en el sofá hasta que se les pase el efecto —responde Erika sin apartar la vista del «zorro».

Por si la meta que habían fumado no era suficiente, de madrugada les ha inyectado una dosis de midazolam.

—El «huevo» sigue en la habitación de atrás: nadie ha entrado ni salido de ahí. Vigila a este —le pide.

El «zorro» se muerde los labios y trata de detener la hemorragia comprimiendo la herida de la parte posterior del muslo con las palmas de las manos. Este no es el primer balazo que recibe en su vida y sabe cómo actuar.

Erika se arrodilla ante el cuerpo de su jefa. Coloca dos dedos en una vena del cuello.

—¿Está viva? —pregunta Blake.

—El pulso es muy débil.

—Hay que llamar a una ambulancia.

—¿Estás de coña? Cómo demonios vamos a explicar… —Hace un gesto con la barbilla que abarca el «nido».

—Va a palmar. —Blake es tan inexpresivo que resulta difícil saber si solo analiza o si en realidad tiene algún tipo de sentimiento.

—Tenemos que ceñirnos al protocolo, a su protocolo —responde ella, muy calmada—. Todos, incluida Olimpia, conocemos los riesgos y apechugamos.

Cuando Olimpia contactó con los integrantes del equipo Wimberly, ninguno de los tres se conocía entre sí, pero todos se encontraban en una situación que podría calificarse de desagradable o desesperada, según el criterio que se aplique.

Los tres tienen claro que forman parte de un equipo al mando de Olimpia, no son amigos. Ni saben ni les importa si los otros son felices, si se sienten solos o en qué y con quién emplean el tiempo cuando no están inmersos en la resolución de alguna «crisis».

El escritor

Unas horas antes del amanecer

Nick conduce con el codo por fuera de la ventanilla.

No era esta la compañía con la que pensaba pasar la noche, pero lo de antes no ha estado mal. Nada mal.

«Las chicas de ahora nacen enseñadas».

El efecto le dura un rato. Después empieza a intranquilizarse, a removerse en el asiento. «¿Y si tropiezo con algún ayudante del sheriff con ganas de una medalla y me obliga a levantar las mantas?».

Por supuesto, no piensa acercarse a ningún hospital. Los hospitales cuentan con cámaras de seguridad que lo graban todo. Puede que la chica sea tonta, pero él no. Él no se pierde ningún capítulo de *COPS* y está al tanto de cómo funcionan las investigaciones policiales.

En la Interestatal 95, un cartel avisa de un desvío a una gasolinera. Calcula que se ha alejado casi sesenta kilómetros del pueblo. Ha puesto suficiente distancia de por medio. Toma la carretera 301 para echar un vistazo a la estación de servicio. Apaga las luces. Es perfecta. Pequeña, apartada. A través de la cristalera distingue el interior. Uno de esos pakis que están invadiendo el país duerme en un camastro detrás del mostrador.

Continúa. En un anexo algo apartado, al lado de una farola que hace tiempo que alguien apedreó, están los WC. Acerca la Ford Ranger marcha atrás hasta la puerta. Aun así, le cuesta sus buenos cinco minutos descargar al hombre.

Luego se sacude las manos y se las restriega contra las perneras del pantalón.

«El puto viejo apesta como si llevase días cagándose encima».

Las mantas están manchadas de barro y coágulos de sangre. No le preocupa. Son las mismas que utiliza con los venados. Las deja en la trasera de la camioneta y entonces repara en una botella mediada de Jim Beam. Debió de olvidársela después de la última cacería. Se le ocurre una idea.

«¡Cojonudo!».

En las noticias ha visto que en las últimas semanas han encontrado a varios mendigos a los que han dado una paliza o prendido fuego. Destapa la botella, se limpia la boca y se echa un buen trago al gollete, antes de ir hasta el tipo y verterle el resto por encima.

«Una lástima malgastarlo así».

Le deja la botella vacía sobre el pecho. No se anima a acercar el mechero por no llamar demasiado la atención.

Vuelve a montarse en la camioneta mientras se felicita por su perspicacia. Redondo. Le ha quedado redondo. Está convencido de que va a confundir a los polis. Tan satisfecho que no se percata de que hasta el investigador más incompetente llenaría un buen puñado de placas de Petri con las muestras biológicas que tanto él como la chica han dejado en el cuerpo del escritor.

Olimpia

—¡Qué protocolo ni qué hostias!

Erika y Blake continúan discutiendo cuando oyen un estruendo de metal y, apenas unos segundos más tarde, el chirrido de un largo frenazo. El negro morro de la furgoneta casi asoma por la puerta de la cocina. El capó, que se ha llevado por delante la valla metálica del patio, está reventado. El faro derecho cuelga de los cables igual que un muñeco de resorte.

Jacob salta de la furgoneta y entra corriendo. Se detiene de golpe al ver a Olimpia. La conmoción hace que se encoja por el miedo. Inspira y espira rápido como un cachorrillo.

—Va a palmar —repite Blake con su voz ronca y grave.

Blake acostumbra a hablar poco, como si le costara encontrar las palabras y tuviera que pensarlas antes de decirlas. Sin embargo, es tremendamente preciso en sus juicios. A lo largo de los años ha desarrollado una especie de intuición para interpretar los indicios y si dice que Olimpia va a morir, esto es lo que va a pasar.

—Tenemos que ceñirnos al plan —responde Erika.

—Jacob, hay que llevarla al hospital —dice Blake.

La desacostumbrada insistencia de Blake debería ser una poderosa señal, pero Jacob no le escucha. Ha enmudecido. Está tan pálido que parece a punto de desmayarse.

Cada miembro del equipo tiene delimitado el papel que Olimpia les asignó, y el suyo consiste en hackear bases de datos, averiguar lo que necesitan, conseguir cualquier material y coordinar la «recogida» del «huevo» delante de sus pantallas.

Y punto.

Él no es un hombre de acción, nunca pisa el terreno. No sabe sostener un arma salvo en un videojuego, ni tampoco ha visto una herida de bala en su vida. En los dos años que lleva trabajando para Olimpia jamás había abandonado la furgoneta.

—Vamos a asegurar el «nido», y luego devolvemos el «huevo» a la «gallina» en el lugar acordado —prosigue Erika.

—Tú no estás al mando.

Una voz firme interrumpe su discusión. Una voz inesperada.

—¿Cuánta pasta os pagan por esta mierda? —pregunta el «zorro».

Hasta ahora ha permanecido en silencio, observando y aguantando el dolor de la herida en la pierna. Ha sobrevivido tantos años gracias a su capacidad de adaptarse a cada circunstancia y crear resquicios por los que colarse.

—Seguro que no tenéis ni puta idea de lo que vale el niño —continúa.

—¿Qué cojones…? —Blake da unos pasos hacia él.

—Joder, espera —le pide Erika a su compañero—. Un poco de contexto nunca está de más.

Una olla exprés se compone básicamente de tres piezas: un muelle, una válvula y un recipiente hermético. El mecanismo es sencillo. En condiciones normales, el muelle mantiene la válvula cerrada pero, a medida que la olla se calienta, el agua entra en ebullición, la presión interna del vapor se acumula y empuja la válvula hasta que la espita se libera y permite la salida de los gases al exterior.

Eso mismo ha ocurrido en el recipiente hermético que es la mente de Jacob desde que ha visto cómo la explosión lanzaba a Olimpia contra la pared. O deja que escape el vapor o reventará.

—¡Basta! —grita—. Blake, ciérrale ahora mismo la puta boca o se la cierro yo.

Si la situación no fuese tan desesperada, Blake sonreiría al oír a Jacob el Bello, el hombre al que se le humedecen los ojos si encuentra una botella de plástico en el cubo de reciclaje del papel, amenazar a otro ser humano.

«A uno que maneja un AK-47», piensa burlón.

Sin miramientos, Blake le esposa las manos al tubo de un radiador de hierro macizo. Después rasga el mugroso mantel de tela con un dibujo de florecitas que cubre la mesa.

—¿Vas a permitir que este mierda te diga lo que tienes que hacer? —El «zorro» se dirige a Erika, a la que ha identificado como su objetivo.

Se calla porque Blake le introduce el mantel en la boca. Por el empuje y la forma en que se ayuda de los dedos, el «zorro» comprende que no es la primera vez que lo hace; a él tampoco es la primera vez que lo amordazan y sabe que cualquier atisbo de resistencia le puede costar un diente, así que le facilita el trabajo pegando la lengua al paladar.

—De acuerdo —dice Jacob—. Dadme un minuto.

«Tú la has cagado, así que piensa. Tiene que haber algo que se pueda hacer».

Se pasa la mano por la cara. Se restriega tan fuerte los ojos que casi se araña con la alianza que lleva en el anular. La alianza. El rostro se le ilumina.

Se agacha y rebusca en los bolsillos de los pantalones de Olimpia. Con gesto triunfante saca su móvil. Pulsa el botón de encendido. Tras un par de pitidos, teclea sin dudar.

—¿Conoces la contraseña? —se sorprende Erika.

Jacob se calla que lo sabe casi todo de los tres, incluso sus secretos —especialmente sus secretos—, los que tarde o temprano se convierten en debilidades.

Internet le ha abierto las puertas de un nuevo mundo, pero ya era el rey de la debilidad ajena en el colegio, y aun antes, desde que con seis años entró en la sacristía y sorprendió a su padre, el predicador, chupando las tetas desnudas de una feligresa. Esa tarde, a pesar de que su padre solía ser muy estricto, le dejó comer todos los helados que quiso mientras le repetía que mamá no debía enterarse, que lo que había visto era un secreto entre ellos, igual que él no contaría lo de los cucuruchos.

Jacob comió muchas chucherías durante su infancia y adolescencia.

Después, en el FBI lo entrenaron en la desconfianza y también resultó ser el mejor porque ya traía la lección aprendida de casa.

«Lo que ignoras puede someterte; lo que conoces puedes manejarlo».

Para él ninguna información es demasiada, y así como otros pasan los ratos muertos viendo series, leyendo libros o bebiendo en los bares, él se entretiene averiguando cosas de las personas que conoce. Tiene un concepto muy relajado de la privacidad y no siente ningún pudor al respecto.

Le sorprendió descubrir que Blake realiza una transferencia mensual fija a través de un banco pantalla a una cuenta en Croacia. Un trabajo muy fino para alguien a quien consideraba tan burdo. Conocer quién era el destinatario le costó casi tres días y una pequeña inversión de dinero. Mereció la pena.

También ha averiguado que, desde hace cuatro meses, Erika ha vuelto a las apuestas. Las primeras semanas fueron unas suaves tentativas de póquer online que la reafirmaron en que podía controlarlo. Y ahora, al ritmo que pierde, aunque aún le quedan reservas para un par de meses, empieza a necesitar dinero. Eso la torna vulnerable, dispuesta a escuchar el canto de cualquier sirena.

«De algún modo el "zorro" se ha dado cuenta…».

Y, por supuesto, ha investigado a conciencia el pasado de Olimpia.

Aunque el archivo de Olimpia Wimberly es el más pesado, está seguro de que aún le aguardan muchas horas de diversión y numerosas sorpresas. Igual que una persona golosa se reserva un dulce para el final de la comida, Jacob se raciona «los 20 de marzo». Evidentemente, sabe lo que ocurrió en el primero, el que determinó el resto de su vida.

Mientras busca en la agenda de contactos del móvil de su jefa, da instrucciones:

—Debemos continuar con la «recogida». Vosotros dos acudiréis con el «huevo» al punto de encuentro con la «gallina».

—¿Y los «pajaritos»? —pregunta Erika señalando en dirección al «zorro».

Jacob lo observa. No se queja ni intenta rebelarse. Parece alguien acostumbrado a reconocer una derrota y a asumirla cuanto antes, con el menor coste. Alguien que actúa de ese modo es peligroso, muy peligroso.

—Lo dejaremos aquí. Supongo que a los yonquis se les pasará el colocón antes de que este se desangre.

—Mala idea. Además, nos ha visto las caras —dice Blake con su hablar pausado—. Yo me encargaré.

«¿Encargarse? ¿Matarlo? —se pregunta—. Joder, joder, joder, que no estamos en un puto videojuego».

Como si pudiese leer sus pensamientos, Blake añade con tranquilidad:

—Es un fleco.

Uno de los cometidos de Blake dentro del equipo consiste en no dejar flecos sueltos. Hasta ahora, eso no había supuesto terminar con la vida de otro ser humano o, por lo menos, eso cree Jacob.

«Desde luego, todo resulta más sencillo a través de una pantalla».

Por fin encuentra el número de teléfono que buscaba en el móvil de Olimpia.

—Esperadme un momento.

Sale afuera para hablar. Está nervioso con la decisión que ha tomado: va a poner la vida de su jefa en manos de alguien a quien ni siquiera conoce, aunque sabe algunas cosas de esa persona porque, naturalmente, ha investigado al exmarido número tres.

«Más me vale acertar, porque no tengo un puñetero plan B. Joder, joder, joder, los planes son cosa de Olimpia».

Se suceden los tonos de llamada sin que nadie responda.

El escritor

La ambulancia se detiene en la entrada de urgencias del hospital. Los dos paramédicos abren las puertas traseras y descargan la camilla. Los cinturones laterales sujetan a un hombre semiinconsciente, cubierto de barro, sangre y porquería en el que cuesta distinguir a un anciano de melena blanca y fina.

Sale a su encuentro el doctor Liam Miller, con la bata desabrochada sobre el uniforme verde y el estetoscopio colgando del cuello. Trota tras él una residente, apenas una cría.

—¿Qué tenemos? ¿Otro sin techo? —se sorprende Miller.

Es el segundo y su guardia acaba de empezar. Las siete de la mañana es la hora de la recolección. Los pobres que florecen entre la basura de las esquinas se hacen visibles con los primeros rayos de sol.

La situación ha empeorado desde hace unas semanas. Entre los cachorros de las buenas gentes de la ciudad se ha impuesto una nueva diversión: apalear a mendigos, yonquis y borrachos. Les molesta verlos tirados, ensuciando unas aceras que consideran suyas.

«Al menos este ha tenido suerte y no le han pegado fuego », piensa. Ha atendido a más de uno con quemaduras de tercer grado.

—¿Dónde lo habéis recogido?

Esa información no va a influir en el estado de salud del hombre más de lo que puede hacerlo el precio de las manzanas, pero Liam Miller trata de dibujar un mapa mental de cada uno de los escenarios. De encontrar un patrón. Aunque sabe que ni la maldad ni la estupidez lo necesitan.

—Han dado el aviso desde la gasolinera de la 301, la del desvío de la Interestatal 95. Apaleado en la puerta de los baños. Le hemos cogido una vía y le hemos puesto una bolsa de suero de rehidratación. —Señala el gotero.

«¿Una gasolinera?, ¿qué hacía un sin techo tan lejos de la ciudad?».

Miller se pone unos guantes y una mascarilla. Aun así, al agacharse sobre el paciente, el pestazo a alcohol es inequívoco. El hombre balbucea algo ininteligible.

—¿Cuánto tiempo lleva en este estado?

—Puff... —Se encoge de hombros uno de los paramédicos—. Lo hemos encontrado así.

—¿Edad?, ¿nombre?

—No llevaba nada encima.

—¿Nada? ¿Habéis mirado entre sus pertenencias?

—No había ninguna. Solo tenía el Jim Beam al que estaba abrazado. —Señala una botella de whisky entre el brazo del hombre y el extremo de la camilla.

Cada nuevo dato desconcierta más a Liam. Los sin techo cargan con sus vidas enteras, con todo lo que algún día fueron, en roñosos carros de supermercado. No tienen otro sitio donde llevarlo.

—¿Jim Beam?

Aunque no es un whisky especialmente caro, suelen decantarse por las ventajas de la ginebra de marca blanca: más barata y de efecto más duradero.

—A nosotros también nos ha extrañado, por eso hemos traído la botella.

—¿Ninguna identificación?

—Nada.

—Quizá no sea un sin techo y haya alguien buscándolo…

El móvil comienza a vibrarle en el bolsillo de la bata. Insiste una y otra vez. Aunque no piensa contestar a la llamada —es muy estricto en este tema con sus residentes y enfermeras—, lo ojea para averiguar dónde está el fuego.

—Habría que dar parte a la policía y que revisen las denuncias de desaparición…

Al ver el número pestañea incrédulo varias veces.

«Debe de ser la puñetera mañana de las sorpresas», piensa al darse cuenta de que es el teléfono de su exmujer. Recuerda perfectamente, más de lo que quiere reconocerse a sí mismo, la última vez que hablaron, que la vio. Fue en junio de 2014.

«¡¡¡Cuatro años!!!».

A su pesar, se le aceleran los latidos. Decir que aún siente algo por ella es quedarse muy corto. Se aparta del grupo haciendo un gesto con la mano para que aguarden. Desde que se ha levantado tiene muy presente la fecha y el pálpito que la acompaña. Coge aire preparándose para lo peor y baja el tono de voz al contestar a la llamada.

—¿Qué ocurre?

Nervioso, se hunde los dedos en el espeso cabello entreverado de canas prematuras.

—Doctor, ¿se encuentra en el hospital? —le pregunta un hombre.

—¿Quién es usted?, ¿por qué me llama desde el teléfono de Olimpia?

Su intranquilidad va en aumento. No puede tratarse de una casualidad que, después de tanto tiempo sin noticias, regrese a su vida justo un 20 de marzo.

—No hay tiempo que perder, responda: ¿está en el hospital?

—Sí.

—De acuerdo, llegaremos en veinte minutos. Olimpia se ha golpeado la cabeza y está inconsciente.

—¿Cómo van a traerla? —grita, pero ya han cortado la comunicación.

Se queda sujetando el teléfono muy fuerte. Espera que la trasladen en una ambulancia, porque mover a alguien con un traumatismo craneal es correr un riesgo altísimo.

Se da la vuelta y se encamina hacia el hospital para agilizar el papeleo en radiología.

—Doctor —lo reclama la residente.

—¿Qué? —contesta nervioso.

Repara en la camilla. Se había olvidado del sin techo. Ahora es la menor de sus preocupaciones.

—Ah, sí, sí. Métemelo en un box y ponle otro gotero de suero. —Da un par de pasos y se detiene—. Consigue que le den un buen baño. No hagas nada hasta averiguar qué hay debajo de todas esas capas de mugre.

—Pero...

—¿Hay algún problema?

La residente no da crédito ni al comportamiento de Miller ni a su tono. Lo considera el más empático y responsable de todos los médicos con los que ha trabajado. Y, sin duda, el más atractivo. La tremenda decepción debe de transparentarse en su rostro porque Liam suspira y añade:

—Iré enseguida. En cuanto pueda.

Se marcha a la carrera. Se dice a sí mismo que su trabajo como médico de urgencias consiste en priorizar. Un borracho con algún hueso roto puntúa muy bajo frente a un más que probable hematoma epidural. El hecho de que un paciente sea un sin techo y la otra su exmujer no influye en su valoración.

Olimpia

Blake no ha estudiado Medicina, pero sabe que nunca se debe mover a una persona con un posible hematoma epidural.

Por suerte o por desgracia, desde que trabajó como agente encubierto para la CIA y todo lo que siguió después, ha visto demasiadas atrocidades y se ha encontrado en demasiadas situaciones en las que ha tenido que adaptar el «nunca se debe» a un «es preferible». Esta es una de ellas. Porque otra de las cosas que tampoco se debe hacer nunca es meterle un tiro en la pierna a un tipo y llamar después a emergencias para evacuar a alguien implicado en la operación de rescate.

«Eso asegura un pase directo a la cárcel».

Con eficacia, improvisa una camilla con el tablero extensible de la mesa de la cocina. Queda considerablemente satisfecho con el resultado. Con bastante menos ha tenido que conformarse en circunstancias similares.

—A la de tres.

Suben a Olimpia con tanto cuidado como si estuviese hecha de frágil cristal veneciano en vez de carne y hueso. De esa manera la llevan hasta la parte trasera de la furgoneta y la aseguran con cuerdas para mitigar los posibles movimientos.

—Conduce despacio y evita los baches —le recomienda a Jacob con su habitual tono tranquilo.

—¿Crees que llegará al hospital? —le pregunta Erika mientras ven alejarse el vehículo.

Se encoge de hombros. La mira con esa expresión impenetrable que le da un aire turbador. Blake no apuesta sobre la vida de otras personas. Ha perdido demasiada pasta como para saber que la supervivencia depende de factores inexplicables: unos lo llaman azar; otros, destino.

—A lo nuestro.

Una vez que tienen al «huevo» en el maletero del coche, cubierto con la colcha, Blake le pide a Erika que le dé un par de minutos.

Regresa a la cocina con paso cansino. Asumir que tiene que hacerlo no impide que le joda. Inserta el silenciador en la pistola mientras camina hacia el «zorro». Se la apoya en la sien.

—Lo siento, tío —le dice un instante antes de disparar.

No aparta la mirada, es una cuestión de dignidad. «Por lo menos se merece que lo miren a los ojos», se dice, consciente de que sus papeles son perfectamente intercambiables.

«Hoy he tenido yo la suerte de estar en el bando que se ha salido con la suya».

Llámalo azar o destino.

Los ojos del doctor Liam Miller se abren de par en par al ver a Olimpia en la parte trasera de una furgoneta negra que parece haber sobrevivido al ataque de un misil. Está inmovilizada encima de un tablero de madera. Un escalofrío profundo, visceral, le baja por la espalda.

—Hola, soy Jacob —se presenta el conductor.

Observa sorprendido a un hombre bellísimo. La palabra «Adonis» acude a su mente. Adonis, el amante de Afrodita eternamente joven que simbolizaba la renovación cada año de la flora. Incluso su cabeza, de perfectas proporciones, con rasgos armónicos y el espeso cabello rubio ensortijado, recuerda a una escultura de la Grecia clásica.

—He sido yo quien le ha llamado desde el teléfono de Olimpia —le aclara Jacob.

Los celadores que esperaban junto al doctor Miller utilizan una plancha de plástico azul para trasladar a Olimpia a una camilla de transporte con las barandillas laterales bajadas.

—¿Qué le ha ocurrido? —le pregunta nervioso mientras supervisa la delicada maniobra.

Como el otro no le contesta, vuelve a mirarlo. Pantalones vaqueros, zapatillas Vans y sudadera negra con bolsillos y capucha. Si estuviese menos angustiado repararía en que no solo el rostro de Jacob recuerda a una escultura, su cuerpo también guarda las medidas que el griego Policleto estableció para el canon de la belleza ideal, la proporción de siete cabezas, por la cual la altura de una persona debía ser siete veces la de su cabeza.

—No entiendo nada. ¿Trabajas con ella en la galería de arte?

Durante estos años, Liam Miller no ha podido evitar curiosear en la vida de su exmujer. Tampoco le ha resultado difícil dado que tanto ella como la Wimberly Art Gallery aparecen de vez en cuando en los periódicos. Al ver la reticencia de Jacob, lo apremia.

—Si quieres que la ayude, tienes que ser sincero, cualquier dato puede resultar fundamental.

A Jacob se le escapa un suspiro frustrado antes de ceder. El doctor Miller ignora que, en sus muñecas matrioskas, Olimpia ha previsto hasta una situación tan excepcional como que uno de los miembros de su equipo termine en un hospital, aunque nunca había pensado que ese miembro fuera a ser ella.

Liam escucha incrédulo, pero atentamente, una explicación embarullada, llena de un montón de datos y tecnicismos que lo confunden, de la que entiende que en una subasta adquirieron el contenido de una vieja mansión y estaban desmontando un cuadro cuando ocurrió el aparatoso accidente.

—Yo estaba en otra habitación y, al oír el estruendo, he ido corriendo justo a tiempo de ver cómo se caía y el contenido de cristal de una alacena volaba hacia ella —concluye Jacob.

—¿Con qué parte del cráneo se golpeó contra la pared? —pregunta, recuperada ya su profesionalidad.

El otro se toca la parte posterior de la cabeza, por encima de la nuca.

—Rápido —ordena el doctor Miller a los celadores que acaban de terminar la maniobra—, a resonancia magnética. Necesitamos ver si ha habido sangrado epidural.

Desaparecen tras las puertas y Jacob se percata de que aún tiene la mano en la nuca. La deja caer a lo largo del cuerpo, aturdido. No sabe qué hacer ni con las manos ni con la vida. Se le nubla la vista con un latido de dolor.

—Suerte, IBM —murmura.

Así la llama en su cabeza, con ese apodo cariñoso, desde el día en que se conocieron hace dos años y medio en el local que terminaría convirtiéndose en la galería de arte. Alguien —no ha conseguido averiguar quién, aunque tiene sus sospechas— le pasó su «ficha» a Olimpia. Ella buscaba gente para formar un «equipo» y a él no le ganaba nadie descubriendo los secretos y las debilidades del prójimo.

—¿Te apuntas, Jacob? —le preguntó tras explicarle las condiciones del trabajo.

Le gustaba lo que le había contado y como reto era perfecto; sin embargo, estaba harto de rodearse de imbéciles a los que no había nada que ofendiera más que la inteligencia ajena. Así que, a pesar de que aquella pelirroja le había caído bien, muy bien, la puso a prueba.

—Prefiero que me llamen HAL.

Una referencia obvia para cualquiera que hubiese visto *2001:* *Una odisea del espacio* del maestro Kubrick. HAL era el acrónimo con que denominaban al superordenador capaz de razonar por sí mismo.

Olimpia sonrió durante unos segundos.

—Entonces a mí puedes llamarme IBM.

«Hostias». Los ojos se le abrieron por el asombro. Se conformaba con que identificase la película, pero el hecho de que supiera que, en una muestra de ironía, eligieron las siglas de HAL porque cada una de sus letras ocupaba en el alfabeto la posición anterior a las de IBM —la reconocida empresa multinacional de informática— era para quitarse el sombrero.

La observó con más detenimiento. El vestido azul de viscosa y lino con el que su cuerpo transmitía una sensual impresión de elasticidad y ligereza. El juvenil flequillo hasta las dos pinceladas rojas de las cejas, los ojos verdes profundos e intensos, los labios gordezuelos curvados en una sonrisa, la piel pecosa.

«Tiene clase, mucha clase».

Comprendió que se hallaba ante alguien muy muy especial y en ese mismo instante comenzó a admirarla. Era la primera persona con la que le ocurría esto desde lo de su padre y la feligresa.

—Cuenta conmigo, IBM.

El escritor y Olimpia

Lo primero que el escritor siente al recuperar la consciencia es un dolor terrible, como si unas tenazas al rojo vivo le estrujasen con saña las sienes.

La enorme presión en el pecho casi no le deja respirar. Su piel es un colorido mapa de contusiones, costras, raspones, arañazos y heridas. El escozor resulta insoportable. Nota en la boca el inconfundible sabor metálico de la sangre.

«¿Dónde estoy?».

Cuando reúne el valor suficiente y abre los ojos, descubre que el izquierdo, demasiado hinchado y tumefacto, no le responde.

Mira a su alrededor: las tenazas se ciñen con más fuerza. Dentro del cubículo aislado por cortinas de tejido ignífugo en el que se encuentra, observa con asombro un montón de aparatos increíblemente modernos, casi futuristas. Aparatos llenos de botones que emiten pitidos, con pantallas en las que se dibujan curvas y picos de distintos colores sin cesar. Aparatos conectados a su cuerpo con ventosas y cables.

Los picos son cada vez más altos y acentuados conforme su ritmo cardiaco y sus pulsaciones se aceleran, y eso mismo lo atemoriza más. Desconoce el principio de incertidumbre de Heisenberg, que asegura que el mero hecho de observar algo lo modifica sin remedio.

«¿Qué es todo esto?».

En un extremo de la cama en la que está tendido hay un tubo metálico con dos ganchos: de uno de ellos cuelga un gotero transparente con un largo conducto que termina en su brazo, debajo de unos esparadrapos.

«¿Un hospital?, ¿estoy en un hospital?».

Se plantea si toda esa tecnología es real o si continúa en el sótano y sufre otra de sus febriles pesadillas, quizá una de abducciones extraterrestres.

«¿Cómo distinguirlo?».

Le asusta y le asquea estar conectado a esos aparatos. Sus manos tiemblan más que nunca. Realiza varios intentos hasta arrancarse la aguja del gotero, las ventosas de su pecho desnudo. Mientras, su mente se ha convertido en un carrusel de confusas imágenes que se entremezclan.

«¿Y si he conseguido escapar?».

En cualquier caso, el dolor parece real. Muy real.

Si de algún modo que no recuerda, ha llegado a un hospital, precisa hablar con alguien urgentemente. Que avisen a la policía. En cuanto sepan quién es, lo comprenderán todo. Necesita entregar el manuscrito.

«¡La novela!, ¿dónde está?».

Debe encontrarla.

Cada pequeño movimiento es una tortura. Aferrándose a la cama, apoya un pie en el suelo de linóleo verde. La tumefacta planta del pie responde con un latigazo de dolor, agudo y frío como un cuchillo, que lo atraviesa de parte a parte.

Pierde el equilibrio. El cuerpo se le vence hacia delante. Extiende los brazos y manotea buscando algo a lo que asirse. Atrapa la cortina que separa su box del contiguo. Se sueltan tres, cuatro, cinco de las arandelas que la sujetan a la barra anclada al techo. Cuando ya cree que va a caer al suelo, las siguientes arandelas soportan su peso.

Toma aire con dificultad, entre jadeos, el pecho le escuece al respirar. Sus manos se aferran como zarpas al tieso tejido, que se sacude con sus temblores. Transcurren un par de minutos hasta que se recupera un poco, lo suficiente para continuar. Entonces repara en que el box contiguo está ocupado: una mujer dormida con las manos vendadas ocupa la cama.

«No. No es posible».

Sabe que no puede ser. Sin embargo, es un tormento demasiado dulce como para no dejarse llevar.

Arrastrando los pies, tiritando y sin soltar el asidero de la cortina, se aproxima. A pesar de la visión borrosa de su único ojo, ella es inconfundible. La mata de cabello rojizo desparramada por la almohada como una cascada de fuego. La tez pálida salpicada de pecas. La nariz corta rematada en una punta respingona.

Por si tenía alguna duda, repara en el cuello, donde lleva la cadena de oro con el colgante de estrella que él le compró en Tiffany.

«Olimpia».

El nombre escapa como un susurro de entre sus labios.

Su mente se paraliza. Lo demás carece de importancia.

Siente la imperiosa necesidad de tocarla. Sus dedos rasposos le golpetean el rostro y la mujer pestañea.

—Olimpia.

El hombre suelta la cortina, le embarga una emoción tan poderosa que anestesia cualquier dolor.

—Olimpia, soy yo. Mírame.

La mujer entreabre los ojos. Ve ante sí a un anciano, a un completo desconocido.

«¿Cómo sabe mi nombre? ¿Quién es?».

Está demasiado cansada. Los sedantes que le han administrado le roban la voluntad y cede a las garras de la somnolencia. Ni siquiera se da cuenta de que el hombre se lleva la mano al corazón.

Ni del golpe cuando se derrumba en el suelo.

Olimpia

Oye su nombre.

—Olimpia.

Una mano tibia en su rostro.

—Olimpia.

Lucha contra el letargo, el entumecimiento.

Ante ella se encuentra Liam, su tercer exmarido, el doctor Liam Miller.

«¿Liam?».

Está aturdida. Le zumba el oído derecho. Nota la boca pastosa, muy pastosa. Casi no puede despegar los labios. Liam le acerca un vaso con una pajita para que beba.

—Estás en el Bon Secours Community, en el hospital.

Encontrarse con su exmarido de sopetón, después de todo el tiempo transcurrido, supone un verdadero shock. Sin embargo, hay algo que le preocupa más. Mucho más.

«Ya me encargaré de Liam más tarde».

—El anciano...—balbucea—. ¿Dónde está el anciano?

—¿Qué anciano?

Liam parece cansado, tiene el uniforme verde sucio de sangre. Entre las cejas se le marcan dos arrugas paralelas de preocupación. «Raíles de tren», las llamaba Olimpia, y se las borraba a besos. Él habla y habla. Dice algo de una llamada. De un posible hematoma epidural. Un TAC craneal. De la suerte que ha tenido.

Ella le deja desahogarse. Siente un pálpito, una especie de alerta sinuosa y estremecedora que intenta abrirse paso entre la espesa niebla que cubre su mente, como el conductor que avanza guiándose por la escasa luz de los faros en medio de la bruma. Había un anciano. La llamaba por su nombre.

Los agudos pinchazos en las manos la sacan de su abstracción.

«¿Por qué me las han vendado?».

Y de pronto la niebla se disipa.

«¡Las esquirlas de cristal!».

Los recuerdos le caen encima cual aguacero. El cable. La explosión. El corto vuelo. Su cráneo chocando contra la pared. La seguridad de que iba a morir. Morir. La siniestra simetría del 20 de marzo.

Por supuesto le han quitado el reloj.

—¿Qué hora es? —le pregunta angustiada a Liam.

—No te preocupes por eso, no vas a ir a ningún sitio.

—Dime la hora, por favor.

Él prefiere ceder antes que luchar contra su legendaria testarudez.

—Son casi las seis y media.

Olimpia aparta la sábana a un lado y se incorpora con brusquedad. Un súbito mareo la obliga a detenerse.

—¿Qué demonios crees que estás haciendo?

Ella inspira hondo antes de contestar:

—Dentro de tres horas mi tía Carlotta irá a recogerme a mi piso. Debo acompañarla a una recepción en la Casa Blanca.

Liam saca el móvil de Olimpia del bolsillo de la bata, donde lo ha guardado, y se lo tiende.

—Llámala y anúlalo.

—De ninguna manera. No puedo dejarla plantada.

Están frente a frente, casi a la misma altura. El verde de las pupilas de Olimpia se humedece. Liam siempre ha sido muy sensible a sus lágrimas y está más que dispuesta a jugar sucio. Inicia un puchero que arruga su naricilla.

—Hoy… precisamente hoy…

—Precisamente hoy —la interrumpe.

—¿Te acuerdas? —Olimpia finge sorprenderse.

—20 de marzo. También es nuestro aniversario de boda.

Durante un instante vuelven a estar en Rann, en Nigeria, en el campamento de refugiados. En la inmensa llanura. Sobre la tierra que reventaba de sed. Tan ilusionados. Los dos trabajando en Médicos Sin Fronteras. Liam era ya un veterano cuando llegó ella en calidad de colaboradora. Su labia y una generosa donación hizo comprender a la organización que tres cursos de Medicina eran más que suficientes para vacunar a los niños contra el sarampión, repartir bolsas de alimento terapéutico o utilizar un set de perfusión intravenosa. En Rann se sintió tan útil, tan viva. El milagro duró unos meses, hasta que la pesadilla volvió a alcanzarla y a emponzoñar sus noches. Tuvo que huir para engañarla de nuevo, intentando conseguir una tregua por breve que fuera.

Olimpia deja transcurrir un par de minutos para que su exmarido se empape bien de nostalgia y que recuerde la semana de permiso en Eleko, cuando aprovecharon para casarse. Antes de romper la burbuja, intenta que evoque el agua de coco escurriéndose por su barbilla, la fina arena y los besos cálidos y salados.

—Liam. —Hace una pausa—. Tú deberías comprenderlo mejor que nadie.

Se seca las lágrimas con una de las manos vendadas.

«Compadécete, vamos, compadécete, mira qué pena doy».

Un estremecimiento, no del todo fingido, le encoge los hombros.

«¡Cómo escuece la puñetera mano!».

—Tengo que irme.

Liam se siente exhausto, lleva más de doce horas de pie. Una pregunta le quema los labios.

«¿De alguna forma todo esto ha sido intencionado?».

Pero no la formula. Es lo bastante inteligente para saber que la frontera que separa la voluntad de una persona de los deseos del inconsciente es una línea fina y permeable. Ha tratado a numerosos pacientes con lesiones autolíticas, personas que en un intento desesperado por sentir algo, lo que fuera, ingresaron con cortes y quemaduras tan profundos que, aunque su intención no fuera causarse la muerte, era el objetivo que finalmente alcanzaron.

No considera casual que la astuta Olimpia, a la que nunca ha pillado en un simple renuncio, se vea involucrada en un accidente tan ridículo. Hay muchas maneras de suicidarse y no todas son tan obvias como arrojarse por una ventana, cortarse las venas o pegarse un tiro.

«¿Qué demonios estabas haciendo, Olimpia?», se pregunta, porque no acaba de creerse la historia de la subasta y el accidente, aunque las demás opciones que se le ocurren son totalmente descabelladas. «¿De qué se trataba?, ¿de un combate contra una galería de arte rival por un cuadro?».

—Con una condición —dice, por fin, antes de ceder.

El escritor

La joven residente del doctor Miller está muy verde, aún no le han extirpado la compasión. Ni la culpa. Por eso, en vez de marcharse a casa, se encuentra en la Unidad de Cuidados Intensivos de pie al lado de una cama. Al paciente le han inducido el coma debido a la gravedad de sus lesiones. Es un milagro que en su estado haya sobrevivido a la intervención cardiaca.

«¿Quién podía imaginarlo?», se martiriza.

Unas horas antes, el paciente estaba sufriendo. No hacía falta estudiar tantos años para diagnosticar el lamento desgarrador que escapaba de sus labios resecos. El doctor Miller no regresaba y ella se sentía impotente, muy impotente. El lamento no cesaba. No podía quedarse de brazos cruzados. Así que —contraviniendo las instrucciones de Miller— pinchó un gotero de naproxeno en el tubo del suero de rehidratación.

Ahora los remordimientos horadan túneles de culpa.

«¿De qué manera contribuyó el efecto antiinflamatorio del naproxeno a acelerar el infarto?».

Aunque sin el paro cardiaco no habrían descubierto la hemorragia interna que había causado la ruptura del bazo. Una ruptura que hubiese resultado mortal.

Debajo de las capas de mugre, sangre y barro, apareció un anciano escuálido. Al analizar la sangre que le extrajeron, les sorprendió no encontrar ni rastro de alcohol o drogas. Pero lo más inaudito, lo que tiene perpleja a la residente y al resto del equipo médico, son sus dedos.

El paciente carece de huellas dactilares. Él mismo u otra persona vertió algún tipo de producto abrasivo sobre las yemas y dañó la epidermis y el tejido, causando unas quemaduras que alteraron los patrones.

Impedir su identificación parece el motivo más evidente.

—¿Por qué? —le pregunta la residente—. ¿Quién eres?

Olimpia

Falta un minuto para las nueve y media cuando Olimpia se mira en el espejo de cuerpo entero del amplio hall de su piso.

Ha recuperado del fondo del vestidor un elegante traje de tafetán negro, un Chanel que perteneció a su madre —«vintage, ahora se llaman vintage»— y que no le agrada. Le recuerda demasiado a un hábito, pero es el único con escote cerrado que además le cubre las piernas.

Sin los vendajes, las heridas de las manos le escuecen horrores. Está exhausta, siente todo el cuerpo dolorido y la cabeza a punto de estallarle, a pesar de la potente inyección de analgésicos que le ha administrado Liam después de que ella le conven- ciera y que consigue que se mantenga en pie.

También está inquieta. En su mente hay una lucecita que no deja de pestañear, el pálpito de que algo se le escapa. Una moles- ta sensación similar a cuando, ya lejos de él, te asalta a traición la duda de si has cerrado bien el coche. Un runrún que no cesa, que te obsesiona hasta que vuelves a comprobarlo.

Su pálpito es igual de molesto, pero sin coche que lo desactive.

«¿Es por aquel desconocido?, ¿cómo sabía mi nombre? ¿Lo he imaginado todo?».

En una vida tan inestable, Olimpia necesita aferrarse a algunas certezas. Una es su cuadro de Rothko, el regalo valorado en más de treinta millones de dólares que le hizo su tía Carlotta al cumplir los veintiún años. Una buena inversión teniendo en cuenta que por la última obra que se subastó de este artista se pagaron ciento ochenta y seis millones.

Una pintura vertical de gran tamaño en vibrantes naranjas y rojos compuesta por dos rectángulos. Suele precisar su luminoso abrazo, aunque sea un instante, antes de abandonar el amparo de su casa. Hoy no es una excepción. Inspira con la vista clavada en el borde irregular que difumina el rectángulo superior, que lo separa del fondo. Apenas unos segundos. No puede entretenerse más.

Abre el bolso de *paillettes*, saca el frasco de los calmantes y se toma dos, no, mejor tres, de golpe. Se le escapa una mueca de amargura al recordar las instrucciones del prudente Liam.

«Ay, doctor Miller».

Teclea el código en la alarma y sale.

Ya en el vestíbulo del edificio, tan lujoso como el resto, el portero se apresura a abandonar el mostrador para abrirle la puerta, aunque Olimpia le ha repetido un millón de veces que no es necesario que lo haga.

—La señora Corbera ya ha llegado —le informa casi con una reverencia.

Aparcada delante del inmueble, aguarda su tía Carlotta, a quien la impuntualidad le parece vulgar. Se podría rellenar una enciclopedia con todo lo que considera una vulgaridad.

A sus setenta y tres años sigue siendo una mujer moderna e independiente, pero en ciertas cosas se aferra a la antigua etiqueta. Por ejemplo, para acudir a los eventos sociales no renuncia a sacar el Rolls-Royce.

Olimpia inspira, retiene unos segundos el aire dándose ánimos y finge su mejor sonrisa.

—Llegas tarde, *cara* —le dice su tía.

No hace ninguna mención a los guantes de raso negros hasta el codo que se ha puesto Olimpia. Ni al recogido con un cardado excesivo, como si quisiera ocultar algo. Tampoco a ese mal aspecto que el maquillaje no logra disimular. Ni, por supuesto, a que camina con paso inseguro sobre sus Louboutin.

Cuando ya está sentada a su lado en el asiento trasero, Olimpia le da dos besos.

El coche arranca mientras Carlotta saca una botella de Macallan y dos vasos de cuello ancho de exquisito cristal tallado. Sirve un par de dedos en cada uno. Antes de ofrecer el suyo a su sobrina, vierte un analgésico. La pastilla se disuelve en burbujas que suben a la superficie.

—¿Sabes quién me enseñó este truco?

Olimpia dice que no, aunque ha oído la anécdota muchas veces.

—Andy Warhol en un reservado de Studio 54 —dice con un guiño.

Brindan. Otra de las cosas que Carlotta considera una vulgaridad es asistir a una recepción completamente sobria. Beben en silencio, hasta que su tía lo rompe.

—No sé qué ha ocurrido ni quiero saberlo. —Fisgar en la vida de los demás es también de una tremenda vulgaridad—. Pero eres una Corbera, Olimpia di Corbera.

—Olimpia Wimberly —replica para seguirle el juego que practican desde hace años.

—Bobadas —finge enfadarse—. Tú eres una Corbera. Y las mujeres Corbera no se han rendido jamás. ¿Me oyes? Nunca. Así que acábate la copa y levanta la barbilla.

Una sonrisa asoma a los labios de Olimpia. Su tía es indestructible. Al cabo de un instante, siente la calidez de su huesuda mano a través de la tela de los guantes. Recuerda que solo es casi indestructible. Casi.

—Hoy tampoco ha sido fácil para mí —murmura Carlotta.

En la íntima penumbra del Rolls-Royce, mientras las vibrantes luces de la ciudad de Washington D. C. se deslizan por los cristales ahumados de las ventanillas, Olimpia apoya la cabeza en su hombro. Cierra los ojos. Se agarra a su brazo sin importarle los pinchazos de dolor que siente. Vuelve a ser una niña pequeña.

—Te pareces tanto a ella, tanto… —le dice su tía, y le besa el pelo con un cariño infinito.

Tras un par de minutos, Carlotta mueve la cabeza sacudiéndose la nostalgia. Se ha habituado a golpear la tristeza con derechazos de humor.

—Mira el lado bueno, *cara* —le dice bajito.

—¿Qué lado bueno? —pregunta Olimpia en un susurro. Se muerde el labio para contener las lágrimas.

—Al menos este año no te has casado con nadie… —Se separa un poco de su sobrina—. No te habrás casado otra vez, ¿verdad?

Se le escapa una sonrisa. No existe en el mundo un bálsamo mejor que Carlotta.

De pronto recuerda la promesa que ha hecho unas horas antes, la condición que ha puesto Liam para dejarla salir del hospital. Olimpia odia las imposiciones.

«¿Y si…?».

Pero no, ella jamás incumple una promesa. Esta vez debe claudicar.

—Tenemos que hacer una parada —le pide con un cansancio infinito en la voz.

—¿Una parada?

Y le indica una dirección al conductor. Están cerca, apenas a ocho manzanas. Él ya las espera. Olimpia no puede evitar pensar que incluso vestido de esmoquin conserva ese punto desgarbadamente sexi tan suyo.

«Ha sido siempre su mayor encanto».

A Carlotta se le ilumina la cara. Conoce a Liam de las dos ocasiones en que, a regañadientes, Olimpia tuvo que regresar de Nigeria a Estados Unidos. La primera por el fallecimiento de su abuelo y la segunda, para la lectura del testamento y hacerse cargo de su parte de la herencia.

—Liam. Qué agradable sorpresa.

Baja la ventanilla un par de dedos y una ligera brisa fría de finales de invierno se cuela en el vehículo. Olimpia cierra los ojos, siente su caricia en el rostro.

—Carlotta —la saluda acercándose y le corresponde con una sonrisa sincera.

—Dame dos besos. Encuentro tan pocos motivos de alegría a mi edad. —Las pupilas le centellean pícaras.

Él abre la puerta y la brisa se convierte en un viento desagradable.

—Tú no tienes edad, Carlotta.

Y esas ganas de agradar de Liam que a Olimpia, en ocasiones, le parecen incluso adorables ahora consiguen que le hierva la sangre.

«¿Cómo he permitido que me obligue a traerlo?».

—Anda, calla, calla —contesta su tía sonrojándose de satisfacción—. Ven, siéntate aquí con nosotras. Tienes muchas cosas que contarme. ¿Cuándo has vuelto de Nigeria?

Le hace un sitio en la parte de atrás y da palmadas en el asiento hasta que obedece. Mientras entra, se gira hacia su sobrina y le susurra con picardía:

—Qué callado te lo tenías.

Olimpia menea la cabeza de un lado a otro. Prefiere no responder. Lo que menos le apetece es otro sermón advirtiéndole de que debe esforzarse en ser menos salvaje, iracunda y solitaria, sobre todo esto último. Relajarse y disfrutar de los regalos que le ofrece la vida.

La fortaleza de metal del Rolls-Royce continúa su recorrido adentrándose en el corazón humeante de la ciudad. Oye a su tía decirle a Liam: «Siempre has sido mi exmarido favorito», y tiene la sensación de haber entrado en un peligroso bucle temporal.

21 DE MARZO DE 2018

SOBRE LA INICIACIÓN DE LAS ACCIONES

Una vez comenzada la batalla, aunque estés ganando, de continuar por mucho tiempo, desanimará a tus tropas y embotará tu espada. Si estás sitiando una ciudad, agotarás tus fuerzas. Si mantienes a tu ejército durante mucho tiempo en campaña, tus suministros se agotarán.

Sun Tzu, *El arte de la guerra*
Capítulo 2 «Sobre la iniciación de las acciones»

Olimpia

En lo referente a la cuestión monetaria, desde el principio se ha demostrado una y otra vez que lo más recomendable es concederle una importancia mínima. También se ha demostrado que, para conseguir esto último, el método que da mejor resultado consiste, sencillamente, en tener dinero a espuertas, como les ocurre a los Corbera.

Al separarse de Richard, su primer exmarido, Olimpia regresó a la mansión familiar bajo el ala protectora de su tía Carlotta; Olimpia y decenas y decenas de cajas en las que un par de asistentes embalaron su pasado. Pero como encadenó el divorcio con una de sus etapas de frenética actividad que la llevó a recorrer de punta a punta el continente africano, durante meses aquellas cajas quedaron abandonadas en las alcobas de la primera planta, hasta que una tarde de lluvia Carlotta se hartó y tomó la tajante decisión de deshacerse de ellas.

Encargó a su abogado que adquiriera una vivienda para Olimpia y ella misma dio instrucciones al interiorista. Roble en el suelo y las puertas, paredes blancas, una paleta de colores claros en el mobiliario, metal negro y latón cepillado en los amplísimos espacios, tan amplios que solo en el salón cabrían los tres pisos en los que viven Jacob, Blake y Erika. Y el Rothko presidiendo el recibidor.

«Tómatelo como una inversión», escribió en el sobre en el que le envió las llaves a su sobrina a la dirección del hotel británico en Benguela, la hermosa ciudad al oeste de Angola, al que Olimpia acudía un par de veces al mes a ducharse, dormir de un tirón entre sábanas limpias y recoger la correspondencia.

Ahora, a Olimpia la despierta en el dormitorio principal el movimiento del colchón. La cabeza le estalla y las manos le arden, pero se impone un pensamiento:

«¿Con quién puñetas he dormido?».

Levanta los párpados apenas una rendija, poco dispuesta a enfrentarse a su error, concediéndose unos minutos antes de poner en marcha el «plan de desalojo urgente de desconocidos». A la rosada luz que entra por los ventanales, distingue una espalda y unos glúteos masculinos redondos y firmes saliendo de la habitación.

«Joder, no, no, no, no».

Lamenta con toda su alma que su error no sea un desconocido. Identificaría ese culo entre cientos, entre miles de culos puestos en fila. Siempre ha sido el mejor atributo de Liam.

Sabía que había regresado de Nigeria a Washington D. C. unos meses después de hacerlo ella, pero había puesto especial cuidado en evitarlo. «Hasta ayer, claro», suspira. Se consuela a sí misma: ayer era 20 de marzo. El día en que comete las mayores locuras.

Su psicoanalista diría que necesita desesperadamente sentir que continúa viva, librarse a cualquier precio de la pesadilla que atormenta sus noches más oscuras. Tirarse a Liam no es algo de lo que sentirse orgullosa pero, dentro de su ranking, no es ni de lejos una de las peores cosas que ha hecho en el fatídico aniversario.

Al subir la sábana para cubrirse los pechos, repara en que las vendas de sus manos tienen manchas de sangre reseca. Sobre la mesilla hay vendas, tijeras y una pomada.

Finge dormir cuando él regresa.

—Oli, sé que estás despierta.

Se esfuerza en mostrar una respiración acompasada. No le pasa desapercibido que él la ha llamado Oli, no Olimpia. Oli.

—Vamos, no seas cría.

Se rinde con un bufido. Liam se ha puesto un bóxer y lleva en la mano un vaso con un líquido carnoso que parece un zumo de tomate del que sobresale una ramita de apio. Ella se sube un poco más la sábana.

—Tranquila, el código deontológico es muy estricto en cuanto a lo de abusar de pobres mujeres de mediana edad convalecientes.

—Ja, ja. ¿Qué traes, el bloody mary de antes de lavarte los dientes?

—Otro ja-ja para ti.

Se siente como si los cuatro años transcurridos desde la última vez hubiesen sido cuatro horas. Entre ellos sigue intacta la misma complicidad de aquellos meses en Nigeria.

Liam se sienta en el borde de la cama. Cambia de tono:

—¿Cómo te encuentras?

—¿Como si un camión me hubiese pasado por encima?

—Poco me parece.

Hace un gesto con la barbilla hacia un rincón del espacioso dormitorio. Tirada sobre la mesa, hay una botella vacía de Möet & Chandon y otra mediada, sin ninguna copa, al lado de unos guantes negros rajados de arriba abajo. Los corchos y el aluminio dorado están en el suelo, sobre el vestido de tafetán y el sujetador.

—Esto ya estaba así cuando regresé anoche. Te diste mucha prisa —le recrimina.

Olimpia frunce el ceño antes de recordar. Liam, el doctor Miller, tuvo que acudir a una urgencia en el hospital, por eso se marcharon antes de la recepción. Le dijo que se reuniría con ella en su piso.

—Anda, abre tu adorable boquita. —Le muestra dos pastillas. Mastica y traga sin hacer preguntas.

—Bébetelo entero.

Le acerca a los labios el vaso con el zumo. Apenas da un par de sorbos.

—¿Respecto a lo de ese accidente que sufriste ayer vaciando una mansión...? —le pregunta porque no termina de creerse la historia.

Su móvil comienza a vibrar en la mesilla.

—Un momento —se disculpa.

«Salvada por la campana», piensa Olimpia. Por supuesto, antes de acudir a la recepción habló con Jacob, sabe que abrió la matrioska de la subasta, pero se encuentra demasiado cansada y Liam la conoce lo suficientemente bien como para someterla a un interrogatorio.

El rostro del doctor se pone serio al leer los mensajes y se le forman las dos arruguitas paralelas entre las cejas. Teclea una respuesta y vuelve a dejar el móvil. Parece nervioso.

—Lo siento, tengo que marcharme. Era mi residente. Hay un problema con uno de los pacientes.

Se dirige a las butacas a recuperar sus vaqueros.

—¿Ni siquiera te vas a dar una ducha, doctor apestoso? —Lo ve dudar, así que añade—: En la cómoda de la habitación del fondo creo que aún queda alguna camiseta tuya. Y hay toallas limpias en ese baño.

—Ok. Pillo la indirecta.

En cuanto sale por la puerta del dormitorio, Olimpia se abalanza a por el teléfono de Liam. Ha ganado unos minutos. Tiempo suficiente.

«Ja, lo tienes claro si crees que me la vas a colar».

Algo le esconde, los «raíles de tren» no son por ningún paciente. Sin demasiadas esperanzas, teclea la clave que recuerda, la fecha de su boda.

«¡Bingo, no la ha cambiado!».

Lee los mensajes. Sí que son de su residente. Una palabra llama su atención: «Policía». La policía quiere interrogar a Liam «por el anciano que ingresó ayer. El de las huellas dactilares».

«¿La policía? ¿Un anciano?, ¿mi anciano?, ¿el desconocido que sabía mi nombre?».

No puede ser casualidad. Cuando te dedicas a la gestión de «crisis» descubres muy pronto que lo que consideras casualidades suelen ser mera falta de información.

Liam regresa oliendo a gel de ducha y con el cabello mojado. Recoge el móvil de la mesilla y se lo guarda en el bolsillo del pantalón.

—Creo que la camiseta pertenece a alguno de tus otros exmaridos —dice cínico. Sobre un fondo gris aparece la icónica foto de Einstein sacando la lengua—. Por lo grande que me queda, supongo que tengo que darle las gracias a Richard.

Se calza las deportivas.

—Necesitas descansar. Voy a inyectarte un relajante muscular.

Saca de su inseparable mochila un neceser negro y ella lo observa mientras clava la aguja de la jeringuilla en una ampolla de cristal.

—A sus órdenes, doctor —responde sumisa.

Ni siquiera se queja al sentir el frío pinchazo y el líquido penetrando en su cuerpo.

—Volveré en un rato y te cambiaré los vendajes. —Le señala las manos—. Anoche te pareció graciosísimo jugar a la momia y por eso estás sangrando. ¿Notas entumecimiento?

Ella niega con la cabeza.

—Por suerte las laceraciones no lesionaron ningún nervio. Los cortes en el dorso son poco profundos, pero resultan muy aparatosos por la cantidad de venas. Ahora duerme un poco.

Olimpia siente una agradable laxitud extendiéndose por su cuerpo. Resultaría tan fácil dejarse llevar. Pero, por supuesto, en cuanto Liam salga por la puerta, se pondrá en marcha. La alarma en su cabeza no cesa de pitar. Necesita averiguar lo que pueda sobre el anciano.

Como le dijo anoche Carlotta, ella es una Corbera.

Ignora que apenas faltan tres días para que su vida entera salte en pedazos por los aires.

Liam

—Entonces ¿seguro que no puede revertir el coma? —pregunta de nuevo el policía.

Liam se mordisquea el labio inferior, señal de que su paciencia se está agotando. Le ha explicado con palabras sencillas que han tenido que inducirle el coma al anciano debido a la gravedad de su estado y al aumento de la presión intracraneal. Al mantener al paciente sedado, el cuerpo necesita menos sangre, oxígeno y glucosa y mejora su recuperación.

—Verá, agente, no existe ningún interruptor que lo active para que usted le haga unas preguntas y luego se vuelva a apagar. Se corre un riesgo demasiado alto.

Si Liam escribiera una lista de las cosas que no soporta, la ineptitud y la desgana ocuparían algunos de los primeros puestos. Los gestos, el cuerpo entero del policía, desde los gastados zapatos a la mancha en la pechera de la camisa, el globo del abdomen, los cercos de sudor, la piel de los orondos brazos y del rostro —tan similares en color y textura a la manteca de cerdo— gritan su dejadez. Y su obesidad.

«Me inclinaría por un diagnóstico de obesidad mórbida de grado 3. Quizá un síndrome metabólico aterogénico —piensa—.

Si fuese mi paciente le vigilaría el azúcar por una más que posible diabetes».

Ajeno al diagnóstico mental, el policía anota en una libreta de tapas negras sus palabras con la caligrafía redondita y la lentitud de un colegial.

«Venga ya, por favor». A Liam se le escapa un suspiro de desesperación.

Siente un gran interés por el misterioso desconocido. Una curiosidad que se incrementó anoche, en casa de Olimpia. Mientras le cambiaba los vendajes de las manos, ella —inducida por el Möet & Chandon— le habló del anciano que la había llamado por su nombre en el hospital.

Él sabía a quién se refería: habían hallado a un paciente en el suelo del box de Olimpia, casualmente el sin techo al que estaba atendiendo cuando recibió —una segunda casualidad— la llamada desde el móvil de su exmujer.

«¿Conocía a Olimpia?».

El hombre sufría un cuadro de grave confusión mental y delirios pero, aun así, aunque se equivocara de persona, el nombre de Olimpia es tan poco habitual que no podía haberlo acertado al azar.

Por supuesto, eso se lo ocultó a ella. Igual que le escondió que —una tercera casualidad— el paciente que conocía su nombre mostraba síntomas y señales que coincidían con las sufridas en un largo cautiverio y, además, carecía de huellas dactilares.

Liam sabe cómo funciona la mente de su exmujer: está compuesta de material muy inflamable, por eso debe mantener el fuego, incluso la más ligera chispa, lejos de ella si quiere evitar que estalle un incendio.

—Pues despertarlo y preguntarle sería lo más rápido —sentencia el policía.

El doctor Miller le explica de nuevo que, aun despierto, el paciente no resultaría de demasiada ayuda. La falta de lucidez mental y su avanzado Alzheimer le hacen temer que padezca algún tipo de demencia. En ese preciso momento aparece en la puerta el otro policía. Regresa de interrogar a las enfermeras por la ropa y los objetos que llevaba el anciano al ingresar.

Suspira antes de explicar:

—No queda nada. Lo desnudaron para lavarlo y se deshicieron de los harapos que vestía, de las vendas, la esponja y todo lo que emplearon, metiéndolo en una bolsa que sacaron al cubo de los desperdicios. Por la noche, el equipo de limpieza recogió la basura de toda la planta y la quemaron en el incinerador del sótano.

Liam conoce el procedimiento que instauró el director ejecutivo al llegar a su puesto hace tres años. A la junta directiva le sorprendió gratamente la propuesta de instalar dos incineradores en el subsótano: uno para residuos bacteriológicos y microbiológicos y otro para el resto de los residuos sólidos del hospital. Resultaba una forma ecológica, limpia y segura de deshacerse de ellos. Y rentable, sobre todo rentable, comparado con lo que pagaban antes a una subcontrata.

La ropa del desconocido y cualquier rastro que pudiera contener se han convertido en un puñado de cenizas esterilizadas.

—¿Y cuánto tardará en despertarlo? —se obstina el posible diabético.

—No lo puedo determinar. Depende de lo que registren los monitores —insiste.

El policía hace un ruidito con la lengua mostrando su fastidio.

—Bueno, a lo mejor aparece alguna cosa en la gasolinera.
—Se refiere a la que hay en la carretera 301, donde lo recogieron los paramédicos y a la que han enviado a otra patrulla.

A Liam le molesta su indiferencia e insiste:

—¿No les resulta extraño que le quemasen las huellas dactilares?

—¿Las huellas? Esta gente —añade con desprecio su compañero— es capaz de dejarse hacer cualquier cosa por un trago. Le sorprendería lo que vemos a diario. De verdad que le sorprendería.

Una sonrisa cínica curva los labios de Liam.

«Sí, seguro que siendo médico de urgencias me sorprendería mucho. ¿Alguna vez has tratado a alguien que se ha pegado un festín de cucarachas o has extraído un pene del tubo de una aspiradora o una botella de refresco de una vagina o un ano? —le entran ganas de preguntarle—. Eso sí que es una auténtica sorpresa».

Y pensando en esa botella, se olvida de la otra, la de Jim Beam que sujetaba el anciano al ingresar y de la que los del servicio de limpieza no han podido deshacerse en el crematorio al ser de cristal.

Olimpia

Olimpia tiene la cabeza hundida en la almohada, le cuesta abrir los ojos, como si sus párpados fueran persianas cerradas con un candado.

A través de la espesa niebla siente alivio al reconocer la base de mármol negro de su lámpara de noche, el familiar borde de su mesilla. Se encuentra en su dormitorio. Se muerde el labio y trata de recordar.

«Noooooo».

Piensa que Liam acertó: el relajante muscular que le inyectó había penetrado en su torrente sanguíneo con tanta rapidez que para cuando quiso darse cuenta, aunque estaba completamente decidida a levantarse de la cama y ponerse en marcha, ya se había quedado dormida. A pesar del pálpito, de la alarma que pitaba en su cabeza avisándola de que algo estaba ocurriendo. El anciano. La policía.

«¿Qué hostias llevaba ese relajante? Tengo que averiguar el nombre».

Se incorpora y mira el reloj.

«No puede ser. No. No. No».

El susto la despeja: han transcurrido cuatro horas. Cuatro

angustiosas horas. La pesadilla ha regresado, vívida y detallada, embotando sus sentidos.

El cielo muestra su fiera oscuridad. El ruido de un motor despertándola. El frío en los brazos y las piernecitas desnudos al salir de la casa. Un coche naranja que se aleja. Las ramas de los árboles hablan furiosas entre ellas. La conocida calidez del establo.

Por la puerta abierta que ha utilizado para entrar, se cuela el viento que a rabiosas ráfagas agita la lámpara del techo. Los tablones de madera crujen. El haz de luz baña la escena y la envuelve en sombras sucesivamente al compás de sus movimientos. Una bola de pánico en la garganta le impide gritar ante la monstruosidad que hay a sus pies. Muy cerca de ella porque, con sus cinco años, mide poco más de un metro.

Y el olor.

El olor se impone al resto de percepciones, al bombardeo de señales que recibe su cerebro. Se pinza la nariz con los dedos, como cuando la obligan a beberse la leche hervida en la que intuye restos de nata.

Huele igual que cuando Duquesa, la hermosa yegua alazana de su madre, dio a luz al potrillo, a aquel lío de patas en un charco de placenta y coágulos.

Prefiere llamarlo pesadilla, aunque en realidad no sea un sueño sino un recuerdo. El más poderoso: el primero. Lo vivido hasta aquel día desapareció, se hundió.

Aquella lejana madrugada le dejó dentro sombras oscuras: el pánico, las fluctuaciones de la luz. Al olor pesado y metálico de la sangre se unió el amarillo oscuro de la paja húmeda. Se entremezclaron de tal forma que, inextricablemente, el resto de su vida, cada vez que Olimpia huela a paja, a heno, sentirá un escalofrío de la cabeza a los pies y se apoderará de ella la imagen de la muerte.

El combate diario contra su propia mente resulta extenuante, por eso trata de enterrarlo lo más hondo posible y, en ocasiones, lo consigue durante semanas, incluso meses, sobre todo cuando se embarca en uno de sus periodos de frenética actividad o comete las mayores locuras: el ceremonial con curare en el Amazonas, el voluntariado en Nigeria o en Bali, los retiros de meditación budista en Dharamsala, en Glenview, la ascensión al Cho Oyu en el Himalaya, el ochomil más accesible, la estancia en el Polo Norte, las sucesivas bodas o, actualmente, su labor gestionando «crisis».

Sepulta el recuerdo bajo capas y capas de nuevas experiencias como un cadáver oculto en los cimientos de hormigón de un edificio. Sin embargo, cuando menos se lo espera, su taimada memoria busca el recuerdo, lo recupera y lo extiende ante ella ardiente y espeso igual que la lava de un volcán.

Agarra el teléfono y sin pensar demasiado marca el número de Jacob.

—Necesito que investigues algo.

Se salta los saludos y los educados preliminares. Jacob está acostumbrado a la falta de formalismos y a la premura. Su jefa es un huracán. Por eso le extraña que hable tan pausada.

—Un momento, Jacob… —le pide.

Olimpia siente la lengua y el paladar tan secos como grava. Alcanza el vaso con agua que está al lado de los blísteres de pastillas y lo vacía en dos tragos ansiosos.

Con un hablar pastoso lo pone al tanto de la situación, de lo sucedido en el box, y le recita de memoria el mensaje del móvil de su exmarido: «... por el anciano que ingresó ayer. El de las huellas dactilares».

—De acuerdo. Recapitulemos —contesta Jacob cuando ella termina—. Se trata de un paciente del doctor Miller que ingresó ayer en el Bon Secours Community, un varón de unos setenta años, pelo largo y blanco y con algún problema en sus huellas dactilares, y que interesa a la policía. ¿Algo más?

A pesar de los latigazos de dolor en las sienes, Olimpia se esfuerza por visualizar al desconocido.

«¿Qué más? ¿Qué más?».

—¡Le temblaban bastante las manos!

—Vale. Un posible Parkinson.

—No es mucho… —se disculpa antes de preguntarle—: ¿Lo tendrás en una hora?

—Algo tendré. ¿Vienes a la Oficina?

La Oficina, así llama el equipo a la segunda planta encima de la Wimberly Art Gallery, un espacio con grandes medidas de seguridad donde desarrollan esa otra «actividad» de las empresas de Olimpia.

A ella se le escapa la pulla, la sonrisita, antes de preguntarle:

—¿No estarás en alguna playa salvaje borracho de daiquiris?

Formar parte del equipo Wimberly es un trabajo a tiempo completo que condiciona el resto de la vida. La gestión de «crisis» no admite horarios pautados, no se puede ir a recoger a los niños al colegio ni acudir a las citas con el dentista. De propina, es difícil mantener una relación normal con una pareja, si por normal se entiende compartir un mínimo de sinceridad.

Entre «crisis» y «crisis», Blake y Erika se esfuman para hacer lo que quiera que hagan en su tiempo libre, con la única condición de presentarse en la galería en un máximo de ocho horas desde el momento en que se les reclame; en ese lapso de tiempo, una persona con conocimientos y recursos puede atravesar medio mundo.

En cambio, Jacob acostumbra a pasarse a diario por la Oficina. No le gustan los viajes y su idea de una aventura consiste en escudriñar las vidas ajenas y en leer con voracidad historias clínicas. Y luego está el problema de las plantas, por supuesto.

A lo largo de estos dos años han colonizado hasta tal punto el espacio que Olimpia bromea con que, después del bosque tropical del Amazonas y los bosques boreales, se han convertido en el tercer pulmón del planeta. Jacob cuida a cada una de las plantas con el celo obsesivo que los dueños de mascotas dedican a sus animales. Incluso les ha puesto nombre.

—En una hora en la Oficina —la cita Jacob.

El escritor

A través de un catéter y con perfusiones continuas, introducen en el torrente sanguíneo del escritor una solución de opiáceos, benzodiacepinas, hipnóticos, anestésicos disociativos y dexmedetomidina. Todos ellos le provocan el coma farmacológico, un profundo estado de inconsciencia en el que no responde ni al dolor ni a los estímulos, y en el que sus constantes vitales se mantienen gracias a la maquinaria de respiración asistida y a la alimentación parenteral por vía intravenosa.

Quizá por la profundidad del estado de inconsciencia, en su deteriorada mente se abren ventanas de una lucidez que no ha experimentado en los últimos años, como si una potente linterna iluminara aquí y allá episodios que habían permanecido hasta entonces en la más completa oscuridad.

Aunque no es capaz de calcular cuánto ha permanecido cautivo —eso ya entraría en el hermoso campo de los milagros—, por primera vez vislumbra esa extensión de tiempo como una larguísima carretera, kilómetros y más kilómetros atravesando un paisaje desértico. Todos juntos suman muchos años, tantos que, con pesar, comprende que la relación con la persona que lo tenía prisionero es la más larga que ha mantenido.

Comprende que también ocurre a la inversa. Él, posiblemente, ha sido su relación más duradera. También asume que mantenerlo con vida —la obligación de las rondas semanales para llevarle comida, ocultar la existencia de la cabaña— ha supuesto una pesada carga. Una pesada carga y un gran secreto que no habrá podido compartir con nadie.

Necesariamente ha lastrado la vida de la otra persona.

La linterna ilumina una nueva ventana de lucidez. Los objetos que le fue proporcionando en los últimos años: el tenedor, el cuchillo, el bolígrafo.

«¿Fueron descuidos?, ¿tantos?».

La respuesta se le aparece en brillantes letras como las del rótulo de Studio 54, la discoteca donde pasó tantas y tantas noches. Dejaba cosas potencialmente peligrosas a su alcance con la intención de que se suicidara. Después de tanto tiempo se había convertido en un estorbo, en una carga de la que no sabía cómo deshacerse.

Su nueva lucidez le permite unir hechos y llegar a conclusiones.

«¿Me escapé o dejó que huyera?».

La trampilla abierta. La escalera de mano bajada. No era la primera vez que ocurría, llevaba repitiéndose durante los últimos meses, cada vez con más frecuencia. Al principio ni se atrevía a acercarse, después fue ascendiendo peldaños, cuatro, cinco, diez… venciendo poco a poco el miedo. Un par de veces llegó a sacar la cabeza por esa boca abierta que lo reclamaba: «Sal, sal afuera, escapa». Permaneció así unos minutos, escrutando la habitación, sin rastro de la persona que lo mantenía prisionero.

«¿Dónde está?, ¿es un nuevo juego?, ¿el macabro juego de la esperanza?», se planteaba. Sospechaba que en cuanto pusiese un pie fuera, aparecería.

Hasta hace cinco días, cuando tras muchas dudas probó a salir y descubrió que estaba solo.

«¿Me dejó escapar? ¿Por qué? ¿Por qué después de tanto tiempo?».

Y la única razón es que pensaba que en su estado no sobreviviría en el bosque, moriría de hambre, de sed, por alguna caída o devorado por algún animal salvaje, y aquella sería su silenciosa tumba.

Lo recorre un intenso escalofrío de pavor que se refleja en sus facciones, en un pico de los registros de los aparatos que lo monitorizan: el plan de la persona que lo ha tenido cautivo ha fallado y no puede dejarlo con vida. Arriesgarse a que pronuncie su nombre.

En cuanto descubra dónde está, vendrá a por él.

Olimpia

Olimpia entra con paso firme en la Wimberly Art Gallery. Mientras la montaba descubrió que le encantaba ese trabajo, lo cual no era extraño porque su tía le transmitió su pasión por el arte desde niña. Acostumbraban a visitar el Met, el MoMA, el Guggenheim, museos en los que las trataban como si perteneciesen a la realeza ya que, desde que Carlotta gestionaba el patrimonio de los Corbera, su labor filantrópica se centró en importantes donaciones a estos centros.

Incluso sin salir de Rochester, la mansión familiar de los Corbera, Olimpia podía disfrutar de una impresionante colección de arte moderno que su tía había ido adquiriendo con una brillante intuición. Cuadros que compró a artistas emergentes que actualmente alcanzaban cifras astronómicas en las subastas.

Disfruta tanto con la galería que, de vez en cuando, organiza exposiciones con montajes cada vez más complejos y arriesgados en los que apuesta por jóvenes talentos. Durante ese tiempo no aceptaría de cliente ni al mismísimo presidente de Estados Unidos.

Saluda a su ayudante.

—¿Alguna novedad?

Recuerda que se llama Natasha, que terminó la universidad el verano pasado, que acostumbra a llevar pantalones de cuero negro y poco más. Cambia de ayudante —en realidad se trata de una recepcionista, pero resulta más glamuroso el cargo de ayudante— cada dos meses. Intenta que sean un poco bobos y que ninguno se quede el tiempo suficiente para intuir las actividades del equipo Wimberly en la Oficina. A cambio les firma un generoso finiquito.

La chica niega con la cabeza.

Tampoco esperaba ninguna.

—Estaré arriba, en las oficinas —se despide antes de que tenga tiempo de preguntarle nada.

Sale de la galería, rodea el edificio y se detiene ante lo que parece una puerta antiincendios. Abre con su llave el cajetín donde se encuentra el teclado y marca el complicado código alfanumérico que da acceso al interior.

En el montacargas vuelve a teclear otro código. Una vez dentro, contempla un par de manchas en el suelo, pequeñas, negras y circulares. Cruza los brazos bajo el pecho: los pinchazos de las manos se han mitigado considerablemente gracias a los calmantes. Inspira hondo, nota cómo el aire frío entra en sus fosas nasales y se vuelve tibio. Trata de contenerlo, pero el pecho le duele, como si una cuerda le enrollase los pulmones.

«Estoy hecha una mierda».

La Oficina ocupa una planta entera, un loft de quinientos metros cuadrados con grandes ventanas y techos altos, del que se han eliminado la mayoría de las paredes divisorias y se han dejado a la vista algunos de los elementos originales como las vigas o las cañerías, y se ha incorporado mucho metal en los objetos decorativos para mantener un ambiente industrial. No en vano el edificio —propiedad de los Corbera— hasta los años cincuenta fue una fábrica de bombillas.

Sale del montacargas, abre la puerta y empieza a andar por el gran espacio diáfano —a excepción de los pilares de carga, de ladrillo visto—. La coleta alta en que se ha recogido el cabello pelirrojo es el diapasón de sus pies. Pasa por delante de las araucarias de casi dos metros que custodian la puerta que da acceso a las salas de reuniones y los despachos.

«Cualquier día nos van a devorar».

En ocasiones acude a su mente el fotograma de la película *La tienda de los horrores* e imagina que las plantas la atrapan con sus ramas convertidas en manos.

En el pasillo, bebiéndose a grandes sorbos la luz natural de los enormes ventanales, destacan unas kentias, un filodendro y una rosa del desierto —la que más atenciones reclama—. Continúa andando hasta el corazón de la Oficina, la sala a la que llaman el «quirófano», donde planean las operaciones.

Se oyen los acordes de *Halo*. A Jacob la música alta, estridente, le ayuda a concentrarse; siempre que sean canciones de Beyoncé, claro.

Vuelve a inspirar hondo.

«El show debe continuar».

—Hola —dice en voz alta.

Jacob está absorto en pulverizar agua sobre las flores abiertas de las blancas orquídeas. Viste sus habituales pantalones vaqueros con una camiseta con la espiral de Fibonacci. Lo único que varía en su vestuario son los tonos —dentro de una diversidad cromática muy limitada— y las estampaciones. Es un hombre de costumbres fijas: se cambia la camiseta cada dos días y la sudadera los lunes.

—¿Qué tal?, ¿has descubierto algo? —le pregunta ella mientras baja el volumen de la música.

En vez de contestar, Jacob centra su atención en las manos de Olimpia, cubiertas con unos anchos guantes de piel negra. Escruta su rostro, en el que la hinchazón ha desaparecido. Incluso la del labio, que ahora cubre un carmín de un suave tono marrón. Sabe que para su jefa hay tres imprescindibles sin los que jamás sale de casa: su toque de carmín, la capa de rímel negro que hace visibles sus pestañas pelirrojas y la base de maquillaje que matiza sus pecas.

—¿Cómo te encuentras? —le pregunta.

Casi se delata añadiendo «IBM». Baja la vista. De ningún modo puede permitir que Olimpia descubra hasta qué punto le fascina. Que si forma parte de su equipo no es por el dinero, ni siquiera por el reto que supone, sino por ella.

Su preocupación resulta tan amistosa, tan espontánea, que la conmueve.

—Más o menos como si hubiese estallado una bomba, me hubiese lanzado contra una pared y hubiese parado una lluvia de cristales con las manos.

No consigue sacudirse de encima la congoja que le ha causado la pesadilla; el olor a paja húmeda y sangre y la visión del cuerpo en el suelo son como un chicle pegado a la suela del zapato. Juguetea con la cadenita de oro con un colgante en forma de estrella que acostumbra a llevar.

«¿Por qué ahora, después de tanto tiempo? ¿Ha sido la droga para caballos que me ha inyectado Liam? ¿La señal de que debo ponerme en marcha, cambiar de escenario?».

—¿Qué has averiguado del anciano?, ¿por qué ha ido la policía al hospital?

A Jacob se le iluminan los ojos.

—Ven, mira.

Se sientan delante de uno de los monitores.

—¿Crees que reconocerías al hombre?

—No estoy segura, estaba sedada, pero…

No le da tiempo a terminar la frase. En el monitor aparece un vídeo. Dos paramédicos empujan una camilla con un anciano semiinconsciente cubierto de barro y sangre, sujeto con los cinturones laterales, al que enseguida se acerca un médico con la bata abierta: su exmarido.

Olimpia señala con el dedo.

Acostumbrada a la pericia de Jacob, ya no se asombra, o por lo menos no lo demuestra. Resulta muy complicado saber qué piensa o siente Olimpia Wimberly: jamás se abre con nadie que no sea de su familia. Su armadura está llena de arañazos de aquellos que lo han intentado en vano.

—Es él.

—He accedido a las grabaciones de la cámara de seguridad instalada en la entrada de urgencias del Bon Secours Community, y ya por puro descarte...

Las imágenes continúan mientras hablan. Ahora el doctor Miller mira con fastidio y preocupación la pantalla de su móvil. Pestañea, incapaz de contener su asombro.

—Por la hora, está contestando a la llamada que le hice desde tu teléfono —le explica.

«¿Cómo pudiste desbloquearlo? ¿Cómo sabías que Liam era mi exmarido? ¡¿Me has hackeado?! ¡¿Qué más has descubierto?!», se pregunta sin ni siquiera sorprenderse demasiado.

Por supuesto, no va a permitírselo más, debe fijarle unos límites claros si quiere continuar en el equipo. Aunque este no es el momento, ya se encargará más tarde. Ahora se centra en el monitor. Observar la reacción de Liam es algo tan placentero y culpable como espiar por el ojo de una cerradura. Por desgracia, el espectáculo termina enseguida.

—¿Quién es ese hombre?

Las pulsaciones se le han acelerado ante la inminente pregunta que va a hacerle después a Jacob: «¿Por qué conocía mi nombre?».

—No lo sé.

Lo observa con un punto de incredulidad. Puede contar con los dedos de las manos las veces que ha reconocido no haber podido averiguar algo.

—Y tengo una mala noticia —le advierte.

—¿Ha muerto? No me jodas que ha muerto.

Jacob piensa que la compasión nunca ha sido uno de los puntos fuertes de la personalidad de Olimpia. «Ni falta que hace».

—No, no, pero casi. Le han inducido un coma, así que nadie puede hablar con él.

—¿Nadie? —repite de forma automática.

—A no ser que tú tengas línea directa con Dios...

Están tan cerca el uno del otro que Jacob advierte cómo las cejas de Olimpia —dos pinceladas pelirrojas— se acercan entre sí y supone que está frunciendo el ceño. No puede verlo porque el flequillo le cubre esa parte del rostro. El informático tiene la teoría, que no ha compartido con nadie, de que su jefa se ha dejado flequillo para ocultar su único punto flaco.

A él en concreto le parece muy favorecedor, le proporciona un aire travieso, juvenil, que le hace aparentar bastante menos de sus treinta y siete años. Además, dulcifica sus facciones y el arco de la mandíbula tan marcada. Aunque, concretamente, a él todos los rasgos de Olimpia le parecen muy favorecedores.

—Perdona, perdona. Mira lo que he conseguido...

Teclea y, en la pantalla, la entrada de urgencias es sustituida por el interior del hospital, por los boxes. A Olimpia le resulta extraño ser espectadora de sí misma. Ver su cuerpo inconsciente, desvalido. Cómo el anciano se acerca y le toca la mejilla.

—¡Sabía que no lo había imaginado!

—¿Te has fijado en su rostro?

Jacob retrocede un minuto al momento en que el desconocido la descubre: la expresión de asombro que cambia rápidamente por otra. Olimpia no necesitaría haber estudiado lenguaje no verbal para interpretar que la forma en que se le marcan las patas de gallo, las mejillas se elevan y se aprecia movimiento en los músculos que controlan los ojos indican felicidad. Una gran felicidad.

—¿Estás segura de que no lo conoces? —le pregunta Jacob.

Ella escudriña el plano fijo del rostro.

—Completamente.

—A lo mejor te confundió con otra persona. ¿Tienes escondida por ahí una hermana gemela?, ¿una que se llama igual que tú? —dice burlón.

Se produce un silencio. Olimpia no está dispuesta a hablarle de la otra persona con la que comparte nombre. Trata de no revelar sus sentimientos, que en este caso resultan demasiado dolorosos.

«No puede ser que creyese que yo era ella», se dice.

Aunque desde que se ha despertado, esa remota posibilidad se ha convertido en un pequeño pálpito.

«¿Acaso hay otra explicación?».

Liam

—Perdón, ¿el doctor Miller? Me han dicho que tenía que preguntar por usted.

Liam observa al chico con un punto de perplejidad hasta que comprende quién es.

—¿Es el fotógrafo?, ¿el fotógrafo de la policía? ¿Ya?

Por toda respuesta, él señala la abultada bolsa negra que lleva colgada del hombro.

—Sígame —le indica de mala gana.

«En vez de protección para el anciano, he conseguido todo lo contrario: exponerlo», piensa.

Hace unas horas, cuando habló con los dos policías, Liam solicitó un agente que custodiase la puerta de la habitación del anciano, pero ellos no lo consideraron necesario. El futuro diabético descartó la idea del secuestro, y menos durante un periodo tan largo de tiempo.

—Anda que no he visto yo otros sin techo con la misma pinta que este. Es lo que tiene alojarse en una suite en el hotel de la calle —dijo jocoso.

Liam sospecha que niega el secuestro porque, en parte, cualquier elemento que se escapa de los parámetros habituales asusta a un ser tan obtuso como él y, en parte, por llevarle la contraria.

El agente continuó con la chanza:

—Si tiene tanto interés en ellos, voy a la esquina de la gasolinera y en diez minutos le traigo tres o cuatro secuestrados —dibujó comillas con los dedos— más para que los estudie.

—¿Puede darnos alguna evidencia de lo que sugiere? —intentó mediar su compañero.

—Les he mostrado los análisis: la osteoporosis, el déficit de vitamina D...

—Me refiero a algo que no pueda achacarse a vivir en la calle, algo más irrebatible.

—¿Irrebatible? Espere que voy a buscar la fotografía que se hizo con su secuestrador para su perfil de Instagram —contestó Liam con sarcasmo.

—Pues eso es una idea. —El primer policía cabeceó con el rostro brillante de sudor—. Podemos mandar al fotógrafo, que le saque una y que luego el de prensa la envíe a los periódicos y a la tele para pedir la colaboración ciudadana: «¿Conoce a este hombre?».

—Genial —concedió el otro policía—, quizá alguien lo identifique.

Liam pestañeó incrédulo. Hacía mucho tiempo, desde su etapa en Médicos Sin Fronteras, que no sentía cómo la impotencia le golpeaba de una forma tan brutal.

—¿Saben quién lo va a reconocer sin ningún género de duda? Lo miraron recelosos.

—¡La persona que lo ha mantenido secuestrado durante años y que lo estará buscando desesperadamente! —soltó frustrado.

Se esforzó por intentar calmarse y mostrarse razonable.

—¿No ven que publicar esa foto puede ser una trampa mortal?

—¿Trampa mortal? Doctor, ha visto demasiadas películas.

Mientras Liam acompaña al fotógrafo hasta la habitación del anciano, valora la posibilidad de llevarlo a otra distinta.

Olimpia

Entre Olimpia y Jacob se instala un incómodo silencio tras sus últimas palabras:

—¿Tienes escondida por ahí una hermana gemela?, ¿una que se llama igual que tú?

La voz de Beyoncé cantando *Crazy in Love* parece sonar más fuerte que antes. Finalmente, Olimpia cede y contesta:

—Confía en mí. No he visto a ese hombre en mi vida —miente sin saberlo. Y esas son las mentiras más peligrosas, las que se dicen creyendo que son ciertas.

Una sonrisa burlona curva los labios de Jacob. Trabajó años en el FBI investigando los sótanos y los recovecos de infinidad de personas, ha descubierto demasiados secretos, demasiada mierda.

Todo ser humano acaba confiando en alguien y esa debilidad se convierte en su punto flaco. Por eso se prometió que jamás se sinceraría con otra persona, que no quedaría expuesto ante nadie.

Se aisló en sí mismo y se recubrió de un manto durísimo, tanto como un cristal blindado. El cristal blindado está formado por tres capas —dos lunas de cristal grueso entre las que se intercala una capa de polivinilo o resina líquida— que se funden entre sí durante la laminación hasta obtener una única pieza.

Dada la dureza del cristal y la elasticidad del otro material, absorbe la energía cinética que libera el impacto de un proyectil e incluso, aun cuando se quiebra, las esquirlas quedan adheridas a las capas intermedias y mantienen la integridad del conjunto.

Pues bien, ese cristal, que permaneció impenetrable a cualquier tipo de afecto desde que descubrió a su padre dando su sermón entre las tetas de la feligresa, comenzó a agrietarse la tarde en que Olimpia le respondió que si él era HAL, ella era IBM.

Una palabra y, ¡zas!, tantos años de esfuerzos al garete.

«Te lo compro —piensa Jacob—. Partiré de la hipótesis de que dices la verdad y no lo conoces».

—Tengo su historia clínica. Y hay algunas cosas muy interesantes.

—Soy toda oídos —dice.

A Jacob le gusta hacerse de rogar.

—Al parecer, lo que leíste de las huellas dactilares se refiere a que el hombre carece de ellas, se las quemaron seguramente con ácido.

Olimpia siempre está dispuesta a esperar lo peor de cualquier ser humano para minimizar las sorpresas y las desilusiones; sin embargo, la nueva información la descoloca. Una sensación que le desagrada.

—A falta de la confirmación de un forense, el doctor Miller plantea que por el grado de cicatrización ocurrió hace años, puede que más de veinte.

—¿Más de veinte años?, ¿y qué ha hecho durante todo ese tiempo?

—Aquí la cosa se pone interesante. La policía se inclina por la teoría de que es un sin techo. Sin embargo, en vista del deterioro fisiológico y seguramente mental del hombre, aunque esto último es solo una conjetura dado que llegó inconsciente y nadie ha podido hablar con él, tu doctor mantiene contra viento y marea que se trata de un «huevo».

—¿Un «huevo»? —pregunta desconcertada, hasta que comprende—: ¡Un «huevo»!

—Algún «pajarito» lo ha estado empollando en su «nido», pero agárrate porque ahora viene lo bueno: lo que suena más descabellado, lo que la policía se niega a aceptar, es que el doctor Miller sostiene que ha estado en el «nido» no unas semanas o unos meses, sino durante años, décadas incluso.

«¿Décadas secuestrado?».

Los límites de su particular frontera de la maldad humana acaban de desplazarse.

—Si tu doctor está en lo cierto, se trata de un secuestro *cum laude*, la madre de todos los secuestros —dice Jacob, que parece regocijado.

Olimpia apostaría a que la policía se equivoca y que, por descabellado que parezca, Liam acierta: lo ha visto errar en sus diagnósticos en contadas ocasiones.

—Pero ¿cómo lo ha conseguido?

Él se encoge de hombros.

Olimpia frunce el ceño en un gesto instintivo. Permanece dubitativa. Mueve la cabeza. Siente que su cerebro, habitualmente tan rápido en establecer conexiones, está embotado, lento, como un Ferrari al que obligasen a circular en punto muerto.

«No. No. Busca la pregunta correcta. Haz la correcta».

Una de las lecciones Wimberly es que sus clientes no resuelven la mayoría de los problemas —de las «crisis»— y deben recurrir a ella porque se plantean la pregunta equivocada, así que buscan la respuesta equivocada en el lugar equivocado y eso vicia la investigación.

«La pregunta correcta, lo primero que necesitamos averiguar no es cómo lo ha hecho, eso viene después, sino la motivación, el porqué», les explicó.

—¿Por qué querría alguien hacer algo así, tomarse tantas molestias? —pregunta en voz alta.

A simple vista, los motivos que empujan a los seres humanos a actuar parecen múltiples y variados, pero cualquier criminólogo los reduciría a tres binomios: venganza-justificación, poder-dinero, pasión-sexo.

«Un acto que se alarga tanto en el tiempo parece descartar el poder y el sexo. Por odio, por venganza, esa es la única razón posible», concluye.

—¿Qué cosa tan horrible hizo para merecer algo así?

Ella misma se responde antes de que Jacob pueda replicar nada:

—En cualquier caso, hay que encontrar las pruebas que respalden o no la hipótesis del secuestro, empezando por identificar al maldito desconocido.

Las heridas de las manos le escuecen, le pican, le cuesta esfuerzo no toqueteárselas, no rascarse aunque sea contra el pantalón. Continúa:

—Si le quemaron las huellas dactilares, supongo que entonces estarán registradas. Busquemos a personas desaparecidas o que estén fichadas por la comisión de algún delito o crimen violento.

—Es la opción más evidente y la que está siguiendo la policía —responde Jacob.

No le sorprende que conozca las líneas de investigación. Olimpia está acostumbrada a que Jacob encuentre brechas de seguridad en las reglas que procesan los cortafuegos de los sistemas informáticos, sobre todo aquellos que cuentan con una comunidad diversa de equipos, servidores y otros dispositivos de red, como los de la policía y las organizaciones gubernamentales.

—Resulta complicado —sigue explicándole Jacob— al no poder establecer una horquilla temporal. Para empezar, ¿cuántos años tiene? Y suponiendo que cometiese un delito, ¿cuándo?, ¿en la década de los cincuenta, los sesenta, los setenta, los ochenta? ¿Tienes idea de cuántos delitos se cometen a diario en todo Estados Unidos?

Ella frunce ligeramente el entrecejo.

—Concreta un poco más. Por ejemplo, la tasa total de crímenes violentos del año pasado fue de 383,4 por cada cien mil habitantes. ¿Te refieres a eso?

Jacob se echa hacia atrás en la silla. Por un momento se había olvidado de la memoria casi fotográfica de su jefa.

—De acuerdo, tú ganas. Además de buscar a personas desaparecidas, también han enviado una patrulla al lugar en donde la ambulancia recogió al hombre.

—¿Y?

—Nada. No han encontrado nada.

—No sé por qué no me sorprende —responde cínica.

En más de una ocasión le ha dicho al equipo que la existencia de una empresa como la suya se debe a la incompetencia de las fuerzas policiales.

—¿Quieres que llame a Blake y a Erika? —le pregunta Jacob.

El gesto de su rostro se torna más reflexivo mientras valora esa opción. Aunque con ellos avanzaría más rápido en la investigación, esta no es una gestión de «crisis» propiamente dicha y ni siquiera tienen un cliente.

—No, aún no.

Una idea ilumina el rostro de Olimpia.

—¡El ADN! El ADN no han podido eliminarlo. ¿Lo están investigando?

—Creo que no, pero no va a servir de nada…

Olimpia se pone bruscamente de pie y coge su bolso.

—¿A dónde vas?

—Al hospital, a conseguir una muestra.

El brillo en sus ojos muestra su determinación. Jacob conoce ese brillo. Nada de lo que diga va a lograr que cambie de opinión. La ve salir mientras paladea una de sus palabras preferidas:

«serendipia», realizar un hallazgo valioso de forma casual mientras se busca una cosa distinta.

«El error que lleva al éxito», piensa.

La historia de la ciencia está plagada de serendipias como la del medicamento que ha hecho felices a tantos hombres: el uso de viagra en la disfunción eréctil. Inicialmente, la farmacéutica Pfizer lo creó para tratar la angina de pecho y lo sometió a pruebas con voluntarios. Debido a los escasos resultados, ya estaban a punto de abandonar cuando los hombres que participaban en los estudios reportaron un inesperado efecto secundario: numerosas erecciones.

Quizá en el hospital Olimpia haga algún descubrimiento valioso e inesperado mientras consigue el ADN del desconocido. Además, prefiere que se marche; va a echar otro vistazo a su pasado. Si es cierto que no lo conoce, cree saber con quién la ha podido confundir y quiere tener una prueba irrefutable para encararla.

Olimpia

Con paso decidido, sin vacilar, Olimpia avanza por el pasillo de la cuarta planta del hospital. Jacob le ha mandado la ubicación del anciano: habitación 417. Ya tiene la mano en el pomo de la puerta cuando oye una voz detrás de ella.

—¿Qué hace? —le pregunta una enfermera.

—Vengo a ver a mi padre —responde con naturalidad, y la mira a los ojos poniendo en práctica otra de las lecciones Wimberly: «Una mentira resulta creíble si se dice con seguridad y sin rehuir el contacto visual».

—¿Su padre? Creo que se equivoca de habitación.

Olimpia abre la puerta y en dos zancadas se coloca al lado del cabecero del lecho donde reposa el anciano conectado a varios monitores.

—¡Dios mío! —Se lleva una de las manos enguantadas a la boca como si contuviera un sollozo.

La sombra de una duda cae sobre la enfermera.

—¿Está segura de que es su padre?

Por toda respuesta le devuelve una mirada ofendida.

—¿Ha hablado con su médico? —pregunta recelosa.

—Por supuesto. Ha sido el doctor… —finge vacilar—, creo

que se llamaba Miller, el doctor Miller quien me ha dicho dónde encontrarlo.

La enfermera está cansada y, aunque las explicaciones no la han convencido, no tiene ganas de llevarle la contraria. Hace años que aprendió que discutir con los familiares de los pacientes no entra dentro de su sueldo, prefiere darles la razón y pasarle el marrón a un superior.

«Ahora mismo llamo a Miller y le cuento lo de la hija misteriosa», piensa.

—De acuerdo, si necesita algo estaré en el puesto de control.

En cuanto oye cerrarse la puerta, Olimpia saca una bolsa de pruebas y arranca de un fuerte tirón unos cuantos cabellos de la cabeza del anciano. Más de los que pretendía.

—Lo siento —murmura con ellos en la mano.

Se asegura de que contienen folículos capilares, los introduce en la bolsa, la cierra herméticamente y la guarda en su bolso. Saca el kit de extracción de ADN, lo abre y se queda con el bastoncillo de algodón esterilizado en la mano.

Una mascarilla de plástico duro y transparente cubre tanto la boca como las fosas nasales del hombre. De la mascarilla sale un tubo conectado a un respirador y una goma se la sujeta a la cabeza evitando que se desplace. Está segura de que si se la aparta, comenzará un festival de pitidos.

«¿De dónde diablos recojo una muestra?».

Lo observa valorando las opciones: «¿Valdrá el cerumen del oído?». La vista recorre el cuerpo: «¿Los genitales?». Hace una mueca de asco al imaginarse el gusano mustio y arrugado y se decide por el oído. Con sumo cuidado introduce la punta del bastoncillo entre la jungla de pelos duros y canosos que sobresalen del orificio auditivo, los mismos que adornan el hélix. Da unas vueltecitas antes de sacarlo.

Una vez todo está a buen recaudo en el bolso, suspira y relaja los hombros.

«Suficiente».

Por primera vez se permite mirar al desconocido como a una persona y no como a un enigma. La piel apergaminada de un blanco azuloso, casi albina y llena de manchas; la barbilla puntiaguda; los ojos hundidos en unas pronunciadas cuencas, el izquierdo hinchado y adornado con una sinfonía de colores que van del marrón al verde y al morado. La misma que se dibuja en la piel de los brazos que el camisón deja al descubierto.

«Debieron de darle una paliza».

Todo en él transmite fragilidad, de quebrarse si se ejerce la más mínima presión, como un papel que se quema en el fuego y basta con soplar sobre él para que se descomponga en mil pedacitos que salen volando.

«¿Quién eres?, ¿por qué sabías mi nombre?, ¿de verdad te han secuestrado?», piensa. Sin embargo, las palabras que pronuncia son:

—¿La conociste? ¿Me confundiste con ella?

En ese momento, la puerta de la habitación se abre con brusquedad, tanto que golpea la pared. La persona que la ha abierto se detiene en el umbral por la sorpresa.

—¿Tú?

Olimpia no necesita girarse. Igual que reconocería su culo entre cientos puestos en fila, también su voz es inconfundible.

«Maldita enfermera. Esto va a ser un lío de narices».

—No me lo puedo creer —dice indignado.

Olimpia se fija en que Liam aún lleva la camiseta de Einstein sacando la lengua debajo de la bata blanca que lo identifica como médico, la misma que se ha puesto esta mañana en su casa.

Liam

—¿Qué haces aquí? —le pregunta Liam muy serio.

Al avisarle la enfermera de la repentina aparición de la «hija», ha abandonado la ronda de visitas a los pacientes de la cuarta planta y ha recorrido los escasos metros que lo separan de la habitación 417.

«Será alguna maldita periodista que se habrá enterado de lo de las huellas dactilares. No sé cómo, pero siempre acaban averiguándolo todo».

Prefiere no pensar en que su intuición sea correcta y la persona que ha mantenido cautivo al anciano durante estos años haya ido al hospital a rematar el trabajo. Desde luego, lo último que esperaba era encontrarse con su exmujer.

«Venga ya, no me jodas».

—¿Que qué hago aquí? ¿Obedecer tus órdenes? —responde ella.

Liam no contesta. La escruta de arriba abajo: el cabello recogido en una coleta, los zarcillos en las orejas, la fina cadena de oro, la blusa (que por la caída que tiene el tejido, por la forma en que remarca sus pechos —«no le mires las tetas, joder, no le mires las tetas»—, seguro que cuesta más de lo que paga él de alquiler).

«Cien por cien Olimpia, con ese aire elegante, distinguido y dinámico al mismo tiempo. Tan hermosa».

No queda ni una sombra de la vulnerabilidad de esta misma mañana. Le agrada la forma en que siempre se levanta, como un tentetieso, el juguete infantil que tras golpearlo vuelve a su posición inicial.

—¿No dijiste que tenía que venir a una cura? —continúa ella, y le muestra las manos enguantadas.

A Liam ahora no solo se le marcan «los raíles de tren», las arrugas de preocupación entre las cejas, sino que también tiene la mirada dura y la boca tan fruncida que parece que los labios se hubiesen estrechado. Olimpia suspira y cambia de estrategia. Decide ser sincera, «sincera hasta cierto punto, claro».

—Hay algo que tengo que contarte.

Le explica lo que aconteció en el box; sin embargo, Liam no reacciona.

«¿Qué le pasa?».

—Este hombre, al que no conozco, me llamó por mi nombre. Por mi nombre —insiste.

Arruga los labios y sopla en dirección al flequillo, que de pronto le molesta. Entonces lo entiende.

—¿Lo sabías? —pregunta perpleja—. ¿Cómo?, ¿has visto la grabación del box?

Ahora sí, el rostro de Liam muestra sorpresa y, tarde, muy tarde, ella se da cuenta de que su cerebro embotado le ha jugado una mala pasada: de manera indirecta ha insinuado que conoce una información que no debía revelar.

—¿La grabación del box?, ¿cómo has tenido acceso a la cámara? —Mueve la cabeza intentando comprender.

Olimpia no puede permitir que Liam continúe conjeturando y recurre a su libro de cabecera, el mismo que inspiró a Napoleón o Maquiavelo. El general y filósofo chino Sun Tzu escribió *El arte de la guerra* en el siglo VI a. C. y en sus páginas enseña a comprender las raíces de un conflicto y a buscar una solución: «La mejor victoria es vencer sin combate».

Como esa sentencia ya llega tarde, se decide por «No hay mejor defensa que un buen ataque».

—Hablé en sueños, ¿no? —ataca—. ¿Tuve la pesadilla?

La postura y la expresión de Liam se crispan. Él conoce la existencia de la pesadilla, no su contenido —apenas los retazos que ella le ha contado—, pero han compartido cama suficientes noches y ha tenido que despertarla, que consolarla entre sus brazos, demasiadas veces para saber cuánto le afecta.

Olimpia es imparable, nunca se pregunta por qué no doblegarse, por qué no rendirse; pero hasta el mismísimo Superman es vulnerable y tiene su talón de Aquiles. Existe un compuesto radiactivo verde, creado a partir de los restos de su planeta de origen —Krypton—, que aniquiló a su raza y que lo debilita hasta matarlo: ese material se llama kryptonita. Y Olimpia tiene su propia kryptonita: su pesadilla. De la misma forma que Superman, ella debe alejarse de ese mal sueño si no quiere arriesgarse a que le afecte de forma catastrófica.

Las últimas semanas en el campamento de refugiados de Rann, la acechaba en cuanto cerraba los ojos. El entusiasmo que desbordaba unos meses antes se fue consumiendo como una vela encendida hasta que una tarde preparó una mochila con lo que consideraba imprescindible. Una mochila muy pequeña.

—Necesito irme —le dijo.

—¿A dónde?, ¿cuánto tiempo? —se sorprendió Liam.

Ella se encogió de hombros.

—Quédate —le pidió abrazándola con tanta fuerza que notaba sus huesos. Su cuerpo se había ido debilitando al mismo tiempo que su espíritu—. Juntos lo superaremos. Déjame ayudarte.

Su respuesta fue una carcajada amarga.

—Ojalá pudieses. En serio, ojalá. Créeme, nunca en la vida he deseado algo tanto.

Y lo miraba con sus preciosos ojos, tan claros y transparentes, en los que antes veía reflejarse el mar y eran puro verano, y que poco a poco se habían convertido en el agua estancada de un pozo.

—¿Volverás? —fue lo único que se le ocurrió preguntarle.

Olimpia acercó sus labios a los suyos. Estaban fríos, como la arena de la playa en invierno.

Entonces no podía saberlo, pero aquello fue su despedida. Al mes siguiente recibió un sobre voluminoso con el membrete de un despacho de abogados que contenía los papeles del divorcio. Por si acaso, aún tardó otro mes en meter en un par de cajas la ropa y los objetos que habían quedado desperdigados aquí y allá en la habitación que compartían, como si de un momento a otro fuese a aparecer por la puerta.

Lo que más le dolió fue que Olimpia hubiese dejado atrás la cáscara de coco que conservaba de su luna de miel en Eleko, la misma que utilizaba como joyero para guardar los zarcillos de oro y la fina cadena con el colgante en forma de estrella. Que ni ese recuerdo hubiese querido llevarse la niña rica.

Acarició durante unos minutos la superficie rugosa y peluda.

La niña rica. «La puta niña rica —pensó con rabia, aun sabiendo que era injusto—. Solo he sido un capricho, una experiencia más que contar a sus amigas. Tachada la casilla de voluntariado e inmersión plena».

Se puso de pie, vomitó un grito desde las entrañas y lanzó la cáscara con todas sus fuerzas contra la pared, una y otra vez, hasta que dos de sus compañeros, de sus amigos, que habían oído el alarido desde la otra punta del campamento, irrumpieron en la habitación.

El inútil arrebato de ira le dejó dolorido el hombro derecho y una grieta de más de un metro en el remozado de la frágil pared de adobe. Cuando comprendió que la hendidura era una metáfora de su corazón y que no sanaría si no dejaba de verla día tras día, tramitó su baja de Médicos Sin Fronteras, firmó, envió los papeles del divorcio y regresó a Washington D.C. con la maldita cáscara de coco en la maleta.

Aunque han transcurrido cuatro años de esto, la cáscara de coco continúa encima de su escritorio.

Olimpia

—Oli, ¿ha regresado la pesadilla? —le pregunta su exmarido en la habitación del hospital.

Ella se muerde los labios y asiente en silencio.

—¿Cuándo?

—Esta mañana, al marcharte.

Sin ser consciente, Liam se acerca a ella y advierte que sus ojos vuelven a ser pozos de agua estancada. Resultaría tan dulce dejarse caer por la pendiente de su amor...

—Necesitaba verlo —se justifica Olimpia—. Necesito saber quién es. Lo necesito.

Al contrario de lo que esperaba, en vez de despertar su compasión, sus palabras tienen el mismo efecto que vaciar de golpe un cubo de agua sobre ascuas encendidas: sofocan las brasas y levantan una humareda negra, espesa y maloliente.

Liam retrocede un par de pasos.

—Te escucho y ¿sabes qué oigo? —le dice.

Olimpia niega ante su gesto crispado. «Mierda, mierda, mierda. Algo va mal, rematadamente mal».

—Yo. Yo. Yo. ¿Alguna vez piensas en algo o en alguien que no seas tú?

Es un golpe bajo, bajísimo, pero ella solo tiene una cosa en mente: «Salir de aquí, salir de aquí cuanto antes». A través de la piel del bolso siente palpitar la bolsa con los folículos capilares y el kit de ADN.

«¿Qué pasará si los descubre? Mejor no averiguarlo».

—Solo ves las cosas desde tu punto de vista, careces de la más mínima empatía —le dice con calma, con esa clase de calma con la que se dirigía a ella algunas veces y que la ponía tan furiosa.

«Como si él estuviese en posesión de la verdad y yo me equivocase. Liam, el de los elevados principios morales».

—¿Cómo te atreves a hablarme así? —replica ella.

—¿Imaginas lo que ha sufrido este hombre? —Hace un gesto de contrariedad—. Esperamos el dictamen de un patólogo, pero incluso sin los resultados de las biopsias, estoy seguro de que ha permanecido cautivo durante años, posiblemente más de veinte.

—¿Por qué estás tan seguro? —le pregunta con sincero interés.

Y con la misma calma que Olimpia interpreta como su forma de castigarla, le explica que entre 2007 y 2011 varias agencias espaciales llevaron a cabo un experimento, al que llamaron Mars500, para simular un viaje de quinientos veinte días en el espacio y comprobar los efectos del aislamiento. El resultado fue que la actividad del sistema nervioso simpático se incrementó en los participantes y sufrieron desajustes en el sistema inmunológico, endocrino, cardiaco y cognitivo.

«Mars500. Mars500», se repite Olimpia. Ella, que conoce todo tipo de curiosidades, nunca había oído hablar de este experimento. Está intrigada, muy intrigada.

—¿Recuerdas lo que le ocurre al cuerpo al no recibir luz solar? —le pregunta él.

Ese «recuerdas» era un pasatiempo al que jugaban en Nigeria. La forma de Liam de poner a prueba la casi infalible memoria de Olimpia y lo aprendido en sus tres años de Medicina.

—Un déficit de vitamina D.

—Exacto, comprobaron que ocurre de cuatro meses a un año más tarde. Y esa vitamina se encarga de fortalecer los huesos y regular los músculos. —Apunta con el dedo en dirección a la cabeza del anciano—. Aparte de la osteoporosis, que nos han confirmado las radiografías, observa la forma en que se hunde la mandíbula…

A través de la mascarilla de plástico, Olimpia se fija también en el hoyuelo en el centro del mentón. «Debió de ser un hombre muy guapo».

—Le faltan la mayoría de los dientes, que se le debieron de pudrir por las caries. ¿Y quién crees que se los arrancaría?, ¿piensas que su captor llamó a un dentista?

A pesar del calor que hace en la habitación, Olimpia siente un escalofrío.

—Y no es el único efecto. Al no recibir luz solar, los ojos no envían al cerebro la señal avisándole de que no necesita producir más melatonina, que regula…

—El sueño y afecta al ritmo circadiano.

—A la vez —continúa su explicación como si no la hubiese oído— que un incremento de melatonina se produce un descenso de serotonina, la hormona de la felicidad. En el experimento, esto conllevó un trastorno afectivo estacional y depresión. Sin embargo, hubo algo más grave.

Olimpia está cerca, muy cerca de Liam, tanto que puede aspirar con disimulo el olor que emana de su cuerpo, ahora más tenue que bajo el asfixiante calor de Nigeria. Ignora si será algún efecto de las feromonas, pero le cuesta un esfuerzo no dar el par de pasos que los separan.

«Siempre tuvimos mucha química», recuerda.

—Somos seres sociales, así que el aislamiento y la soledad exacerban cualquier afección, como en su caso la artrosis reumatoide. Mira sus manos.

Las dos extremidades están a ambos lados del cuerpo. Parecen garras con las uñas curvas y duras, pellejos con abundantes bultos óseos y todas las falanges deformadas con nódulos de Heberden en la articulación cercana a la uña y nódulos de Bouchard en la media. El dolor que ha tenido que padecer es evidente.

Olimpia toma la mano izquierda, la más próxima a ella, con las suyas enguantadas y acaricia el pulgar, el dorso.

«Nunca dejará de sorprenderme», piensa Liam ante la ternura de su gesto. Olimpia es de las pocas personas cuyos movimientos no puede anticipar.

—Desconozco quién o quiénes lo han mantenido cautivo o el motivo —dice Liam apesadumbrado—, pero esta condena ha sido peor que cualquier cárcel. Nada de lo que hubiera hecho merecía este castigo. Ningún ser humano lo merece.

Liam ya no parece tan furioso.

Olimpia reconoce el momento: la hora de las confidencias. Para ser efectivas, las confidencias hay que hacerlas en un momento concreto y ella sabe detectarlo por mil detalles: el silencio, la oscuridad, una certeza en el aire, y jamás lo desaprovecha.

Duda entre la enorme tentación de escapar de la habitación con las muestras de ADN o congraciarse con su exmarido. Valora que es preferible tenerlo de su parte: lo necesitará cuando el desconocido se despierte.

«Tengo que jugar mi baza. Darle algo».

—Creo que sé por qué conocía mi nombre —pone mucho cuidado en que su voz resulte cariñosa y en seguir acariciando la mano del desconocido—: me confundió con otra Olimpia.

—¿Con otra?, ¿con quién?

Los ojos se le han humedecido y agacha la cabeza antes de responder:

—Mi madre, mi madre se llamaba Olimpia.

Liam

La sorpresa de Liam al oírla hablar por primera vez de su madre, del gran misterio de su vida, es mayor que si el anciano, como un Lázaro resucitado, se hubiese incorporado y echado a correr.

Están muy próximos —algo de lo que ha sido consciente todo el tiempo a pesar de su enfado— y se dispone a abrazarla.

Entonces, como las cosas tienen la molesta manía de ocurrir cuando les da la gana, de forma claramente inoportuna, el timbre de llamada de un teléfono móvil quiebra el momento. Suena dentro del bolso de Olimpia.

«No me jodas, ¿ahora?», piensa ella.

—¿No vas a contestar?

—No es importante.

—¿Ni siquiera vas a mirar quién llama?

—Luego.

Resulta extraño. Muy extraño. Olimpia siempre está pendiente del último email, del último mensaje, del último wasap y, por supuesto, de una llamada. Los ojos de Liam se endurecen al recordar que aún no ha respondido a su pregunta.

—¿Qué haces aquí, Olimpia?, ¿qué haces en esta habitación?

—Ya te lo he dicho, necesitaba verlo.

—¿Por qué no has contestado la llamada?

—¿De pronto te interesa mi teléfono? Estamos aquí los dos y este pobre hombre…

«Tengo que hablar. Decir lo que sea. Distraerlo», piensa. Se ha dado cuenta de que Liam ha abandonado el cariñoso «Oli» y ha regresado al «Olimpia».

—Enséñame el bolso —le ordena él.

—¿Qué?

—Abre el bolso.

—Pero ¿para qué?

—¡O lo abres tú o lo abro yo! —Liam ha perdido la calma anterior.

Siempre ha sabido reconocer una derrota. Es inútil resistirse. Antes de obedecer, se sopla el flequillo un par de veces, sabe que los demás interpretan este gesto como vulnerabilidad y recurre a ese truco a menudo.

Liam distingue en el interior el kit de extracción de ADN, la bolsa con los cabellos y un par más vacías. Con rabia y frustración recuerda que Olimpia nunca deja de sorprenderlo para bien.

«Y para mal. Con mucha más frecuencia para mal», se recrimina.

—No me lo puedo creer. —Mueve la cabeza—. O, peor, sí que me lo creo. —Expulsa sonoramente el aire por la nariz—. Tú —recalca el «tú» acusatorio— no tienes límites, ¿verdad?

Su decepción es evidente mientras coge el kit y la bolsa y se los guarda en uno de los bolsillos de la bata.

—Sal de aquí —le pide sin siquiera mirarla.

Si espera una disculpa, se equivoca. Las únicas palabras que salen de los labios de su exmujer son:

—Tengo que descubrir quién es.

Olimpia

Apretando fuerte los puños, recorre los metros que la separan del ascensor. Pulsa el botón de llamada con la punta del meñique. Por suerte, al abrirse las puertas, ve que está vacío. Con el mismo dedo marca el de la planta cero.

En cuanto se pone en marcha, coge un pellizco del guante por la palma de la mano, introduce el anular en el interior y tira para sacárselo dándole la vuelta, poniendo mucho cuidado en que la parte exterior de piel quede ahora hacia dentro, protegida de cualquier contacto. Repite con el otro.

«Chúpate esa, Liam».

El motivo por el que ha acariciado la mano del anciano no ha sido el cariño, sino que ha recogido más muestras de ADN por si finalmente ocurría esto.

«La victoria pertenece al más perseverante», decía Napoleón.

Con los guantes a buen recaudo en una de las bolsas herméticas, se dirige a buscar su vehículo. Avanza por la gran extensión del aparcamiento cuando algo le llama la atención.

«¿Qué puñetas?».

Se acerca al Mercedes-Maybach negro, tan impoluto que refulge bajo los rayos del sol. Comprueba si la matrícula coincide y sí, se trata del coche de su padre, el que él mismo se regaló hace unos meses para homenajear sus sesenta y dos años y, dado que no permite que otra persona lo conduzca, eso significa que está en el hospital.

La intuición de que el desconocido la haya confundido con su madre, que al principio creía descabellada, cada vez cobra más fuerza. O quizá solo se deba a la suma de casualidades: que pronunciase su nombre, la viscosa sombra de la pesadilla, que ayer fuese 20 de marzo y ahora, de postre, su padre.

La lucecita que no deja de pestañear en su mente avisándola de que algo se le escapa se ha vuelto muy insistente. Acuciante.

«¿Qué hace aquí?».

Saca el móvil y lo llama. Taconea con impaciencia mientras los tonos se suceden hasta que, por fin, descuelga.

—Buenos días, cariño —la saluda.

—Hola, papá. ¿Qué tal estás?

—Bien, todo bien. ¿Y tú?

Parece un tanto desconcertado por la llamada, pero hay algo más, un matiz de reserva en el tono de su voz. El instinto le advierte que si le pregunta dónde se encuentra va a mentirle y prefiere que eso no ocurra.

Su padre es preciso, confiable, su sola presencia ejerce sobre ella un efecto sanador. Siente que necesita verlo.

—Estoy en el aparcamiento del Bon Secours Community delante de tu coche. ¿Qué haces en el hospital?

La respuesta tarda unos segundos en llegar.

—Lo mismo podría preguntarte yo a ti, ¿no? —Acompaña las palabras de una falsa risilla.

—¿A qué viene tanto misterio?

—¿Misterio? No, no, no hay ningún misterio. He quedado para almorzar cerca de aquí con Katy —al oír el nombre de su última y flamante madrastra, a Olimpia se le agría el gesto— y he aprovechado para acercarme a saludar a George.

George, el tío George, es George Brown, el actual director del hospital y el amigo más íntimo de su padre.

—Papá, ¿tienes tiempo de tomar un café?

El pelo negro y abundante, la piel bronceada y las facciones muy marcadas le confieren a Aaron Wimberly un atractivo que ha sabido mantener. Parece más descendiente de italianos que ella con su piel tan blanca y la mata de cabello rojizo.

Al fallecer su madre, se convirtió en el viudo más solicitado de Nueva York. Aaron volvió a tener algunas relaciones, pero ella no volvió a tener una madre. «Esposa» es una palabra que puede usarse en plural; «mamá», no.

—Por Dios, Olimpia, ¿qué te ha ocurrido en las manos?

Ella había anticipado la pregunta —las vendas llaman demasiado la atención— y tiene preparada la respuesta.

—Un accidente, nada de importancia. Por eso estaba en el hospital.

Su padre frunce el ceño. No comprende por qué no puede comportarse como el resto de las hijas de sus amigos y llevar una vida tranquila y ordenada de marido, hijos, brunch, retoques estéticos, entrenador personal, fiestas de beneficencia y el correspondiente amante de turno. Al menos, su inquietud se ha calmado desde que cree que su única ocupación es la galería de arte.

Durante unos minutos intercambian trivialidades y recurren a las conversaciones manidas. Los Wimberly nunca hablan de sus sentimientos.

Cuando Olimpia mira las fotografías de Aaron con su madre, él parece otra persona, una más jovial. No más alto, ni más gordo o más bajo. Sencillamente distinto. Tardó bastante en darse cuenta de que era la sonrisa. Después de morir su madre, la sonrisa fue un gesto más en su rostro, una pose. Sonreía igual que estrechaba manos o firmaba cheques, de manera mecánica. Pero el brillo de una sonrisa auténtica ya nunca asomó a sus ojos.

Desde que Olimpia ha alcanzado esa edad adulta —ya perdido el ciego amor de la infancia y los reproches adolescentes— que permite juzgar a los padres como seres humanos, comprende que lo mueve un determinismo fatalista: hay que aprovechar los escasos momentos de felicidad antes del próximo golpe. Siempre habrá un próximo golpe.

«Eso lo he heredado de ti».

Mientras su padre habla, ella se muerde el labio.

«¿Le cuento lo del desconocido?».

Todo lo referente a su madre lo altera terriblemente. Y sin embargo...

«Si conocía a mi madre, ¿no es lógico que también lo conociese a él?».

—Papá, hay algo que quiero contarte.

Por segunda vez en las últimas horas relata el episodio del box. Las manos de su padre, de dedos largos y finos y con una perfecta manicura, juguetean con la cucharilla del café mientras la escucha.

—Cariño, no me das demasiadas pistas. —Mira el reloj—. Voy un poco apurado de tiempo pero, si es tan importante, podemos ir a ver a ese hombre. Seguro que Katy no tiene inconveniente en tomarse otro martini mientras me espera.

«¿Verlo? ¡Ni de coña!».

Si vuelve, Liam es capaz de llamar a los de seguridad.

—No, no, ya te he explicado que le han inducido un coma y no se le puede visitar.

—Oh, vaya, qué contratiempo.

De pronto, Olimpia tiene una idea.

—Dame un par de minutos.

Telefonea a Jacob y le pide que le envíe la captura de pantalla con el rostro del anciano. En cuanto la recibe, se la muestra. Con parsimonia, su padre saca del bolsillo interior de la americana sus gafas. Sigue siendo un hombre presumido y se niega a usarlas más allá de lo imprescindible.

Contempla la imagen y le devuelve el teléfono negando con la cabeza.

—¿Y dices que conocía a tu madre?

—Bueno… es solo una posibilidad. Míralo bien. —La amplía con los dedos.

Por complacerla, pues nunca le ha negado un capricho, vuelve a observar la foto con detenimiento.

—No sé, cariño, no sé qué decirte.

—Gracias de todas formas.

Él mira de nuevo el reloj.

—Debo marcharme.

Echa la silla hacia atrás.

—¿Seguro que estás bien? —pregunta preocupado—. ¿Anulo la comida con Katy?

—No, no. Además, tengo mucho trabajo —miente.

—Cenamos el próximo miércoles, ¿no?

La cena Wimberly el primer y el tercer miércoles de cada mes es una larga tradición en sus vidas: una noche para estar juntos. Incluso durante las «huidas» de Olimpia, Aaron ha reservado restaurantes en París, Nigeria, Bombay…

—Sí, sí, claro.

Se levanta, va hasta ella y le besa la coronilla con una ternura infinita, como cuando era una niña y se la encontraba a los pies de su cama con la cara brillante de lágrimas porque había tenido otra vez el sueño malo. Él la abrazaba muy fuerte sintiendo la humedad del llanto a través de la tela del pijama y, cuando por fin la vencía el cansancio, abría las sábanas, la depositaba a su lado y dormían juntos.

—Yo también te quiero —murmura ella muy bajito porque

los Wimberly nunca hablan de sentimientos, pero ese beso es un «te quiero» en toda regla.

Permanece sentada en la mesa unos minutos. «Si el desconocido del hospital no me confundió con mi madre, entonces ¿qué?, ¡¿qué?!».

Aaron

Hasta que Aaron no se sienta dentro de su Mercedes mantiene el gesto imperturbable, aunque en su mente los pensamientos son como las partículas subatómicas, en constante movimiento, chocando unas con otras.

«Joder, no puede ser. Joder».

Mira por la ventanilla, se asegura de que no hay nadie cerca y saca su teléfono.

—Olimpia acaba de enseñarme una foto de Robert Kerr —dice—. ¡No ha muerto!

—¿Qué? ¿Estás seguro?

—El maldito hoyuelo de la barbilla es inconfundible. O es él o John Travolta —añade con sarcasmo.

Aaron está muy alterado.

—Y aún no te he dicho lo más increíble. —Hace una pausa—. Se encuentra ingresado en el hospital, ¡en tu hospital!

—¿Aquí?, ¿cómo es posible?

—No lo sé. Deja de hacerme preguntas estúpidas.

Aaron se pasa una mano por la frente y la retira húmeda de sudor. Necesita calmarse. Reflexionar.

—Antes de nada, ve y asegúrate de que es él.

Jacob y Olimpia

Entre las serendipias preferidas de Jacob está el descubrimiento de una de las principales herramientas de la medicina forense: las huellas genéticas. La mañana del 10 de septiembre de 1984, el científico británico Alec Jeffreys, al analizar el gen de la mioglobina, descubrió pequeños fragmentos de ADN «basura» o no codificantes, similares a códigos de barras que se repetían múltiples veces y que se encontraban desperdigados por todo el genoma. Acababa de descubrir que, a pesar de que una persona comparte un 99,9% de su ADN con cualquier otro ser humano, existía «una huella de ADN específica para cada individuo».

Jacob le cuenta esto a Olimpia y le explica por qué cree que el ADN que tan diligentemente ha recogido en sus guantes no va a servir para identificar al desconocido.

—Necesitamos algo con lo que compararlo, y si el doctor Listillo está en lo cierto y ha permanecido todos esos años secuestrado, no hay registros tan antiguos.

Olimpia hace una mueca ante el nuevo apodo de Liam. A menudo Jacob muestra los celos irracionales de un niño pequeño.

—Hasta 1998 el FBI no abrió el banco de datos nacional de ADN, que permite comparar las huellas genéticas de personas que tienen antecedentes penales con las encontradas en lugares de crímenes sin resolver, como restos de semen, sangre o piel.

«Podrías llamar a otro de tus exmaridos; por ejemplo, al primero», se calla Jacob.

Se supone que él no está al tanto de que se casó con Richard con apenas veintiún años. Aunque obtener los certificados de matrimonio y de divorcio de otra persona es tan sencillo como acceder a cualquier documento registrado de forma oficial.

De hecho, conoce los nombres de los cuatro exmaridos, las fechas de las bodas y de los divorcios. Tiene acceso a los datos, pero le falta lo más importante, algo que no figura en ningún papel.

«¿Por qué te casaste con esos tipos, IBM?, ¿por qué esos y no otros? ¿Fue más bien una cuestión de cuándo que de con quién?».

Lo que la llevó a divorciarse ni se molesta en planteárselo.

Por supuesto, Jacob ha ido un poco más allá y no se ha quedado solo con los nombres. Sabe que Richard Patterson, el exmarido número uno, desayuna leche de soja con cereales Quaker con fibra —debe de necesitar una ayudita para evacuar—, y algo mucho más relevante: Patterson ocupa el cargo de subdirector del departamento de Secuestros y Personas Desaparecidas del FBI.

—De acuerdo —dice Olimpia, que se aparta el flequillo con la mano—, ¿qué más podemos hacer?

Jacob sonríe. Ella nunca se rinde, es la emperatriz de la tenacidad.

—¿Y si probamos con el inexplorado camino de la verdad? —propone burlón.

—¿La verdad? —finge no entenderle.

El hábitat de Jacob se compone de un teclado —«no necesito más, solo tengo dos manos»— sobre una mesa, seis monitores, varias torres y una estantería de la que mana un lío de cables de diferentes enrutadores, módems y wifi por satélite, y el magnífico equipo de sonido que ahora reproduce otra de las canciones de Beyoncé, *Love on Top*.

Quitando tres archivadores con cajones, el resto de los sesenta metros de espacio están colonizados por las plantas, desde macetas en mesitas auxiliares hasta los brazos de las trepadoras por las paredes. Glicinas, buganvillas o enredaderas de trompeta avanzan por los soportes. Jacob mide los centímetros como un padre cariñoso la altura de sus hijos.

«El invernadero», así llama Olimpia a este despacho.

—Atenta a la magia —dice mientras teclea.

En uno de los monitores aparece una partida de nacimiento. No una cualquiera, sino la suya.

—«Olimpia Wimberly di Corbera, hija de Aaron Wimberly Brown y de Olimpia di Corbera O'Connor» —lee. Luego gira la silla para observar su reacción—. ¿Qué te parece? ¡Oh, sorpresa! Resulta que sí que hay otra Olimpia, y no solo eso… —Vuelve a teclear.

La foto de la pantalla hace que retroceda un par de pasos. Siente la pena como decenas de alfileres clavándose en su piel. Conoce la fotografía, el instante que recoge. Es una de las que su tía Carlotta conserva en la biblioteca de su casa de Washington D. C.

Las páginas de alta sociedad de *The New York Times* se hicieron eco de la celebración del bautismo —el abuelo Corbera insistió en la necesidad de cristianarla, y al patriarca nadie le llevaba la contraria— de la primera hija del matrimonio Wimberly-Corbera.

Su madre guapísima y muy ochentera, con la larga melena pelirroja suelta y ondulada, tacones de aguja y un vestido de Halston. Al lado, su padre, alto y apuesto, con una mano en su cintura.

«Una pareja de guapos».

Su madre sujeta entre los brazos a la bebé vestida con un larguísimo faldón de tul, una algarabía de puntillas y bordados:

bodoques, flores, nudos franceses, cadenetas… Un auténtico lienzo que en la parte inferior recoge la fecha y el nombre de cada niño que lo ha utilizado.

—Aquí tenemos a Olimpia di Corbera y, tantarantán, tantarantán —Jacob simula golpear la mesa con unas baquetas—. Resulta que en la lotería genética su hija sacó el premio gordo y heredó sus genes hasta el punto de que alguien que no las conociera demasiado podría confundirlas.

—¡No tenías derecho! —Ella lo fulmina con la mirada mientras la indignación le recorre el cuerpo.

—¿A qué?, ¿a qué no tenía derecho? ¿A seguir dando palos de ciego?

Olimpia acerca la otra silla y se sienta a su lado. Se sopla el flequillo. En el ambiente —ahora se da cuenta— flota un aroma pesado y dulzón que reconoce enseguida. En la parte derecha de la mesa observa varias latas de refresco y envoltorios vacíos de patatas fritas y pastelitos que revelan que Jacob no se ha movido de su mesa en todo el tiempo.

Como buen fanático de la religión de internet y la Nube, considera que «al diablo el papel» y jamás imprime nada, así que en el archivador de la derecha guarda abonos, fertilizantes, utensilios de jardinería; en el de la izquierda, discos duros externos, memorias y cables USB, HDMI… y el cajón superior lo utiliza de despensa.

«Te alimentas como un niño de ocho años», se burla a menudo de él.

—De todas formas —descarta Olimpia—, le he mostrado a mi padre la foto del desconocido y no lo reconoce. Así que no es probable que me confundiera con mi madre.

Jacob, el experto en debilidades ajenas, se calla que nadie conoce completamente a nadie, ni los hijos a sus propios padres, ni mucho menos los maridos a sus esposas.

Tras un par de minutos en silencio, los dos comprenden que

han llegado a un punto muerto. Jacob abre un paquete de gominolas de coca-cola negras y verdes y se mete dos en la boca. Síntoma inequívoco de que se siente incómodo.

—¿Por qué no te vas a casa y duermes un rato? Tienes muy mala cara —le pide a Olimpia.

El efecto de los calmantes ha remitido y una prensa hidráulica aprisiona su cabeza, por no hablar de los pinchazos en las manos. El dolor le palpita en el cuerpo.

—¿Te das cuenta de que ni siquiera habías previsto algo tan sencillo como que buscaría tu partida de nacimiento y descubriría el nombre de tu madre? —Su semblante serio y tenso transmite la preocupación que siente—. ¿Sabes lo que le ocurre a un pollo cuando le cortan la cabeza?

Por supuesto que conoce la respuesta: la decapitación desconecta el cerebro del resto del cuerpo, pero durante unos segundos, incluso minutos, las redes neuronales de la medula espinal, que todavía contienen oxígeno, arrancan de forma espontánea y el pollo comienza a correr.

«Qué metáfora más sutil».

La pesada bola de cansancio que lleva arrastrando todo el día, unida a la incómoda sensación de impotencia por no encontrar una alternativa, le hacen claudicar.

Entorna los párpados concediéndose un respiro.

—¿Me...? —le pregunta a Jacob.

—Sí —responde él—, te prometo que si averiguo algo te llamaré sea la hora que sea.

Olimpia deja escapar el aire con fuerza.

—Anda, dame. —Señala el paquete de las gominolas.

Las dos primeras las mastica con ansia y se las traga, la siguiente se la coloca encima de la lengua como una hostia consagrada y deja que se despegue el azúcar del plástico, «del petróleo; en la bolsa pueden poner lo que quieran, pero están hechas de petróleo».

Se levanta, duda un momento, solo un momento, antes de agarrar el paquete y metérselo en el bolso. Culpa de su adicción a las chuches a su tía Carlotta, que encontraba de una tremenda vulgaridad cualquier golosina y se mostraba tajantemente en contra del azúcar refinado.

«*Cara*, todo el azúcar y las vitaminas que necesitas están aquí», le decía acercándole un vaso de pastoso zumo amarillo.

Así fueron las meriendas de su infancia y adolescencia: mientras el resto de sus compañeros devoraban sándwiches de mantequilla de cacahuete, Olimpia se pinzaba la nariz y bebía zumo de yaca, una fruta que su tía se hacía traer desde Bangladesh.

La suya fue una infancia sin azúcar, cosa que sus dientes agradecieron, pero por la que ahora paga un costoso efecto rebote. «Las chucherías como forma de rebelarse contra la autoridad familiar», decía su psicoanalista, y por esa gran epifanía le cobraba ciento cincuenta dólares la sesión.

El escritor

Los antiguos egipcios mantenían la creencia de que al morir se emprende un largo viaje en la barca de Ra hasta llegar a la Sala de la Doble Verdad, donde tiene lugar el juicio del alma.

Dado que las buenas o las malas acciones quedan registradas en el corazón, durante el juicio lo pesaban en una balanza y lo comparaban con la pluma de Maat, la diosa de la verdad y la justicia. Tras una vida honesta debía pesar menos o lo mismo que la pluma y, como recompensa si era así, se concedía la vida eterna en el paraíso con Osiris.

Los egipcios no han sido los únicos a lo largo de la historia que han tratado de pesar el alma o comprobar si su salida del cuerpo al fallecer está acompañada de alguna manifestación que pueda registrarse de forma científica. En 1901, el doctor Duncan MacDougall se obsesionó con esta cuestión y llevó a cabo experimentos con enfermos terminales y una báscula de plataforma Fairbanks. La conclusión a la que llegó fue que el peso de los seres humanos —pero no de los animales—, en el instante en que la vida cesaba, variaba con una rapidez asombrosa. Perdían tres cuartos de onza, unos veintiún gramos. De este modo se determinó que ese era el peso del alma, la prueba de su existencia. Una creencia que se ha mantenido hasta nuestros días.

En la habitación 417, en la pantalla del monitor multiparamétrico que mide los signos vitales, las cuatro líneas, verde, azul, roja y amarilla, de las curvas de evolución de la actividad cardiaca, la presión arterial, la saturación de oxígeno y la respiración se aplanan.

Un estruendoso pitido avisa de la parada cardiaca.

Las enfermeras del control y un médico se precipitan en la habitación, acercan el desfibrilador a la cama, tan ocupados en intentar salvarle la vida que nadie se preocupa por si el peso del anciano varía.

Jacob

A Jacob le gusta simplificar. «De cualquier modo, el tiempo lo acaba simplificando todo hasta finalizar con lo más simple: la muerte».

A diario se nos bombardea con información, nos exponemos a cientos, miles de datos, principalmente —gracias a las redes sociales— basados en imágenes. Por ello se han creado herramientas de reconocimiento que analizan e interpretan esas imágenes. El ordenador utiliza sus «ojos» como lo haría una persona si se le indica hacia dónde dirigirlos, porque la tecnología no ha progresado hasta el punto de contar con emoción cognitiva.

Y basándose en estas herramientas, ha tenido una idea para identificar al desconocido.

Empieza aplicando a la fotografía —la que obtuvo de la cámara de seguridad del hospital— un software facial. Decide utilizar el mejor y para ello accede al servidor del FBI. Hay pocas cosas que no sepa del FBI, ha atravesado tantas veces su cortafuegos que podría usarlo de salvapantallas.

Y ahí se lleva la primera sorpresa.

«No me jodas».

Resulta que en el departamento de Secuestros y Personas Desaparecidas —el de Richard, el primer exmarido de su jefa— ya hay alguien ocupándose de ello. Por un lado, es una buena noticia: ya han creado la huella digital del rostro del desconocido y la han codificado, con lo que le han ahorrado unas cuantas horas de trabajo. Por otro lado, es mala, muy mala: ahora entra en juego el factor tiempo. Debe hallar un resultado antes que ellos.

La vida digital del desconocido tiene que ser escasa si realmente ha permanecido secuestrado los últimos veinte años o más, pero aun así...

Por suerte, juega con cartas marcadas. Él sabe dónde mirar: alrededor de Olimpia di Corbera.

Liam

En la habitación del anciano sin identificar, el doctor Miller carraspea incómodo. A su lado, con la mirada clavada en el difunto, se encuentra George Brown, el director ejecutivo del hospital.

Liam duda a qué edad le metieron al «tío George» el palo por el culo, pero lo que está claro es que consigue que se mantenga siempre erguido, sin moverse ni pestañear. A veces cree que, en vez de sistema nervioso central, tiene el mismo cableado que una farola.

No entiende su presencia ni su interés en el paciente pero, desde luego, no va a preguntárselo. Han tenido varios desencuentros sobre su gestión y todo lo referente a atender a personas que carecen de la cobertura de un seguro médico.

—En fin —dice Brown—, firme el certificado de defunción y que avisen a una funeraria. Nuestro trabajo ya ha concluido.

—¿El certificado de defunción? —se sorprende Liam—. Para averiguar la causa hay que practicarle una autopsia.

—¿Autopsia? No creo que sea necesario.

Liam se tensa. Supone que lo que inquieta al «tío George» es realizar ese gasto en alguien sin seguro médico. Desde que ha asumido la dirección, la junta directiva está muy satisfecha, lo cual suele ser incompatible con el grado de satisfacción del personal y de los recursos que les proporcionan.

Antes de convertirse en un burócrata, George Brown había tenido una brillante carrera, siendo el médico más joven en ocupar el cargo de jefe de Oncología Urológica de todo el estado. El mismo empeño que puso en su día en alargar la existencia —con una calidad de vida aceptable— de sus pacientes lo utiliza ahora en economizar. Eficiencia, lo denomina él.

—De cualquier modo, supongo que esa decisión le corresponde tomarla a la policía —responde Liam.

—¿La policía?

A Liam le sorprende la forma en que las facciones del director se han crispado al silabear la palabra «po-li-cí-a».

«¿Cree que eso supondrá más gastos?», piensa Liam con cinismo.

—Ante un hecho tan insólito como que el paciente careciese de huellas dactilares, juzgué conveniente avisarlos y esta mañana han enviado a un par de agentes a investigar —le explica.

Prefiere no mencionar el posible —para él, más que posible— secuestro y ceñirse a los hechos contrastados.

—¿Aquí, en mi hospital?, ¿por qué nadie me ha informado?

—Todavía no he tenido tiempo de registrarlo en su historia clínica —contesta.

George Brown se toma un par de minutos para evaluar la situación. Solo puede hacer una cosa:

—De acuerdo, a partir de ahora yo gestionaré lo relativo a este paciente. Envíe la historia clínica actualizada —puntualiza la última palabra— y los datos que figuren en el control de enfermería a mi despacho. Desde dirección nos encargaremos tanto de lo referente a la policía como de minimizar las posibles repercusiones públicas de este asunto.

La boca de Liam se curva reticente, pero antes de que tenga tiempo de añadir algo, George le indica:

—Doctor Miller, seguro que hay algún asunto que reclama urgentemente su valiosa atención. ¿Acaso no se queja con frecuencia del poco tiempo del que dispone para cada paciente?

Liam abandona el cuarto.

«Lo tienes claro si crees que vas a apartarme», piensa. Ahora está seguro de que el repentino interés del director por ese hombre no se debe únicamente a un criterio económico; al fin y al cabo, también controla con mano de hierro las apariciones en los medios de comunicación de todo lo referente al hospital.

«¿Tanto miedo le da una posible imagen negativa?».

Uno de sus objetivos prioritarios es ascender puestos en la clasificación anual de Best Hospitals, mejorar el promedio nacional en varias especialidades, obtener el estatus de «alto desempeño» y liderar el ranking de los hospitales del área metropolitana de Washington D. C.

Ni siquiera sospecha que la crispación que ha advertido en George Brown al mencionar a la policía no se debe ni al miedo a los gastos económicos, ni a la publicidad negativa del hospital, sino a que está pensando en consecuencias. En que los actos siempre tienen consecuencias.

22 DE MARZO DE 2018

SOBRE LAS PROPOSICIONES DE LA VICTORIA Y LA DERROTA

Como regla general, es mejor conservar a un enemigo intacto que destruirlo. Capturar a sus soldados para conquistarlos y dominar a sus jefes.

SUN TZU, *El arte de la guerra*,
Capítulo 3 «Sobre las proposiciones
de la victoria y la derrota»

Olimpia

—Sé quién es el desconocido.

Con esas palabras Jacob la saca de la ciénaga de la pesadilla.

—¿Quién?

—Es mejor que vengas a la Oficina.

Cuelga y se frota con fuerza la nariz. Como después de un incendio, se le ha quedado dentro de las fosas nasales el olor a paja húmeda y sangre. La pesadilla ha regresado más virulenta que nunca.

El haz de luz que el viento agita. El coche que se aleja. La niña intenta moverse, pero la impresión de ver a la mujer en el suelo del establo la ha golpeado tan fuerte como si una avalancha de nieve y piedras le hubiese caído encima arrastrándola metros y metros por una ladera. Está paralizada. Tampoco puede gritar reclamando ayuda, su garganta solo emite un amargo jadeo.

La cabeza, el cuerpo entero le arde de fiebre. Se tambalea. Para evitar ver el charco viscoso y rojizo, sube la vista hasta el rostro de la mujer. Es horrible, ¡sus ojos! Por fortuna, la conmoción hace que pierda el conocimiento unos segundos más tarde y caiga desmadejada.

Se levanta de la cama librándose de los jirones del sueño, pero lo hace demasiado rápido y un súbito mareo la obliga a apoyarse en la pared.

«Joder, ahora no».

Intenta controlarlo. Su visión es borrosa, parpadea varias veces. Permanece así un par de minutos respirando hondo, sintiendo el dolor martillearle en las sienes, en las manos, en las magulladuras del cuerpo. Después se bebe el vaso de agua de la mesilla a pequeños sorbos. Mete la mano dentro de la bolsa de gominolas, agarra tres con los dedos y se las come. El azúcar refinado cumple su cometido liberando dopamina en su cerebro.

«Mejor. Mucho mejor. Venga, vamos, Oli».

En la cocina mastica con desgana unos colines de pan y unas almendras que proporcionen un lecho en su estómago a los antiinflamatorios y los analgésicos. Se viste con lo primero que encuentra: unos pantalones marrones, una blusa de seda color crema, un blazer camel de Yves Saint Laurent, y se anuda en el cuello un pañuelo de estampado geométrico verde, sin sospechar que solo es el comienzo de un día larguísimo y que ya no tendrá ocasión de regresar a cambiarse. Se cepilla la melena para recogérsela en una coleta, se peina con los dedos el flequillo y se aplica una ligera base de maquillaje, una capa de rímel y un toque de carmín muy suave.

A las cuatro de la madrugada está subiendo en el montacargas. Apenas le ha costado media hora atravesar Washington D.C. De noche, la ciudad es tan hermosa y tranquila como un animal dormido.

Vuelve a frotarse la nariz para deshacerse del olor de la pesadilla.

—Ya estoy aquí —saluda.

Se fija en que una nueva tanda de latas y envoltorios vacíos pueblan la mesa de Jacob. Tiene la espalda encorvada, el pelo en la nuca tieso como las púas de un erizo.

—Ven, siéntate —le contesta sin mirarla.

Olimpia echa de menos su habitual explosión de euforia. No suena ninguna canción a todo volumen y eso le extraña. Probar que es más listo que los demás siempre hace feliz a Jacob. Se fija en las arrugas de preocupación alrededor de su boca, en que muestra una especie de recato que no le conocía.

«¿Qué ocurre?, ¿quién puñetas es ese desconocido?».

—Primero voy a contarte lo que he hecho —le dice.

Y se enreda en una larguísima explicación sobre software facial y reconocimiento de imágenes a la que ella apenas atiende mientras el pitido de su alarma mental se hace más fuerte.

«¿Me está metiendo un rollo aposta?».

—Así era nuestro desconocido en los años sesenta. —Le enseña, por fin, una foto.

En la pantalla aparece un hombre muy atractivo que emana una intensa masculinidad. De rubio y crespo cabello ondulado peinado hacia atrás, ojos claros de espesas pestañas, pómulos y mandíbula marcados, aunque el rasgo más llamativo es el seductor hoyuelo de su barbilla. Muestra un gran parecido con el Kirk Douglas de *Cautivos del mal*.

—Déjate de melindres y suéltalo de una puta vez —le dice Olimpia perdiendo la paciencia.

—Mejor ir poco a poco.

«¿A qué vienen tantos miramientos, tanta prudencia?». Se frota de nuevo la nariz.

—Partiendo de la hipótesis de que el desconocido guardaba algún tipo de relación con tu madre...

—¿Qué? —le interrumpe—. Ya te dije que mi padre...

Entonces lo comprende: «¡Ese es el motivo!».

—¿Tiene... tiene algo que ver con mi madre?

—He encontrado fotografías de tu madre con Truman Capote, Andy Warhol, David Bowie, Grace Jones... y tirando de ese hilo he empezado a buscar.

Olimpia es consciente de que no ha contestado a la pregunta:

«¿Tiene algo que ver con mi madre?». Se sopla un par de veces el flequillo.

—¿Y?

—La noche del 28 de noviembre de 1966, Capote organizó el Black and White Ball, una fiesta de máscaras que congregó a la élite social y a las estrellas del celuloide. Se la conoce como «la fiesta del siglo», LA FIESTA con mayúsculas. Capote la costeó con los beneficios de más de dos millones de dólares que consiguió por la publicación de *A sangre fría*: quería demostrar a sus amigos ricos que tenía tanto dinero como ellos. Por supuesto, logró un gran seguimiento mediático, llenó páginas y páginas de los periódicos.

Olimpia ha dejado de escucharle después de la primera frase.

—¿En el 66? —se extraña—. Mi madre nació en el 60, apenas tenía seis años. Y mi padre —calcula—, unos diez.

—Efectivamente, por eso no aparece ninguno de los dos.

—¿A dónde quieres ir a parar?

—A esto. —Teclea.

En la fotografía se ve al desconocido al lado de Truman Capote, ambos sujetan un antifaz de raso negro en la mano. La joven detrás de ellos reclama su atención: sin duda, esa belleza es su tía Carlotta.

Aún está tratando de asimilar el hallazgo, de encajar en el puzle la nueva pieza cuando Jacob lee los nombres que figuran en el pie de foto.

—Truman Capote y Robert Kerr.

A Olimpia le sube el sonrojo por el cuello. Le llega por encima de las orejas. Las aletas de la nariz le tiemblan como si oliese algo desagradable: la peste a paja húmeda y sangre se ha intensificado.

—Lo lamento, Olimpia —dice Jacob.

Siente vértigo y se aferra a los brazos de la silla para no caerse. No necesita que nadie le diga quién es Robert Kerr. Conoce de sobras el nombre de la persona a la que acusaron del brutal asesinato de su madre, el hombre que fue juzgado y al que un jurado encontró no culpable.

—Robert Kerr —balbucea.

Intenta contener el violento temblor que le paraliza las piernas. Jacob sigue hablando y eso solo empeora las cosas.

—Y hay algo más. Me he enterado hace solo un par de horas y no he querido despertarte antes. —Jacob hace una pausa—. Ha muerto. Kerr murió ayer a las ocho y treinta y cinco de la tarde.

A pesar de la extrema gravedad de las heridas del desconocido, Olimpia no había previsto esa posibilidad.

—¿Muerto?, ¿cómo? —pregunta atónita.

Se encoge de hombros.

—¿Cuándo le harán la autopsia?

—No habrá autopsia. Han certificado que ha sido una muerte natural.

Conoce a Liam, su meticulosidad, y le extraña que se conforme, que no quiera indagar. La noticia de que el desconocido es Robert Kerr ha sido como el soplo que apaga la débil llama de una vela. Le cuesta concentrarse, ordenar de forma coherente sus pensamientos.

—¿Liam, el doctor Miller, ha certificado muerte natural?

Jacob carraspea antes de responder:

—No ha sido él. La firma el doctor George Brown.

—¿George?, ¿el tío George? ¿Qué tiene que ver él en todo esto?

THE NEW YORK TIMES, 21 DE MARZO DE 1986

TERRIBLE ASESINATO DE LA SOCIALITÉ OLIMPIA WIMBERLY

Nueva York. El cuerpo sin vida de Olimpia Wimberly, de veintiséis años, fue hallado en la madrugada del 20 de marzo en las caballerizas de la mansión familiar en Rochester.

Olimpia Wimberly, de soltera Olimpia di Corbera, era una de las dos herederas de la fortuna multimillonaria conjunta del magnate italiano Giorgio di Corbera y de la aristócrata Margaret O'Connor.

La fallecida contrajo matrimonio hace seis años con Aaron Wimberly, director de las empresas siderometalúrgicas del emporio Wimberly-Black. Era madre de una niña de cinco años y se encontraba en el tercer mes de gestación de su segundo embarazo.

El cadáver mostraba evidentes signos de violencia, por lo que se han descartado las causas naturales. El caso está bajo secreto de sumario; sin embargo, dado el gran interés mediático que despierta, el jefe de policía se ha comprometido a realizar una rueda de prensa en las próximas horas para informar de las líneas de investigación que se están siguiendo.

SEGUNDA PARTE

Preferiría vivir una vida corta y llena de gloria
que una larga sumida en la oscuridad.

ALEJANDRO MAGNO

En el futuro, todos serán famosos mundial-
mente durante quince minutos.

ANDY WARHOL

Robert

Nueva York, octubre de 1978

Si en los años cuarenta Hemingway declaraba que París era una fiesta, en los años sesenta la fiesta se había trasladado de ciudad y de continente, a Nueva York, hasta degenerar en salvaje en la década de los setenta a ritmo de música disco.

Es viernes en el corazón de Manhattan y, como todas las noches, el suelo del parquet de la exclusiva discoteca Studio 54 es un hervidero. Fuera, una marea humana pugna por ser uno de los escasos privilegiados a los que se les abrirán las puertas de ese mundo de libertad y frenesí al que que se entregan las celebridades. Todos aspiran a los quince minutos de fama a los que Warhol pregona que tienen derecho.

Robert mira desde el reservado de David Bowie hacia la pista, cuya pared está decorada con la imagen de la luna con cara de hombre esnifando cocaína con una cuchara.

Aunque quedan lejos los dos grandes hitos del club —su inauguración el año anterior con más de cinco mil personas entre actores, cantantes, aristócratas europeos... y, al día siguiente, la celebración del cumpleaños de Bianca Jagger, que apareció a lo-

mos de un caballo blanco—, sigue siendo el único lugar en el que lo real y lo posible solo son conceptos y cualquier cosa, cualquier cosa, puede suceder.

Ahora mismo, bajo los destellos de la enorme bola giratoria de cristales distingue a «Disco Sally», la abogada casi octogenaria con gafas de mariposa y pantalones ajustados que se ha convertido en la mascota del club, bailando con Truman. Capote se ha puesto el sombrero borsalino de fieltro blanco con la cinta de leopardo, lleva la camisa por fuera y arrastra los pies.

«Otra vez me tocará llevarlo a casa», piensa con fastidio Robert.

Haciendo cola para bailar con Sally están Bill Murray y Dustin Hoffman.

Han transcurrido doce años desde la fastuosa fiesta de Truman, «la fiesta del siglo», y lo que antes era pura adrenalina y sorpresa ahora le hastía. Se ha habituado al lujo, a las amistades célebres, y se ha convertido en un escéptico.

No queda nada en él del adolescente delgaducho que se subió a un autobús huyendo de la opresión de su pueblo y de su familia; el joven escritor, soñador e ingenuo, que creía guardar en su interior una gran historia, una que merecía la pena, que no se había contado nunca. La gran novela americana.

En estos años, la historia se ha ido ahogando en botellas de vodka, toneladas de pastillas y cuerpos ajenos.

Continúa con su repaso a la pista y entonces ve a la pelirroja, con el cabello suelto y rizado, la llamativa melena de un león. Tiene los hombros delgados y la actitud de quien no busca la atención de nadie, aunque la reclama a gritos con ese vestido largo de lamé dorado con unos tirantes finos como hilos y la espalda al aire. La tela del vestido cae por su cuerpo desnudo como si fuese líquido, como si le estuviesen virtiendo una botella del mejor champán.

Robert cala a las personas al primer vistazo: es el poso de estos años vividos en Nueva York. «Algo trama —piensa—, *y quiero saber qué es». Porque quiere averiguarlo y porque le atraen las mujeres delgadas con un punto huidizo, baja a la pista.*

Nunca se molesta en entrarle a nadie, no lo necesita: es lo bastante guapo como para que solo esto le haya funcionado con la mayoría de las mujeres que ha conocido en la ciudad. Y de los hombres. Sin embargo, en esta ocasión los pezones que se marcan descaradamente a través de la tela tiran de su voluntad.

Comienza a bailar cerca de la pelirroja y capta de inmediato su interés: ella no dice nada, aunque lo mira de reojo. De pronto una voz lo interpela:

—¿De caza, Robert?

Podría ser cualquiera, pero no lo es.

«Maldita sea», piensa al ver que van juntas. Ahora entiende que ninguno de los que clavan sus deseos en la pelirroja haya intentado el abordaje.

—Hola, Carlotta —la saluda, contrariado.

Se trata de Carlotta Corbera, la rica heredera, aunque aquí hay tantos multimillonarios que parece que solo fuese otra profesión más, igual que cantante o modelo.

A sus treinta y tres años continúa siendo una belleza, morena, alta y de cuerpo rotundo, que conquista con la profundidad de sus hermosos ojos negros y sus sensuales labios. Sin embargo, ha perdido el frescor, como una flor cuyos pétalos han sobrevivido demasiado tiempo. A Robert, por supuesto, le agradan los capullos que brotan empujados por los primeros rayos de la primavera, tan fragantes y efímeros.

«Siempre ha tenido demasiado carácter, es de las que les encanta oírse y que las escuchen».

Aunque Carlotta sale poco, a menudo acompañando a su padre, lleva coincidiendo con ella una década, desde aquellas primeras fiestas a las que pedía, suplicaba incluso, a Truman que lo invitara, que lo introdujera en ese ambiente tan subyugante. El mundo ya era viejo, pero él no lo sabía porque los ojos a través de los que lo miraba apenas acababan de estrenarse. Esa misma sed vislumbra en la pelirroja.

—Cuánto tiempo sin verte —dice Robert.

—Hemos pasado unos meses en Europa —le responde con vaguedad y ese tono altivo que él reconoce.

Carlotta alarga el brazo y coloca la mano en el huesudo hombro de la pelirroja para guiarla.

—He venido a buscarte: ya está listo nuestro reservado y Aaron llegará en cualquier momento —le dice a la chica.

Las luces rojas, verdes y azules que la bola de espejos dispara en todas las direcciones se derraman sobre ellos, ahí quietos en medio de la pista, molestando a los que se desgañitan al son de los primeros acordes de una canción de The Jackson 5.

Robert sonríe: ha encontrado un resquicio por el que colarse.

—¿Habéis visto a Michael? Hace un momento he charlado con él.

La pelirroja deja caer la careta de falsa imperturbabilidad al oírlo y muestra lo que él ya había entrevisto: el hambre con que trata de devorar todas las sensaciones, el ambiente, el sonido, ¡la gente!

—¿Michael Jackson?

«De cerca es aún más joven, incluso con el maquillaje no parece que tenga ni veinte años», piensa. Y acierta, apenas ha cumplido los dieciocho.

—La magia de Studio 54. Aquí todo es posible... —Sonríe de nuevo—. ¿Quieres conocerlo?

—¿Puedo, puedo, Lotti? —le pregunta a Carlotta.

—No sé.

—Porfa, porfa, porfa.

Un gesto de cariño suaviza el rictus de Carlotta Corbera y, al verla tan ilusionada, accede. De cualquier modo, Pía siempre termina saliéndose con la suya: cuando quiere algo, insiste una y otra vez hasta conseguirlo.

«Solo será un momento y yo estaré cerca», piensa.

Ahora no lo sabe, pero a lo largo de los años Carlotta revivirá en su mente este instante: la primera vez que Pía vio a Robert. No cree en el destino, piensa en la vida como una sucesión de decisiones que se toman ignorando las consecuencias, una carretera por la que se avanza a base de casualidades y, aun así, este instante es definitivo, crucial. Mil veces se jurará a sí misma que daría su vida entera por que nunca hubiese sucedido. Mil veces se lo reprochará.

Como lo ignora, cuando su acompañante se acerca para recordarle que el champán helado se está calentando, decide dejarlos solos.

—Cinco minutos, ¿vale? —Retira la posesiva mano de su hombro y le aparta un rizo de la cara.

La pelirroja asiente. Los ojos verdes le brillan de entusiasmo.

—Pía, Olimpia, es mi hermana pequeña —le dice, y le advierte al mismo tiempo, Carlotta a Robert.

—Yo soy Robert, Robert Kerr —se presenta.

Olimpia

En la actualidad, descubrir que el anciano es Robert Kerr le ha llenado la cabeza a Olimpia de una mezcla de emociones: rabia, tristeza y... «¿miedo?».

Inspira fuerte tratando de sacarse de encima el olor a paja húmeda y sangre. Una rama de la psicología postula que los recuerdos, conscientes e inconscientes, determinan el carácter de una persona. Y de todos esos, el más importante, el cimiento de los posteriores, es el recuerdo más antiguo. En la mayoría de las personas —Olimpia ha leído varias investigaciones al respecto— suele ser algo agradable.

Si somos nuestra memoria, su kilómetro cero fue encontrar el cadáver de su madre. Por mucho que rebusca entre los pliegues de su mente algo anterior, es inútil. Ni siquiera sabe por qué abandonó de noche la calidez del lecho, qué la llevó a salir de casa y caminar a oscuras hasta las caballerizas.

Su padre le dijo que al día siguiente tenía su primera competición ecuestre y que estaba inquieta, así que seguramente se acercó a ver a su poni. Sin embargo... cuando regresa la pesadilla oye el motor de un coche y en ocasiones lo ve alejándose, una mancha naranja que se pierde.

«¿Fue lo que me despertó?, ¿me lo he inventado?».

La mansión está situada en una finca rodeada por una gran extensión de terreno, así que quien condujo hasta allí lo hizo expresamente, ¿qué hacía en su casa a esas horas?

Son demasiadas noticias para asimilarlas de golpe y aún faltan más.

—Imagino que estás conmocionada, pero tienes que ver esto.

Quebrantando su costumbre de no imprimir, Jacob le señala varias fotografías en tamaño folio.

—Una vez que he averiguado el nombre, ha resultado más sencillo encontrar imágenes: hay decenas de Robert Kerr, al parecer el tipo no se perdía una fiesta. El programa de reconocimiento facial no había reparado en ellas porque su rostro estaba entonces mucho más flaco, consumido.

—¿Y?

—Estas son de una fiesta que se celebró en la discoteca Studio 54 en 1980, apenas unas semanas antes de que la clausuraran.

—¿Y...? —se impacienta. No entiende qué pueden tener de particular.

—Era la fiesta del vigésimo cumpleaños de Olimpia di Corbera.

Coge las fotografías que él le tiende.

Observa la forma en que Jacob la mira, como un entomólogo a un ejemplar especialmente raro e interesante.

Olimpia se levanta, no está dispuesta a consentirlo.

—Prefiero verlas en mi despacho —le dice sin necesidad de buscar una justificación.

No puede impedir el ligero temblor de las manos. Se detiene en la segunda: un grupo de personas dentro de una discoteca sobre las que vuelan un par de palomas blancas. El centro lo ocupa una mujer muy parecida a ella, jovencísima, con un vestido corto de lentejuelas verdes, las pupilas dilatadas y una enorme sonrisa.

«Mamá».

Siente el conocido tirón en el pecho. Cierra los ojos un momento. Le duele verla tan guapa, triunfal y despreocupada, sin intuir la muerte tan horrible que ya la aguardaba, para la que apenas faltaban seis años.

«¿Acaso no consiste en eso la vida? ¿En sentirnos invulnerables hasta el segundo antes de recibir un golpe?», piensa con tristeza.

Vuelve a mirar. A la derecha reconoce a su padre al lado del tío George, su amigo, su perrito faldero. A la izquierda, su tía Carlotta, con un sofisticado vestido negro de pronunciado escote y unos *stilettos* dorados. Recuerda la frase que le ha oído decir muchas veces:

«*Cara*, no te haces una idea de lo que era ser joven, guapa y rica en Nueva York en los años sesenta y setenta».

Sin embargo, ella no parece muy feliz. Conoce bien sus gestos y, en la forma de fruncir los labios, advierte su enojo. En el momento que la cámara ha capturado fijándolo para siempre, Carlotta no mira al frente.

No se percata de que se va a producir el disparo y, en vez de posar como el resto, tiene la cabeza torcida hacia la izquierda, supone que en dirección al causante de su ira. Hay diez o doce personas más en la foto, reconoce a algunas estrellas de cine y cantantes famosos de aquella época, pero al que sin duda mira su tía es a… ¡Robert Kerr!

«¿Por qué? ¿Qué había pasado entre ellos?».

El cuerpo del hombre, su rostro, se ve más demacrado y consumido que en el retrato del reconocimiento facial que ha utilizado Jacob en su búsqueda, aunque sigue siendo atractivo, carismático, y, de hecho, el hoyuelo de la barbilla resalta más en su delgadez.

Sin duda es el mismo Robert Kerr que ayer su padre negó saber quién era.

«¿No lo reconoció después de tantos años? Imposible, él siempre ha sido un buen fisonomista. Entonces ¿mintió?, ¿por qué?».

Siente un cosquilleo frío y desagradable en la base del cuello.

La lección Wimberly que más veces ha repetido al equipo es que hay que desconfiar por sistema: todos mentimos, todos tenemos algo que ocultar.

—Hay algo más que pueda contarme y que le parezca relevante —pregunta en la primera toma de contacto con sus clientes—. Piénselo bien.

Los escruta mientras cuenta treinta y cinco segundos. El tiempo necesario para producir incomodidad sin quedar como una chiflada.

—Estoy aquí para ayudarle. No me oculte nada.

—He sido completamente sincero —acostumbran a responder.

Y ella nunca les cree. Por eso en el Método Wimberly, antes de afrontar el «problema», investigan en qué les han engañado los clientes. Acumulan trivialidades, pues nunca se sabe en qué pueden ser útiles. De dónde surge una pista.

El cosquilleo se intensifica al comprender que, a lo largo de su vida, ella misma ha hecho dos excepciones con su regla: su padre y su tía Carlotta, los dos puertos seguros en los que resguardarse incluso de las peores tormentas. La casilla de salida en la que coger fuerza e impulso para continuar.

«La familia implica hacer ciertas concesiones».

Plantearse que su padre ha podido mentirle una vez la conduce a una pregunta fatal: «¿Qué más me has ocultado?».

Aprieta fuerte los párpados. Si continúa con esa línea de razonamiento, la siguiente pregunta escuece: «¿Guarda esto alguna relación con que sea el tío George quien ha certificado la muerte natural de Robert Kerr? ¿Con que no vayan a realizarle una autopsia?».

Se rasca la base del cuello apartando la cadena de oro con el colgante.

Y aunque considera que el paradigma del psicoanálisis está obsoleto, conoce la importancia que concedía Freud a los sueños, la seguridad de que en ellos afloran los recuerdos reprimidos. Por primera vez en su vida desea que regrese la pesadilla. Revivir aquello que le hizo levantarse de la cama y salir.

«¿Fue la preocupación por mi poni o el ruido del coche misterioso?».

Asume que ha llegado el momento de hacer lo que lleva años postergando para evitar encontrar la respuesta a lo que la atormenta.

«¿Podría haber salvado a mi madre?».

Para cuando la niña que era Olimpia se levantó, abrió la puerta de la casa y entró en las caballerizas, su madre ya había muerto.

«¿Cuánto tiempo tardó en desangrarse?».

«Podías haberla salvado, ¡podías haberla salvado!». Ese pensamiento se instaló en su permeable cerebro de cinco años, igual que los microchips de identificación que se instalan en el de los perros. Ha permanecido activo desde entonces sin que ella lo advirtiese, únicamente visible a través de la pesadilla.

La ignorancia le ha servido de escudo ante tanto dolor. Ese es el motivo por el que ella, tan perspicaz y metódica, nunca ha querido averiguar nada de lo que ocurrió aquella madrugada del 20 de marzo del 86. Nunca ha cuestionado la versión que le han contado, no ha hecho preguntas ni tampoco ha investigado.

Durante algún tiempo estuvo tentada de hacerlo, pero la pesadilla la acometió con tanta virulencia que cambió de idea. Mejor no activar el peligroso microchip que escondía su cerebro.

Sale de su despacho y regresa al «invernadero».

—Necesito dos cosas.

Jacob levanta los dedos del teclado y la mira.

—Localiza a Erika y a Jacob. Hay que reunir al equipo.

—¿Y la segunda?

—Consigue las transcripciones del juicio de Robert Kerr por el asesinato de mi madre.

El equipo Wimberly

Cuando tu madre muere, cuando te quedas huérfana, hay decenas de fechas significativas: la primera semana, el primer mes, el
primer aniversario, los sucesivos días de su cumpleaños ya inútiles; cuando, además, tu madre muere joven, hay una fecha fundamental: el primer día en que eres más vieja de lo que nunca lo
fue ella. En que has vivido un día más.

Luego pasó el tiempo, que es lo único que nunca se detiene,
y Olimpia fue descubriendo que existen nuevas y dolorosas efe-
mérides, como es el caso de ayer, el día en que muere el hombre
al que acusaron del asesinato de su madre.

Olimpia mira al resto del equipo. A sus leones.

Uno de sus estrategas preferidos, Alejandro Magno, afirma-
ba que no tenía miedo de un ejército de leones dirigido por una
oveja, sino de un ejército de ovejas dirigido por un león. Pues
bien, cuando Olimpia seleccionó a los miembros de su equipo
eligió leones.

Leones al mando de una leona.

Han acudido rápido al requerimiento pero, aun así, el reloj
marca las once menos cuarto de la mañana.

—¿Quién es el cliente?, ¿quién te pagará? —pregunta Erika

en su habitual tono cortante, cínico, en cuanto terminan de ponerles en antecedentes.

Se ha recogido el pelo castaño en una coleta, tiene la cara fresca y lavada, sin rastro de maquillaje. Parece una chica de menos de treinta años como otra cualquiera. «Pero no lo es», se recuerda Olimpia y, una vez más, sospecha que es su disfraz «para el equipo». Prefiere ignorarlo, respetarla. Si quisiera, solo tendría que preguntarle a Jacob.

La frase flota en el aire, venenosa como la nube de hongo de una bomba atómica. A Jacob no le sorprende el interés de la chica por el dinero. Comprueba a diario sus cuentas, y sus ahorros han sufrido una mordida importante.

—Se trata de ayudar a Olimpia —protesta ofendido.

—Bueno, si mi vida se redujera a comprar mierda para que las plantas crezcan fuertes tampoco necesitaría la pasta —le contesta Erika.

Olimpia apoya la espalda en el respaldo de la silla. No va a consentir ninguna insubordinación. Su empresa no está constituida como «una maldita democracia»: ella manda y punto. Ella elige a los clientes, marca la tarifa y la cobra. Nunca ha permitido que sus «empleados» conozcan las cifras, no quiere que se inmiscuyan en eso, no les atañe ni lo que ingresa ni los numerosos gastos que se generan.

Desde el principio fijó un sueldo mensual —un salario muy generoso que exige exclusividad—, hubiese o no un encargo, y una prima, un incentivo, si resolvían la «crisis». Supone que a eso es a lo que se refiere Erika.

Juega con los dedos con el colgante de estrella que pende de la cadena de su cuello.

Robert Kerr se encuentra en la situación más irreversible posible: muerto, y con ello ha escapado para siempre. Necesita al equipo si quiere resolver lo que, a la vista de las pruebas, a su misteriosa desaparición durante tantos años y al hecho de tratarse de quien se trata, está convencida de que ha sido un larguísimo secuestro. «Eso, o se volvió un eremita y dedicó su vida a la oración y al sacrificio en soledad», ironiza con su característico humor tan negro.

Un secuestro y... «¿un posible asesinato?».

—Yo seré la clienta, ¿hay algún problema? —pregunta sin levantar la voz.

Aunque al integrarlos en su equipo les dio a los tres una nueva oportunidad y un buen trabajo, no considera que por eso estén en deuda con ella. Nada ata a ninguno a una empresa que ni ella misma sabe cuándo va a abandonar. Todos conocen las condiciones del contrato que firmaron: no hay margen para insubordinaciones ni para cuestionar su autoridad. Si alguno no desea seguir bajo su mando, puede marcharse cuando quiera; sin posibilidad de regreso, eso sí.

Olimpia recorre el «quirófano» con una mirada que abarca a los tres. Blake, como de costumbre, se encoge de hombros despreocupado. Erika asiente con la cabeza.

—Si estamos conformes, empecemos. Vamos a hacer lo que mejor sabemos. Al fin y al cabo, se trata de un secuestro a la inversa.

—¿A la inversa?

—Normalmente las «crisis» se plantean al revés. Una «gallina» se pone en contacto con nosotros porque le ha desaparecido un «huevo», y nosotros tenemos que encontrarlo y recogerlo. —Hace una pausa y se asegura de que la siguen—. Aquí tenemos el «huevo» y necesitamos descubrir el «nido» donde lo han estado empollando para llegar hasta la «cabeza pensante».

Pía

Nueva York, 22 de enero de 1980

—*Te amo, pelirroja* —*le susurra al oído Robert.*

Al oír esto, Pía siente un cosquilleo y una extraña tibieza en la oreja, como si las palabras tuviesen presencia física y desprendieran un intenso calor.

«¡Por fin!», piensa.

Suspira y las lentejuelas verdes del vestido lanzan destellos. Se siente muy dichosa, solo un mordisquito de envidia enturbia tanta felicidad: se ha quedado lejos de emular el cumpleaños de Elizabeth Taylor, «la fiesta más asombrosa de todas», la exuberante réplica de la Roma pagana.

«Por culpa de Lotti y su beatería».

Pía es lista, listísima, por eso reparte las culpas entre los demás y no se guarda ninguna para ella. Como el hecho de no asumir que, por muy rica que sea su familia, está lejos de alcanzar la fama de una de las mayores estrellas del celuloide.

—*Un poco de gasolina antes de salir* —*le dice Robert.*

Pía ya se había fijado en las cuatro rayas de polvo blanco encima de un espejo sobre la mesa. Raíles que conducen directos a la felicidad.

Una chispa de preocupación cruza su mente. En las últimas semanas, Robert está muy alterado, nervioso, no sabe si consume más o quizá se esconde menos al hacerlo. No es algo de lo que avergonzarse en el ambiente artístico en el que se mueve; al contrario, la permisividad con las drogas se ha convertido en una de las enseñas de Studio 54. Se ha dado cuenta de que la cantidad de «picaduras» en sus brazos ha aumentado como el sarpullido de una varicela que no detiene su avance, aunque ella jamás le ha visto pincharse heroína, solo tomar LSD, cocaína, ácido, popper..., lo normal.

—¿Empiezas tú? —le pregunta al verla vacilar.

Pía coge el fino tubito de plata.

Le encanta la euforia, la energía que le proporciona. Se siente más alerta y despejada que nunca, borra de un plumazo los efectos del alcohol y le permite seguir bebiendo todo el champán que quiera hasta la madrugada.

«Solo una, que como la pesada de mi hermana se dé cuenta... —piensa—. Y encima también está Aaron... Aaron».

Con cuatro años, Pía descubrió las ventajas de ser una niña preciosa y el inmenso poder del halago. Está acostumbrada a conseguir lo que desea con gran facilidad, solo necesita decirle a cada uno lo que quiere escuchar, mostrarse como quieren verla, fingir que cumple sus expectativas. Con el tiempo ha refinado esta cualidad convirtiéndose en una maestra consumada de la adulación.

Ha cubierto todos los frentes. Su hermana mayor le sirve de coartada con su estricto padre: «No me separaré de Carlotta». El anillo de compromiso de Aaron, de coartada con Carlotta: «Solo quiero divertirme un poco antes de casarme, tú me entiendes, Lotti, ¿a que sí?». Y con Aaron solo precisa dejarse querer. Dejarse querer unos días y rechazarlo y mostrarse indiferente otros. A Aaron, que siempre lo ha tenido tan fácil, a quien todo le ha venido caído del cielo, le motivan los retos, aquello que se le resiste. De ahí su afición por el alpinismo.

Pía está acostumbrada a conseguir lo que desea y ahora desea las largas noches de Studio 54 y a Robert. El éxtasis. El delirio. Lo prohibido.

Coge el fino tubito de plata, se lo coloca en la fosa nasal y aspira profundo uno de los raíles hasta el final. Levanta la cabeza y se pasa el dorso de la mano por la punta de la nariz.

—¿No quieres más? —se extraña Robert.

Escudriña su rostro y, como si adivinara su pensamiento, añade:

—No tienes la culpa de que tu hermana no sepa divertirse. Vivir consiste en no hacer siempre lo que los demás esperan de ti.

«A la mierda».

Aspira el otro raíl. Humedece la punta del dedo con saliva, recoge el resto de polvo, separa los labios y se frota con él la encía. Nota el sabor amargo. Cierra los ojos. Enseguida llegará el adormecimiento de la parte superior del paladar.

Suspira de placer.

El equipo Wimberly

Morfeo era la divinidad griega del sueño y ahora también va a ser el nombre de la operación. Jacob iba a proponer «la madre de todos los secuestros», pero prefirió no bromear después de la tensión generada un momento antes.

A pesar de los pinchazos en las manos, Olimpia teclea en la tableta «Morfeo» y aparece al mismo tiempo en la parte superior de las tres enormes pizarras digitales que ocupan una de las paredes del «quirófano».

—De acuerdo, empecemos a investigar el secuestro de Robert Kerr —dice mientras subraya el nombre.

El equipo Wimberly ha resuelto numerosas «crisis» y ninguno necesita que le recuerden que el primer paso del Método consiste en plantear la pregunta correcta: «¿Por qué?». Aunque en esta en concreto, el cómo parece importante.

—¿Motivos? —pregunta Olimpia.

Los tres se muestran reticentes a contestar.

—Por última vez —los mira de uno en uno—, no tenéis que pensar en mí como parte implicada. Debemos ser objetivos si pretendemos resolverlo, así que: ¿motivos? ¿Por qué querría alguien tomarse tantas molestias con un secuestro tan largo?

Erika toma la palabra.

—El porqué es el asesinato de tu madre —dice con una vehemencia un poco exagerada—. Y partiendo de esa hipótesis, solo hay dos opciones: o Robert Kerr era inocente o culpable. Si era culpable, el motivo más obvio es la venganza, ya que un jurado lo absolvió y no recibió ningún castigo.

Olimpia se lleva la mano al cuello y da un par de tironcitos al colgante de estrella. Esa hipótesis apunta a su familia: a su padre o a su tía.

«¿Quién más querría vengarse?».

—Estás asumiendo que era culpable, pero ¿y si era inocente? —Jacob sale en su ayuda—. ¿Por qué secuestrarlo en ese caso?

—Quizá vio algo y el asesino quiso evitar que lo delatara.

—¿Y por qué no lo mató y se libró del problema? —interviene Blake con la lentitud y la brusquedad involuntaria con que se expresa.

Los otros se giran hacia él. No es una pregunta baladí.

Saben que prefiere observar, que piensa antes de hablar y que sopesa las consecuencias de sus palabras, lo mismo que las de sus actos. Pilla al vuelo las señales a las que hay que estar atento. «Cuando tu vida ha dependido de esas señales, desarrollas una especie de intuición, casi un poder adivinatorio», le explicó en una ocasión a Olimpia.

Y un secuestro tan anómalo se convierte en una señal con grandes letras de neón.

Transcurren un par de minutos hasta que Jacob responde:

—A lo mejor lo necesitaba con vida para incriminarlo de algún modo.

Blake se encoge de hombros.

—¿Durante veinte o treinta años?

—No hay duda de que la «cabeza pensante» es una persona muy motivada.

—Y muy muy paciente.

Antes de que los demás prosigan, Olimpia interviene:

—O puede que estemos cometiendo una falacia. *Post hoc, ergo propter hoc* —silabea.

El resto del equipo espera a que continúe.

—Se trata de una expresión latina que se traduce como «después de esto, luego a causa de esto». Tendemos a asumir que, si un acontecimiento sucede después de otro, el segundo es consecuencia del primero —les explica—. En este caso el secuestro ocurrió después del asesinato y el juicio, pero no podemos descartar que sean dos hechos aislados.

Erika bufa.

—Adelante, dilo —le exige Olimpia.

Ambas se caracterizan por el tesón con que enfrentan cada asunto. Son obstinadas y suelen enzarzarse en discusiones. Olimpia prefiere denominarlas «intercambios de opiniones» y las ha incorporado al Método Wimberly. Las considera tan productivas como la «lluvia de ideas» o *brainstorming*, una de las herramientas de trabajo en grupo más utilizadas para obtener ideas originales.

—Resultaría muy oportuno desvincular el secuestro de tu familia.

—¿Lo puedes descartar?

Jacob propone olvidarse por el momento del motivo.

—Ya que no se trata de un secuestro normal, ¿por qué no empezamos por lo que tenemos?

Teclea en la tableta la palabra «datos».

—Conocemos su identidad —apunta Erika.

—Un callejón sin salida —responde Jacob, aunque lo teclea y aparece en la pizarra.

—Las huellas dactilares —dice Blake—. ¿Con qué se las quemó?

—Parece que utilizó ácido sulfúrico.

Olimpia recuerda las clases de química en la facultad. Basta con mezclar ácido sulfúrico altamente concentrado al 99% con algo tan inocuo como el azúcar para que, en treinta segundos, se produzca una reacción que suba la temperatura hasta convertirlo en una masa negra burbujeante de carbono puro y gases que aumenta la presión en el interior de la probeta, con lo que la mezcla sale disparada en todas direcciones.

«Sin embargo —se burlaba el profesor—, una Big Mac es prácticamente indestructible».

Les hizo una demostración y estaba en lo cierto. A pesar de lo corrosivo que era el ácido, solo cambió la consistencia de la carne, endureciéndola y dándole la apariencia de un trozo de carbón.

—¿Por qué eligió el ácido sulfúrico?

—Es el más potente que se puede comprar sin ningún tipo de permiso o licencia. Diluido, incluso tiene un empleo doméstico.

Blake mueve la cabeza de un lado a otro.

—La gente ve series como *Breaking Bad* y cree que puede deshacerse de un cadáver en barreños de plástico, pero no resulta tan sencillo disolver un trozo de carne o de hueso, ni siquiera con ácido fluorhídrico, que es mucho más tóxico y potente que el sulfúrico y corroe vidrios y metales —dice, como si hablara para sí mismo.

Olimpia siente un escalofrío. Tiene la seguridad de que él no ha adquirido esos conocimientos viendo series.

—Lo más eficaz —continúa Blake— hubiese sido cortarle las falanges con una sierra, aunque luego hubiese necesitado cauterizar las heridas, claro.

Se pone en pie. Pisan un terreno que él conoce y domina, en el que se siente cómodo. En esas ocasiones se torna muy expansivo. Adopta el tono doctrinal que utilizaba en su época de instructor en campos de adiestramiento secretos perdidos en medio de la nada más absoluta.

—De acuerdo con que lo secuestrase por el motivo que fuera, pero ¿por qué la «cabeza pensante» lo mantuvo con vida durante todos estos años?

La pregunta queda flotando en el aire.

—Apúntalo en motivos —Blake le hace un gesto con el dedo a Jacob—: «¿Por qué no se lo cargó?».

—Igual te sorprende —le responde Erika entornando los ojos—, pero hay gente que tiene una cosa llamada «principios morales».

En vez de sentirse atacado, Blake se interesa por esa respuesta.

—¿Tú no lo hubieses liquidado?

—Sin dudarlo —se ríe Erika—. Si yo tuviese una elevada moral, ¿estaría aquí?

Un pitido los sobresalta e interrumpe su conversación. Procede de la tableta de Jacob.

—¿Qué ocurre?

«¿Qué más?», se altera Olimpia.

—Había instalado una alarma para cuando el FBI iniciara una investigación tras descubrir la identidad de Robert Kerr, y ya lo han hecho.

—¿Qué pasará ahora?

Jacob bufa. Recuerda la machacona frase de uno de sus adiestradores en Quantico, una de las leyes de las ciencias históricas: «Nunca pasa nada, pero cuando pasa, lo hace muy rápidamente». Es la sensación que tiene desde que ha sabido que se trataba de Robert Kerr.

—Esta situación se sale de los protocolos: su primera acción ha sido enviar al hospital a cinco agentes al mando de Richard Patterson, el subdirector del departamento de Secuestros y Personas Desaparecidas.

—¿Al propio subdirector? —se extraña Erika.

Jacob mira a su jefa esperando que sea ella misma la que les explique que Patterson tiene un interés personal en el caso, que se trata de su exmarido número uno, con el que se casó con apenas veintiún años. Sin embargo, Olimpia está abstraída en sus pensamientos.

«¡Richard! Joder, ¿qué es esto?, ¿el maldito carrusel de los exmaridos?».

Hace un rápido repaso mental al resto de sus ex. «No, Albert continúa con la expedición alemana en el Polo Norte estudiando la germinación de las esporas en el clima ártico. Y en cuanto a Pierre... Bueno, Pierre seguro que está en alguna remota aldea asiática tratando de alcanzar el nirvana a base de meditación o ayudándose de alguna de esas sustancias que abren la mente e iluminan el camino y la creatividad».

No se ve con fuerzas para gestionar a más de dos exmaridos a la vez.

«Tengo que dejar de casarme. En serio. Tengo que quitarme».

El tío George

—De acuerdo, Aaron —responde George Brown, el director ejecutivo del hospital.

Pulsa la tecla de finalizar la llamada y tira el móvil encima de la mesa.

Pasados los sesenta años, se plantea en momentos como este hasta cuándo va a continuar el vasallaje. Son breves picos, ligeras arritmias en el monitor cardiaco de su larguísima amistad.

Solo una vez se atrevió a llevar la iniciativa y aún está pagando las funestas consecuencias.

«Pía, la caprichosa Pía…».

Nunca entendió el embrujo que Pía ejercía sobre Aaron. Su amigo no solo era rico, sino también atractivo y ocurrente. Nunca faltaban mujeres a su alrededor, solo tenía que chasquear los dedos para conseguir una. Allá donde iba, ya desde el colegio, en el instituto, en el equipo de béisbol, se convertía en el más popular y, sin embargo, perdía los papeles por ella.

No recuerda haber sentido nunca envidia de él, o por lo menos no más allá de una envidia fraterna como la de Caín con Abel, y la compensaba con creces el orgullo de que, entre todas las personas, lo hubiese elegido a él, ¡a él!, al chico tímido de la beca, al gordito que hasta que Aaron posó su vista en él los demás despreciaban, el blanco predilecto de sus burlas.

¡La cantidad de fabulosas oportunidades que esa amistad le brindó! Se convirtió en la puerta de acceso a Aaron, y era de no creerse las cosas que estaba dispuesta a hacer la gente para franquearla. Sonríe al recordar esa época. ¡Muchas cosas!

«Hasta que apareció Pía».

Los timbrazos del teléfono lo sacan de sus reflexiones. George se fija en que lo llaman desde la extensión del cuerpo de seguridad.

—¿Qué ocurre?

—Señor, acaban de llegar unos agentes preguntando por usted.

«Maldito Liam». Supone que el doctor Miller le ha desobedecido. «Mejor atajarlo de una vez».

—Envíe a los policías a mi despacho.

—Señor —el guardia de seguridad duda—, no se trata de la policía, sino del FBI.

—¿El FBI? —No puede evitar un gallo en la voz.

—Cinco agentes del FBI. ¿Los mando a su despacho?

George duda un momento.

«¿Cinco? Eso es un auténtico despliegue».

—No, que me esperen en el hall.

Coge el teléfono y marca de nuevo el número de Aaron.

Carlotta

Nueva York, 22 de enero de 1980

Hace un buen rato que Carlotta busca a Pía.

Ya no sabe cómo justificarla ante Aaron y, además, ha llegado el momento de que sople las velas de la enorme tarta de cumpleaños de diez pisos y de soltar las veinte palomas blancas, una por cada año.

Inesperadamente, distingue el reflejo verde de los cientos de lentejuelas de su vestido en las escaleras que conducen a los palcos.

«¿Qué estaba haciendo ahí?».

Por el cuidado que pone en bajar los peldaños sin caerse y la enorme y boba sonrisa que lleva en la cara, puede adivinarlo. Está a punto de plantarse ante ella y encararse: «¿Cómo se te ocurre, con Aaron aquí?».

Entonces se detiene. No sabe qué la lleva a actuar así, obedece a un impulso. Se esconde detrás de una columna.

Robert no tarda nada en aparecer en esas mismas escaleras, lo que le ha costado sacar un ácido y colocárselo en la punta de la lengua. Había pactado con Pía que aguardaría diez minutos para que nadie pudiera relacionarlos, pero está demasiado alterado, eufórico. Sencillamente, debe escapar de la jaula del reservado. Necesita moverse, bailar, hablar a gritos.

Carlotta no se sorprende al verlo. O por lo menos no demasiado.

—¿Qué hay de malo en que me divierta un poco antes de casarme y tener niños? —la engatusa Pía.

Y la llama Lotti. Y ella se esponja porque le parece que ese diminutivo encierra todo el cariño del mundo. Que solo Pía percibe que tras su máscara de frialdad se esconde una persona vulnerable.

—Tú eres la única que me comprende, Lotti. No eres un rollo como los demás.

Y Lotti cede, claro que cede a sus caprichos. Una y otra y otra vez.

«Solo son travesuras», se justifica.

La vida de Carlotta gira en torno a Pía. Cree que la conoce mejor de lo que se conoce ella misma y, por supuesto, sabe lo que necesita, lo que le hará bien, y está dispuesta a guiarla por ese camino con mano firme.

Pía es muy inteligente, pero también cabezota, caprichosa. De niña, cuando enfermaba, Lotti era la única que lograba separarle los labios y meterle la cucharada del amargo jarabe que iba a curarla; también ahora tiene la medicina adecuada para ella, aunque a Pía no se lo parezca: Aaron Wimberly.

«¿A esta diversión te referías?», piensa dolida.

A Carlotta, este mundo de tanta parafernalia le parece de una extraordinaria vulgaridad.

«Aunque la culpa no es de Pía, claro que no, solo es una niña demasiado inocente, que se deja llevar».

El culpable tiene nombre y apellidos: Robert Kerr.

«Él la ha vuelto una mentirosa y una... una... —Ni siquiera en su mente puede unir la palabra "drogadicta" a Pía, ensuciarla de ese modo—. ¡Si hasta que lo conoció no era capaz de tragarse ni una aspirina si yo no la obligaba!».

Se queda observando la espalda de Robert mientras se aleja. Es apenas una sombra del escritor seguro de sí mismo y arrogante de hace unos años. Sus grandes ojos se hunden en las órbitas, las ojeras se extienden hasta unos pómulos que sobresalen marcándole la calavera, su seductor hoyuelo casi no se distingue. Ha adelgazado mucho, y el deterioro no solo se refiere a su aspecto físico, sino que también se muestra angustiado, nervioso.

Las señales son evidentes. También los problemas que acarrea.

Si él quiere, puede tirar su vida por el desagüe, como ya ha hecho. «Pero no arrastrarás a Pía —se promete—, haré lo que haga falta para salvarla de esta depravación. De esta depravación y de ti. Ya lo creo. Lo que haga falta».

De pronto es consciente de la situación. Teme que alguien la sorprenda espiándolo. Se aleja de la columna con pasos firmes en busca de Pía.

El equipo Wimberly

El equipo observa la pizarra digital en silencio. Están impacientes. Ansían salir corriendo, pero necesitan una dirección a la que dirigirse.

—Debemos olvidarnos del FBI —asegura Olimpia—. Continuemos sin precipitarnos.

«No me lo creo ni yo», piensa.

Que el FBI, que Richard, esté investigando supone activar una cuenta atrás, «una cuenta atrás a toda leche dado lo bueno que es el puñetero».

—De cualquier modo, necesitamos más piezas si queremos resolver el puzle.

El Método Wimberly indica que el lugar donde más información se puede recoger es aquel del que sustrajeron el «huevo», el último sitio donde se le vio.

—Para descubrir dónde durmió Morfeo hay que partir del hospital, el lugar donde ha terminado, e ir hacia atrás sobre sus pasos.

—¿Ahora somos los putos Hansel y Gretel?

—Algo así. Buscaremos el rastro de migas de pan que forzosamente, en el estado en el que se encontraba, dejó.

—Entonces ¿vamos al hospital?

—La policía ya ha estado allí y, según su informe, no encontraron nada. Su ropa y cualquier otro resto son un puñado de cenizas esterilizadas —les informa Jacob.

—Asegurémonos de que no han pasado algo por alto. ¿Te encargas tú, Erika? —dice Olimpia repartiendo las tareas.

—De acuerdo —asiente.

—¿Dónde recogieron a Morfeo los paramédicos? —pregunta Olimpia a Jacob.

Consulta en sus pantallas antes de responder:

—En una gasolinera de la 301, una carretera secundaria de la Interestatal 95.

—¿Vas tú, Blake?

Este se encoge de hombros, su peculiar manera de decir que sí.

—Erika, ya que vas al hospital, averigua quiénes fueron los paramédicos y a ver si consigues que te cuenten cómo fue la recogida de Morfeo. Yo leeré la transcripción del juicio contra Robert Kerr.

En la pizarra, conforme Jacob las escribe, aparecen los nombres de cada uno y las tareas asignadas. Se detiene cuando Olimpia se dirige a él:

—Tú, a tus pantallas. Necesitamos descubrir qué hizo Morfeo durante y después del juicio. Si ocurrió algo distinto que motivara su secuestro…

Erika resopla: «Se agarra a un clavo ardiendo».

—… o si al menos —continúa imperturbable— establecemos una horquilla temporal de cuándo se llevó a cabo.

Cada uno echa a correr por el camino que le han marcado y, al quedarse sola, Olimpia se toma un antiácido y un trozo ya frío de las pizzas que han encargado. Prefiere creer que el malestar en la boca del estómago se debe al cóctel de analgésicos, antiinflamatorios y antibióticos, y no a que se ha roto el frágil equilibrio de su vida.

La pregunta que bombardea su mente no es la habitual al enfrentarse a un secuestro: «¿Quién lo hizo?», sino «¿Qué pasará si lo hizo una persona a la que quiero?».

La probabilidad de que Erika tenga razón y el secuestro de Robert Kerr guarde relación con el asesinato de su madre es demasiado alta.

Liam

—Doctor Miller, unos agentes del FBI le buscan —le indica una enfermera.

—¿El FBI?, ¿estás segura?

Liam baja rápido por las escaleras.

«¿Qué demonios ocurre?».

En el hall se topa de pronto con un hombre de color, alto y atlético, al que reconoce. La visión de esa espalda sólida y poderosa como un muro le trae la imagen de Hércules, de Sansón. «Sobre hombros menos firmes se han levantado naciones enteras».

Siempre que lo tiene delante se siente un enclenque, «un puñetero alfeñique».

—¿Richard?

Es absurdo preguntarlo cuando resulta tan evidente, pero «¡¡¿Richard?!! ¿En serio?».

—Hola, Liam. Me alegro de verte.

Antes de que pueda soltar algún comentario, el primer exmarido de Olimpia le tiende la mano. Richard está acostumbrado a estrechar manos con un buen apretón, firme, que transmite confianza.

—Qué casualidad, yo tenía una camiseta igual —le dice mientras señala la camiseta gris con Einstein sacando la lengua que lleva debajo de la bata sin abrochar.

«Joder. Venga ya —maldice Liam—. ¿Se está burlando, sabe que es la suya?».

Su guardia aún no ha terminado, no ha podido pasar por su casa a cambiarse y no le quedaba ninguna limpia de repuesto en la taquilla, a pesar de que esta le queda grande y le hace parecer aún más desgarbado.

En cambio, a Richard el traje de chaqueta le sienta como un guante. Con el pelo oscuro y muy corto, la barbita y el bigote perfectamente recortados y los ojos avellana «parece un puto modelo».

Aunque Liam con su metro ochenta no es bajo, inconscientemente yergue los hombros y endereza la espalda tratando de acortar los centímetros de diferencia con el hombre que se pagó la universidad con una beca de baloncesto.

En ese momento, la puerta del fondo se abre y por ella aparece George Brown. Porta una carpeta y con la mano que le queda libre tira de los bordes de la americana para cerrársela a la altura del pecho. Avanza con paso decidido dejando claro que este es su hospital, pero, durante un instante, la sorpresa y el fastidio asoman a su rostro antes de recomponer su máscara de imperturbabilidad.

George y Richard se saludan educadamente.

Por supuesto el «tío George» asistió a aquella primera boda entre Olimpia y Richard, que se celebró con gran boato y una enorme lista de invitados. Nadie podía imaginar la gran afición que iba a desarrollar Olimpia por los matrimonios. Y por los divorcios.

Tras intercambiar unas cuantas frases de cortesía, George ataca.

—¿Qué ocurre, Richard? ¿Qué hace el FBI en el hospital? ¿Hay algún problema?

Liam también está intrigado, pero ni en un millón de años hubiese imaginado la respuesta que da Richard tras varios circunloquios y una breve introducción.

—En fin, tenemos casi la certeza de que el fallecido sin identificar es Robert Kerr. El hombre que fue juzgado por el asesinato de Olimpia di Corbera, la madre de Olimpia —aclara, por si quedaba alguna duda.

«¿Robert Kerr? Oli le dijo la verdad. ¡Por eso sabía su nombre, la confundió con su madre!», se dijo Liam.

Tarda en encajar ambas imágenes, la del anciano que atendió en urgencias creyendo que era un sin techo y la del asesino, en una misma persona.

Utilizando un tono de voz diferente, incluso una postura más erguida, con los que subraya que se han terminado las familiaridades, que se encuentra en el hospital por una cuestión estrictamente profesional, Richard dice:

—Venimos a llevarnos el cadáver. Dadas las circunstancias en que ingresó y su posterior fallecimiento, consideramos necesario realizar una autopsia y establecer la causa de la muerte.

Olimpia

Sobre el escritorio de Olimpia hay varios paquetes vacíos de gominolas. Cuando se siente ansiosa o estresada recurre a ellas como otros a la cafeína o la nicotina.

En 1967, los psiquiatras Thomas Holmes y Richard Rahe desarrollaron su conocida Escala de Reajuste Social o Estrés para valorar los acontecimientos vitales estresantes por los que atraviesan los seres humanos. Los tres primeros puestos los ocupaban la muerte del esposo o compañero, el divorcio y la separación.

Olimpia nunca ha pasado el trago de la muerte de un esposo, pero en lo referente a divorcios y separaciones es una eminencia.

«Esos dos no tenían ni idea de lo que estresa leer la transcripción del juicio por el asesinato de tu madre».

Ya solo le quedan los ositos Haribo que guardaba en un cajón y ahora una fila de más de treinta ositos blancos se alinea en un extremo de la mesa. Odia el pretendido sabor a piña que tienen los de ese color.

Un juicio es un proceso estructurado que comienza con la selección del jurado y continúa con las declaraciones de apertura del abogado defensor y el fiscal. Después de un par de horas y sin rastro de la taquicardia con la que ha comenzado la lectura, revisa en su cuaderno las anotaciones que ha tomado de ambas aperturas. Aunque aún le queda mucho trabajo por delante, ha desmontado el enorme edificio de palabras hasta reducirlos a pilares, vigas y contrafuertes. Lo esencial.

La defensa se basó en uno de los derechos fundamentales de los ciudadanos: la presunción de inocencia. En la práctica, eso significaba que no eran los abogados defensores quienes debían demostrar la inocencia de Robert Kerr, sino el fiscal el que debía aportar pruebas que señalaran su culpabilidad sin dejar lugar a dudas.

«Ahí reside la clave».

Varios miembros del jurado sintieron que albergaban dudas razonables en sus corazoncitos, así que, en consecuencia, votaron inocente y el acusado salió libre.

Entre los testigos que llamaron a declarar no se encontraba su tía Carlotta. «¿Por qué no la citaron? ¿Acaso fue ella la que no quiso acudir?». No le cuesta imaginarla sentada muy tiesa en uno de los bancos de la sala del tribunal. Aquello debió de parecerle el colmo de la vulgaridad.

Aún le sorprende más que tampoco llamaran al estrado a Robert, al propio acusado, que le negaran la oportunidad de defenderse.

«Malo, malo».

Normalmente, esto ocurre si la defensa considera que será más perjudicial lo que el fiscal le puede preguntar estando bajo juramento que lo que él va a alegar.

«¿Qué ocultaban?, ¿qué preferían que callase?».

Antes de atreverse a leer el interrogatorio del abogado defensor a su padre, inspira hondo y se mete en la boca tres ositos rojos, sus preferidos, que mastica hasta que se le pegan en las muelas.

«Ojalá estuviese grabado».

La taquígrafa recogió fielmente sus palabras, pero no hay

constancia de sus gestos, su tono o sus sentimientos mientras narraba algo tan doloroso para él.

«—... *el 20 de marzo me desperté temprano, como de costumbre. La casa permanecía en silencio.*
—¿*Puede ser más concreto para establecer una cronología?*
—*Debían de ser las seis y media de la mañana, recuerdo que ya estaba amaneciendo.*
—¿*No le extrañó no encontrar a su esposa en la cama?*
—*No. Igual que en su anterior embarazo, durante el primer trimestre sufría una fuerte indisposición y un tremendo cansancio, por lo que prefería acostarse en otra habitación.*
—*Prosiga.*
—*Antes de bajar a la cocina a prepararme un café, me acerqué a la habitación de mi hija. Hagamos lo que hagamos, y créame que lo hemos intentado todo, rara es la noche que no se destapa, así que acostumbro a entrar, cubrirla y aprovechar para darle un beso».*

«Su hija».
Se le forma un nudo en la garganta. Imagina a su padre —no al de ahora, sino al joven, con el aspecto de la fotografía que le mostró Jacob— entrando sigiloso, agachándose y depositando un beso en la coronilla de la niña que fue ella. La preocupación, la ternura del gesto. Permanece quieta con la vista fija en los papeles.
«Papá».
Inspira manteniendo el aire en los pulmones. La cabeza le palpita de dolor y se toma un par de analgésicos.
La culpa le mordisquea la conciencia. El apoyo, el amor que su padre siempre le ha demostrado con mil detalles, lo agradece ella con sospechas, leyendo el interrogatorio en busca de pistas, de incongruencias.
«De una puñetera mentira».

«—La habitación estaba iluminada por un piloto azul que dejamos encendido, un quitamiedos, y tardé unos instantes en darme cuenta de que la cama estaba vacía. Miré debajo porque últimamente le gusta coger la almohada y esconderse ahí o en el armario.

—¿Esconderse?, ¿por qué lo hacía?

—Olimpia es una niña muy inteligente y, por tanto, muy imaginativa, y se le había metido en la cabeza que a veces veía a un hombre malo...».

Subraya «un hombre malo» y lo apunta en su libreta. Por mucho que se esfuerza no logra recuperar ningún recuerdo previo a descubrir a su madre en el suelo del establo, la losa que cayó sobre ellos lo impide.

Durante todos estos años se ha sentido como un palimpsesto, uno de esos manuscritos cuya escritura anterior es borrada expresamente para volver a escribir encima, en la misma superficie.

«¿Era muy imaginativa o había alguien merodeando?».

«—Háblenos de ese hombre malo. ¿Qué le contó su hija?

—Si soy sincero, no le presté demasiada atención. Hace unos meses decía que un unicornio pastaba en el jardín y que en las buganvillas vivían unas hadas diminutas...

—Haga un esfuerzo.

—Creo que decía que algunas noches oía un coche a lo lejos, y luego un hombre enorme, de más de dos metros y con un sospechoso parecido con Frankenstein, salía de entre los rododendros que delimitan el camino, se metía en las caballerizas y cerraba la puerta».

Olimpia detiene la lectura. Subraya «un coche a lo lejos».

«¿El coche naranja de mi pesadilla?».

«—No entiendo, señor Wimberly, por qué no le preocupaba dejar a su esposa y a su hija solas con un posible merodeador.

—¿Qué está insinuando?

—No insinúo nada, repito lo que usted ha dicho.

—Claro que me preocupaba, pero mi esposa y Aurora, el ama de llaves, estuvieron atentas varias noches y no vieron nada. También lo comenté con un buen amigo psiquiatra y me explicó que el hecho de que el hombre entrase en el establo, donde está Chispas, el poni de mi hija, denotaba una posible transferencia.

—¿Transferencia?

—Olimpia adora a Chispas y no quería dejarlo solo, así que su mente inventó el hombre malo como una forma de materializar su miedo. Ya le he dicho que es una niña muy inteligente.

—Entonces, resumiendo, ¿puede asegurar que no existía ese merodeador, ese hombre malo?

—No, no puedo».

La intención de la defensa resulta evidente. Para lograr la duda razonable, buscaron la respuesta a la fatídica pregunta: si no fue el acusado, ¿quién fue?

El merodeador les puso en bandeja otro posible culpable y la semilla de la duda razonable. Sigue leyendo:

«—Prosigamos, señor Wimberly. Entró en la habitación de su hija y ella no estaba en la cama, ¿qué hizo entonces?

—Pensé que a lo mejor se encontraba con su madre, así que fui a su habitación, pero tampoco había nadie.

—Debió de asustarse mucho...

—Las ventanas del dormitorio de mi esposa dan a la parte delantera de la casa y se divisan las caballerías. Para entonces ya había amanecido y reparé en la puerta abierta; eso no era lo habitual, así que deduje que ambas se encontrarían ahí.

—¿Dedujo?, ¿acaso era normal que en plena noche saliesen a las cuadras?

—Cuando Pía no puede dormir o está intranquila, suele calmarla la compañía de su yegua preferida, Duquesa.

—De acuerdo. ¿Qué hizo entonces?

—Me dirigí a las cuadras y al entrar...

—¿Qué ocurrió al entrar?

—Hallé a mi hija inconsciente en el suelo, cerca de su madre. Había mucha sangre...».

Olimpia no puede continuar: advierte que la mano le tiembla. Resulta demasiado doloroso.

Cierra los ojos e inspira durante unos segundos.

Regresa unas páginas atrás, cuando su padre explica que el motivo de que viviesen en Rochester en vez de en su ático en Manhattan era por expreso deseo de su esposa, ya que el aire libre mitigaba los síntomas del embarazo. Los ruidos la fatigaban tanto que había insistido en reducir al mínimo el personal de servicio.

«—Por el día se producía el trasiego habitual: el jardinero, la cocinera, las doncellas, un par de mozos de cuadra, Billy, que dirige las caballerizas y con quien entrena mi hija, y Aurora, el ama de llaves. Por la noche se quedaban solas con Aurora, una persona de entera confianza que lleva toda la vida trabajando para la familia de mi mujer. Y en ocasiones, con mi cuñada Carlotta.

—¿Y usted?

—Yo debía permanecer de lunes a viernes en la ciudad debido a mis compromisos laborales y regresaba el fin de semana.

—Sin embargo, la mañana de los hechos usted se encontraba en Rochester a pesar de ser miércoles.

—*Cierto. El trayecto dura apenas una hora en coche, por lo que los días que terminaba temprano iba a cenar con ellas. Me gustaba sorprenderlas»*.

Olimpia subraya la palabra «coche».
La subraya dos veces.

«—*¿Se presentó sin avisar?, ¿nadie sabía que iría?*
—*No lo sabía ni yo. A última hora se suspendió una reunión y lo decidí en un impulso. Pasé por una floristería, compré un gran ramo de rosas rojas a Pía, son... —pausa—, eran sus preferidas, y otros de lirios azules a mi hija y mi cuñada.*
—*De acuerdo. ¿Dónde dejó su vehículo?*
—*En su sitio, en el garaje.*
—*¿Había algo que permitiese deducir que usted se hallaba en la casa?*
—*Supongo que no.*
—*Entonces, para cualquier observador externo era un miércoles como otro cualquiera y en la casa solo estaban su esposa, su hija, su cuñada y el ama de llaves, ¿es así?*
—*Bueno, en realidad, mi cuñada había regresado aquella tarde a la ciudad. Pero sí, supongo que sí»*.

Olimpia se plantea si fue eso lo que ocurrió.
«El merodeador creía que estábamos solas, encontró a mi madre en las caballerizas, la mató y después huyó en su coche. ¿Es ese el coche que aparece en mi pesadilla, el que me despierta? ¿Mi madre se había golpeado solo unos minutos antes de que yo llegase? ¿Se desangró mientras yo estaba desmayada en el suelo?».
Siente el conocido malestar en la boca del estómago. La respiración lenta y dificultosa. Cierra los ojos. El microchip de su cerebro se activa:
«Podías haberla salvado, ¡podías haberla salvado!».

Aaron

En 1336, el poeta Petrarca emprendió la conquista de una de las cimas de los Alpes e inauguró, sin pretenderlo, una nueva disciplina deportiva: el alpinismo. Después del parón obligatorio de la Segunda Guerra Mundial, franceses, ingleses, austriacos, alemanes e italianos se lanzaron a las montañas y en 1964 consiguieron coronar el último de los catorce ochomiles del planeta.

De lo que no suele hablarse al mencionar estas proezas es de que no solo se precisa espíritu aventurero y una excepcional fortaleza física y mental, sino también dinero, grandes cantidades para financiar las expediciones. Y no es dinero, precisamente, lo que le falta a Aaron Wimberly.

Mientras millones de norteamericanos se extasiaban mirando al cielo y aplaudían enfervorecidos ante sus televisores cuando el primer hombre —un compatriota— pisó la Luna, Aaron miraba un poco más abajo y se prometía a sí mismo ser el primer estadounidense en hacer cima en todos los ochomiles.

Por eso no comulga con la fascinación de Pía por Studio 54, The Factory, el restaurante Max's Kansas City... Considera es-

tos lugares un circo de fantoches, antros en los que, amparados por una pátina de fiebre artística y cultural, se permite cualquier exceso a un grupo de desviados. Puro libertinaje.

Discuten de ello a menudo.

—Tú tienes tus montañas. Y yo, mis propias diversiones —se defiende ella, y los ojos le chispean de rebelión.

Está tan hermosa que aún la desea más.

Al final ha optado por seguir el consejo de Carlotta:

—Paciencia. Si no le llevas la contraria, se acabará cansando de ese circo y de sus payasos.

A menudo, Aaron ha dudado de esta estrategia y ha estado a punto de plantarse, aunque nunca tanto como en este momento. Se encuentra en el club Studio 54 en la celebración del cumpleaños de su prometida, de Pía.

«¿Quién es toda esta fauna? ¿De dónde han salido?».

Conforme avanzan las horas y aumenta la desinhibición de los asistentes, él se siente más incómodo y desubicado, a pesar del alcohol.

—Si el fantoche ese del pelo blanco me saca otra foto, le parto la cara —le dice a su amigo George. Grita para hacerse oír por encima de la música estridente.

Se refiere a Warhol, que va de acá para allá, incansable, fotografiándolo todo con su inseparable Instamatic, y se muestra fascinado con Aaron.

Se da cuenta de que George no le escucha. Observa incrédulo y escandalizado a las parejas que están practicando sexo en los palcos abiertos, a la vista de todos.

—Joder, George. —Le da una palmada en el hombro, más fuerte de lo que pretendía.

—¿Qué? —reacciona al golpe con un sobresalto.

Se sube las gafas, que le han resbalado por el puente de la nariz. Por el ligero tambaleo de Aaron deduce que está borracho. No le extraña, él no acostumbra a beber. Todos en la discoteca están borrachos, drogados o ambas cosas. Él es el único que no ha probado el alcohol porque al día siguiente tiene clase de biología a las ocho.

Bueno, «yo y la apisonadora Corbera». Se ha fijado en que Carlotta se ocupa de que la copa de champán de Aaron nunca esté vacía, aunque ella apenas se moja los labios.

Se aproxima a Aaron para imponerse al bullicio:

—¿Y Pía?, ¿dónde está la cumpleañera? Creía que iba a partir la tarta antes de las doce.

La pulla atraviesa la niebla etílica de Aaron, pero no responde.

Es inútil tratar de explicarle a George que Pía es la única mujer con la que disfruta de la expectativa, que se pasa las horas imaginando cómo será su próximo encuentro, siempre sorprendente; mientras que con las otras, tarde o temprano, llega un momento en que le entran ganas de gritar de aburrimiento. Son accesibles, previsibles, como un vaso de agua en la mesilla de noche: solo hay que alargar la mano para beber.

En ese momento, como si la mención de George la hubiese corporeizado, aparece Pía. Sin dejar de bailar, se acerca a ellos. Las lentejuelas verdes de su vestido capturan las luces de la bola de cristal y las proyectan en todas las direcciones. Sus labios se mueven exageradamente, pero hasta que no llega a su lado, no la entienden.

—Una foto de grupo, una foto de grupo —reclama.

Le planta un beso a Aaron, lo agarra de la mano y tira de él. George lo interroga con un gesto, quiere gritarle:

«Mírale las pupilas. ¿De verdad no te das cuenta de lo dilatadas que están?, ¿de que no puede parar quieta?».

Sin embargo, Aaron ya ha caído de nuevo bajo su hechizo y no atiende a razones.

—Venga, venga, todos aquí. —Pía levanta los brazos, los puños rematados con largas plumas verdes resbalan por los antebrazos hasta el codo. Da unas palmadas.

En un par de minutos, la composición está lista: Pía en el centro, a su derecha Aaron, a su izquierda Carlotta. George, bastante incómodo, se coloca al lado de su amigo.

Repara en el tipo de su derecha, en su peculiaridad ósea, en la barbilla partida. Piensa que es irónico que a los seres humanos les parezca atractivo el hoyuelo cuando es el resultado de la fusión incompleta de las dos mitades de la mandíbula durante el desarrollo embrionario y fetal.

—Es un rasgo hereditario —le dice al desconocido.

El otro lo mira con gesto de incomprensión.

—Un rasgo hereditario —repite George dándose unos golpecitos en su propia barbilla.

Al terminar el posado, se separan. Ni siquiera sabe su nombre. Como ignora hasta qué punto Robert Kerr va a determinar su vida, en lo único que piensa es en que acabe de una vez ese paripé y Aaron le deje marcharse a casa.

Erika

Erika está cómoda con la peluca, ni le pica ni le suda el cuero cabelludo; hace años que descubrió que para evitarlo debía protegerse con un gorro de bambú suave y térmico. Completa el atuendo con una falda recta a la altura de la rodilla, gruesas medias color carne y zapatos de salón de tacón cuadrado.

Ella no se disfraza, prefiere emplear la palabra «caracterizarse».

En estos momentos, y tal y como prueba la credencial que lleva prendida en la rebeca, se ha caracterizado de una mujer de unos sesenta años que pertenece a la oenegé Hasta el Final. Entre los cometidos de la organización se encuentra acompañar a las personas sin familia en sus últimos días en la tierra y en su posterior sepelio.

Aunque la residente del doctor Liam Miller no conocía la existencia de esta oenegé, le parece una estupenda iniciativa. Le gustaría que el cadáver de Robert Kerr recibiera al menos un entierro digno —«pobre hombre»— y por eso contesta a todas las preguntas que le formula la voluntaria, a pesar de que no comprende qué relación guardan algunas con su sepelio.

—Cualquier información resulta de utilidad para localizar a sus familiares y amigos. Además, en confianza... —Erika se aproxima a ella y baja el tono—. Es el primer caso que me adjudican después de las prácticas y quiero hacerlo bien. Tengo que rellenar todas las casillas del formulario.

Señala los folios que ha sacado de una fea carpeta negra de plástico.

—Le agradecería que me contase cualquier cosa que recuerde del estado en que llegó al hospital.

Tras mucho insistir, lo único que ha obtenido es que la ropa del hombre, además de sangre, mostraba manchas de tierra y de resina.

—¿Resina?

—Sí, resina de árboles, como la que se queda pegada si te apoyas en un tronco. Y en uno de los bolsillos encontré tres bayas.

—¿Bayas?, ¿cómo eran?

—¿Pequeñas, rojas? No sé, bayas.

—¿Cree que había estado en un bosque?

La residente cavila un momento antes de contestar:

—No soy policía ni forense, pero creo que sí, un bosque o un parque frondoso. Incluso me la jugaría a que había bastantes pinos. Los cortes y las heridas de los pies concuerdan con las que causaría andar descalzo sobre las acículas. —Al ver su cara de incomprensión, añade—: Las agujas de los pinos.

«Un bosque, tenemos que encontrar un bosque. Es tan fácil...», piensa con desaliento.

—Una última cosa —le pregunta Erika—, ¿quiénes fueron los paramédicos que lo recogieron y dónde puedo encontrarlos?

—¿Los paramédicos? No entiendo la relación...

—Ay, hija mía —la interrumpe—, como decía mi madre: «Más vale que sobre que no que falte» —contesta mientras se pasa la mano por el muslo y alisa la falda.

A la residente le cae bien esta señora tan afable y un poquito torpe.

—¿Sabe qué? Mi madre también dice lo mismo. —Le dedica una sonrisa de complicidad.

Erika sale del hospital. No ha descubierto gran cosa: era cierto que todas las pistas son ahora un montón de cenizas esterilizadas.

«Por una vez los putos policías han hecho bien su trabajo».

Olvida una de las lecciones de Olimpia: «Lo importante es recabar datos, reunir todas las piezas que podamos, incluso las que parezcan irrelevantes y estúpidas, porque, cuando juntas un montón de ellas, la imagen del puzle es cada vez más clara».

Y Erika tiene en su poder una de las fundamentales.

Olimpia y Blake

Levanta la vista de las páginas de la transcripción del juicio. «Podías haberla salvado, ¡podías haberla salvado!».

Siente el picor de las lágrimas, cierra los ojos y coloca las yemas de los dedos sobre los párpados. Unos golpes en la puerta la sobresaltan. Inspira hondo para recuperar el control de sí misma.

—Adelante.

Blake entra.

—¿Cómo ha ido? —le pregunta esperanzada.

Se encoge de hombros.

Olimpia levanta las cejas, conminándole a explicarse.

—La gasolinera está en un desvío de una carretera secundaria aislada. Disponen de una cámara de seguridad, pero hace tiempo que no graba nada. El tipo de la gasolinera es el que estaba de guardia aquella noche. Vino desde Cachemira y prácticamente vive ahí.

A Blake no suelen dársele bien las personas y mucho menos interrogarlas para obtener información, pero es el mejor en el reconocimiento ocular. Otra de sus virtudes radica en su enorme capacidad para fijarse en los detalles: solo con permanecer un par de minutos en una habitación es capaz de hacer un listado exhaustivo de los objetos que hay.

—El empleado tiene toda la pinta de ser un inmigrante ilegal de los que curran las horas que le echen, y agradecido.

—¿Vio algo?

—No. En una esquina había una especie de camastro plegable, por las noches se tumbará a dormir en él. Si algún coche llega hasta allí y quiere repostar, lo despertará a toques de claxon.

—¿Y cuántos repostaron esa noche?

—Tres. Dos pagaron con tarjeta. Le he dado los números a Jacob.

—¿Estás seguro de que no vio nada?

Por toda respuesta, él se encoge de hombros de nuevo.

—No parecía mentir.

—¿Cuándo descubrió a Morfeo?

—Cierra con llave los baños a las nueve de la noche y los abre a las seis del día siguiente. Fue entonces, por la mañana, cuando se lo encontró tirado delante de la puerta.

—Al menos eso nos proporciona una horquilla temporal: si Morfeo no estaba ahí cuando cerró, tuvo que llegar entre esa hora y las seis. ¿Miraste en los váteres?, ¿alguna pista?

—Recogí una muestra de sangre en el suelo y se la he dado a Jacob, pero seguramente será de Morfeo.

—¡Joder! ¿Y ahora qué?

—La hipótesis es que se escapó, ¿no?

—Eso parece.

—Entonces, mañana con luz habrá que dar una vuelta por los alrededores y revisar el terreno. No hay ni una sola casa en kilómetros a la redonda, aquello es un puto desierto, apenas algún árbol y matorrales. En el estado en que se encontraba, no podría recorrer una gran distancia por sus propios medios.

—¿Y?

—Hay que buscar algo subterráneo.

Olimpia asiente.

«Donde menos te lo esperas aparece un refugio nuclear, porque hay cientos de pirados por todo el país construyéndolos. O puede que el secuestrador lo cavara ex profeso; si vas a tener a alguien secuestrado tantos años supongo que te tomas algunas molestias previas».

Se rasca el vendaje de la mano izquierda.

—¿Te pica?

—Un poco. Se suponía que el médico me haría una cura hoy —prefiere no decirle que se trata de su exmarido; «tampoco aportaría nada»—, pero ayer me descubrió husmeando en la habitación de Morfeo, así que mejor no vuelvo por el hospital.

—Extiende las manos —le pide.

Mientras Blake las mira, ella se siente como una niña a la que no van a dar postre si tiene las uñas sucias.

—Vuelvo en quince o veinte minutos. No te vayas.

—Hay que empezar limpiando la herida —le explica Blake mientras retira las vendas.

Están en los baños de la Oficina. Sobre el lavabo se amontonan los productos que ha traído. Olimpia no sabe de dónde los ha sacado y no va a preguntárselo. Se fía de él, imagina que a lo largo de su vida ha debido de curar heridas muchísimo más graves que las suyas y en circunstancias «bastante menos asépticas».

Blake escruta los cortes: pequeños, con los bordes lisos y casi cerrados.

—Has tenido suerte y no están infectados —concluye—. Con estos cortes no hay que utilizar agua oxigenada. Recuérdalo.

—A sus órdenes, doctor. Nada de agua oxigenada.

Los labios de Blake se curvan en algo parecido a una sonrisa y hay un centelleo en sus pupilas, como ocurre las raras ocasiones en que se permite bajar la guardia.

—Ahora te escocerá un poco.

Le lava la herida con agua y jabón. Olimpia se muerde los labios.

«Joder, un poco».

Después, con un hisopo de algodón húmedo elimina la sangre y las costras que se han formado. Extiende sobre ambas manos una fina capa de pomada antibiótica para prevenir posibles infecciones.

—El médico ha sido listo y, en vez de puntos de sutura, ha utilizado pegamento para la piel. Yo también lo prefiero. Permite cerrar la piel en pocos minutos y sirve como una cubierta resistente al agua. Así podrás ducharte.

—¿Es una indirecta? —se burla Olimpia.

Se encoge de hombros.

—Voy a colocarte un vendaje nuevo. La herida debe permanecer seca.

Cuando termina, lo guarda todo en una bolsa y se la da.

—Gracias —le dice Olimpia.

Se siente mucho mejor: la picazón ha desaparecido.

—Ya sabes, al servicio de las damas.

Esto sí que consigue sorprenderla, más que sus conocimientos de enfermería: por primera vez lo oye bromear.

El tío George

—George, me gustaría hacerte unas preguntas —dice Richard.

«¿Preguntas?», se alarma, consciente de la inteligencia y perspicacia de Richard, que desde que entró en el FBI escala puestos con la misma aparente facilidad con la que antaño encestaba canastas.

—Pura rutina —lo tranquiliza.

—Sí, sí, claro.

Piensa que así al menos se librará de la incómoda presencia de Miller. Entonces, Richard añade:

—Liam, quédate. Tú fuiste el médico que lo atendió desde que ingresó.

Las preguntas le hierven en la cabeza como el agua en una olla: «¿Cómo diablos han podido averiguar que se trata del puto Robert? Joder, joder, joder». «¿Y quién los ha avisado? ¿Miller?».

Se esfuerza en que ninguna de esas emociones se trasluzca en su rostro y se muestra afable.

—George, ¿tuviste ocasión de ver al paciente, a Robert Kerr? —comienza Richard.

George maldice una vez más la presencia de Miller, como si fuera «un jodido polígrafo».

—Sí, en su habitación. Ya había fallecido.

—¿Y no lo reconociste? —Richard adelanta ligeramente el cuerpo y junta las palmas de las manos.

—¿Reconocerlo?, ¿por qué habría de reconocerlo?

—Supongo que no era la primera vez que lo veías…

Evita afirmarlo o negarlo, prefiere no decir nada que pueda comprometerlo después, así que realiza un gesto ambiguo. Sus ojos se mueven inquietos y esquiva cualquier contacto visual.

—¿No asististe al juicio? —continúa Richard.

—¿Al juicio? Sí, sí, claro, pero fueron días muy dolorosos, como imaginarás. Guardo un recuerdo confuso.

—Lo que ocurre…

Hace una pausa. Uno de los agentes le acerca una carpeta de la que extrae algunas fotografías en color de gran tamaño.

—Ya lo conocías previamente, ¿me equivoco?

Liam observa la fotografía tratando de pasar desapercibido mientras ruega que no le pidan que se marche. En ella se ve a un grupo de personas en lo que parece una discoteca. En el centro, una joven muy maquillada, con melena leonina y un vestido corto de lentejuelas verdes, sonríe.

«¡Olimpia! Pero no, no es ella, la boca parece más carnosa; el cuello, más corto. Es…es… ¡joder, su madre!», piensa perplejo, comprendiendo que el desconocido las confundiese en urgencias.

Esto le ha impresionado tanto que le cuesta permanecer en silencio y no intervenir.

—Eres tú, ¿verdad, George?

Liam sigue la dirección del dedo de Richard. A la derecha de Aaron, está George.

—Sí, eso parece.

—¿Y este? —Señala a un hombre a su lado—. ¿No se trata de Robert Kerr?

«Qué maquiavélico, Richard».

Asume que formular unas preguntas de las que ya conoce la respuesta es un acto deliberado, uno de los que lo convierten en una fiera en los interrogatorios, capaz de acorralar a su presa hasta dejarla sin escapatoria. Sin embargo, George ha recuperado parte de su serenidad al ver la fotografía: «Estás dando palos de ciego. No tienes ni puñetera idea».

—Bueno, si no me equivoco, aquel día celebrábamos el cumpleaños de Pía y acudió medio Manhattan —se justifica George—. Este de aquí —dice señalando a un joven vestido con un traje de chaqueta de terciopelo negro— es John Travolta, que también está a mi lado y no por eso es amigo mío.

«Si Richard se dedica a rebuscar entre viejas fotografías, jamás averiguará lo que ocurrió». Durante un momento siente un chispazo de preocupación, pero no, no cree. «¿Cuánto tiempo conservarán las compañías telefónicas los listados de llamadas? ¿Existían entonces esos registros?».

Le inquieta que se conserve algún rastro de la llamada de ese lejano 20 de marzo de 1986. Sería el hilo desde el que alguien tan sagaz como Richard podría tirar hasta deshacer la madeja entera.

Robert

Nueva York, febrero de 1980

En la Gran Manzana sucedían muchas cosas diferentes, increíbles, y en la calle Cincuenta y cuatro Oeste, en Studio 54, noche tras noche, fiesta tras fiesta, se concentraban la gran mayoría de ellas con sus glamurosos invitados, las abundantes drogas y el sexo sin cortapisas.

La de esta noche no es una más. Su propio nombre, «El final de la Gomorra moderna», define lo que ocurre: el final de una época. La fiesta de clausura del club tras solo treinta y tres meses abierto.

Robert sale con la camisa desabrochada de la «sala de goma», un rincón muy especial dentro de la «sala del sexo», el espacio en el que nada se juzga. La «sala de goma» debe su nombre a que han sustituido los sofás de tela por otros de plástico hinchado y almohadones, como un parque infantil, para facilitar la limpieza con una manguera a presión de los fluidos que dejan quienes la usan.

Se aleja un poco tambaleante y sudoroso del barullo. Tiene restos de polvo blanco en la punta de la nariz y la pequeña hen-

didura del surco nasolabial, nota en el paladar el ligero sabor a amoniaco del popper que flota en el aire de la discoteca.

Los asistentes han sido escogidos entre los vips más premium. No faltan Jack Nicholson, Richard Gere o Sylvester Stallone. Todos están al tanto de que, en una redada en el club, los federales han descubierto unos seiscientos mil dólares dentro de bolsas de basura, y kilos de cocaína y pastillas escondidos en las paredes.

Las reacciones de los clientes habituales, su decepción y su enojo fueron inmediatos, empezando por Andy Warhol. Las críticas se cebaron en que, poseyendo tanto dinero, deberían haber sido más generosos y haberlos tratado mejor. Tampoco les perdonan la existencia de una habitación secreta en ese club en el que creían que absolutamente todo era público.

También están al tanto —todo Manhattan lo está— de que es la última fiesta del club porque al día siguiente los propietarios entrarán en prisión por evadir más de dos millones y medio de dólares en impuestos.

Subida a la cabina del DJ, Diana Ross comienza entusiasta a cantar, pero Robert no la escucha. No tiene ganas de bailar. Deambula hasta la barra. Sufre la soledad más dolorosa: la del que está solo rodeado de una multitud.

Echa de menos a Pía.

Un par de días después de la fiesta en que celebraron su cumpleaños, su hermana Carlotta la sorprendió con un regalo endiabladamente envenenado: un tour de tres semanas por Europa. El jet privado estaba listo, las mejores suites reservadas. Sin vuelta atrás. Incluso su padre, el importante magnate, se reuniría con ellas en Roma.

Eso le contó Pía muy disgustada. Sin embargo, Liza Minnelli va pregonando a todo el que quiera escucharla que ha estado con ella en la Betty Ford, el exclusivo centro de desintoxicación del que acaba de salir. La puerta giratoria para los remordimientos de los ricos y famosos que pueden costeárselo.

La ausencia de Pía y el cierre de Studio 54 le han provocado un agujero de tristeza en el centro del pecho. Ha comenzado a hacer lo que llevaba tiempo evitando a base de esnifar, inhalar o pincharse: parar y reflexionar.

Al llegar quedó fascinado por ese constante caleidoscopio de imágenes borrosas y rápidas, esa vida de glamour y frivolidad que ni siquiera sabía que existía. Creyó que solo era el inicio de algo, los reportajes y artículos en Life, The New Yorker o Esquire, participar desde las trincheras en la creación de la revista Rolling Stone: ese puñado de logros era el primer peldaño que lo conduciría a cosas mucho más grandes, al tipo de cosas que su corazón tanto anhelaba.

Ahora mira hacia atrás y comprende que en los años que han transcurrido apenas se ha movido del sitio; en las revistas se hartaron de sus continuos retrasos, de sus desplantes, y las colaboraciones se fueron espaciando hasta desaparecer. No los culpa, «¿quién quiere trabajar con una sombra?».

¿Cuándo perdió sus sueños? ¿Qué ha sido de esa gran historia que latía dentro de él? ¿Se ha diluido entre las noches de alcohol, sexo y drogas?

Pide otro whisky y se frota con fuerza la frente con la mano. Regresa la discusión con Truman, la última. A menudo la ebriedad les induce a insultarse a gritos, pero en esta ocasión ha sido diferente, más feroz, los dardos de sus palabras más certeros:

—Estoy harto de ti, eres un maldito gorrón que me chupa la sangre —le gritó.

—Lo que querrías es que te chupara otra cosa —se defendió Robert—. Mírate, das pena, solo eres un viejo enano maricón.

—¿Maricón? —repitió carcajeándose—. Claro que sí: soy un borracho, soy un drogadicto, soy maricón, soy un genio. Sé perfectamente lo que soy, pero ¿tú? ¿Sabes lo que eres?

—*Venga, ilústrame.*

—*Un mediocre.*

Truman podía ser cruel y muy vengativo, lo había visto actuar así con demasiada gente, incluso con esas millonarias a las que apodaba «sus cisnes». Eran legendarias las peleas que tenía con otros escritores como Hemingway o Norman Mailer y los insultos que les lanzaba. Sin embargo, nunca los había usado contra él. El golpe lo dejó mudo.

—*Un mediocre —continuó—. ¡Entérate de una vez! ¿Cuántos borradores, cuántas novelas tuyas he leído en estos años?, ¿cinco?, ¿seis? Me-di-o-cres.*

Le dirigió una de sus miradas altaneras, ese gesto en la boca que es al mismo tiempo una sonrisa cínica y un reproche.

—*Por eso no conseguiste ningún editor, entérate de una vez: no eran malas, eran peor que eso, mediocres.*

Robert se mesó el cabello con las manos.

—*La culpa es de este bullicio, de esta feria de monstruos. Necesito alejarme de él, debería haberlo hecho hace mucho... —dijo en voz alta, aunque hablando para sí mismo.*

—*¿La culpa? —su tono se volvió suave, dañino—. Darling, nada ni nadie puede arrebatarte lo que nunca has tenido: talento.*

«Nada ni nadie puede arrebatarte lo que nunca has tenido: talento —se repite en su cabeza una y otra vez—. Nunca has tenido talento».

Unos brazos alrededor del cuello lo sacan de sus abstracciones. Se vuelve y se topa con las dos crías con las que ha estado hace un momento en la «sala de goma», dos preciosidades de las que no recuerda ni el nombre, si es que han llegado a decírselo.

—*Vuelve con nosotras —le pide una, que arquea las caderas clavando la ingle contra el muslo de Robert.*

La otra da un largo sorbo al gollete de la botella de vodka que lleva en la mano, después aproxima su boca a la suya y le pasa el contenido. Sus labios son dulces, mullidos. Y Robert traga y siente el calor del vodka bajar por su garganta. Y el caleidoscopio gira de nuevo.

Ha andado tanto tiempo en una dirección que ha perdido la capacidad de encontrar el camino de vuelta, ni aunque se esforzara en intentarlo.

El sueño no tiene por qué acabar. Si lo hace, ¿qué le quedará?, ¿la verdad?

Erika

El tiempo hasta las nueve, la hora en que comienza el turno de los paramédicos, lo emplea en deshacerse de esa caracterización y preparar otra. A no ser que el trabajo requiera algo muy concreto, suele recurrir a una de las siete que tiene ya preparadas y que cubren un espectro muy amplio de situaciones.

A lo largo de los años las ha ido perfeccionando y dotando de matices, hasta el punto de que casi forman parte de su propia personalidad. Incluso les ha puesto nombre. A veces le parecen más reales que muchas personas que conoce.

Considera que resultará más efectivo un poco de juventud y escote. Elige a la joven estudiante de Periodismo. En este caso su profesor ha formado grupos de trabajo y les ha mandado escribir un artículo de investigación sobre el funcionamiento de un hospital. Cada uno se encarga de un aspecto en concreto y ella ha elegido «el vuestro, el más fascinante: el de los técnicos de emergencias sanitarias».

En su profesión, halagar al interlocutor es importante a la hora de que se muestren locuaces. Olimpia le enseñó esa regla que nunca falla: «Cuanto más esponjado está el ego del informante, más habla».

—Me llamo Lois Lane —se presenta.

Le divierte añadir pequeños toques de humor a su personaje con los que medir al contrario. Lois Lane es la conocidísima novia periodista de Superman, pero en los tres años que hace que la creó casi nadie ha reparado en la coincidencia.

—Solo será un momento, porfa —les pide a los paramédicos.

Erika se ha asegurado de llegar con tiempo para poder hablar con ellos antes de que empiece su turno. Ambos son jóvenes, no alcanzan la treintena. El más alto, el de rasgos asiáticos, le hace un repaso sin demasiado disimulo. Debe de gustarle lo que ve porque sonríe y le tiende la mano.

—Yo soy Shun y él, Michael.

Le devuelve la sonrisa mientras le estrecha la mano. Erika les explica, tras consultar sus notas, que a su grupo le han asignado el caso de un sin techo que se encontró «en una gasolinera de la carretera 301».

—¿Quién os avisó? —les pregunta.

Se miran el uno al otro y sonríen.

—¿Qué han pasado, dos días? ¿Sabes cuántos servicios hacemos cada noche, guapa? —responde Michael.

—De acuerdo, ¿estaba solo?

—Creo que sí, ¿no? —dice Shun.

El otro asiente.

—Lo recogisteis en la gasolinera. ¿Recordáis al menos en qué parte? —insiste frunciendo los labios.

—Estaba tirado en la puerta del váter, ¿no?

—Sí, sí. El empleado, uno de esos pakis, nos llevó hasta allí. Tuvimos que dar la vuelta porque los váteres no estaban en el mismo edificio sino apartados, en una construcción cochambrosa, y lo encontramos ahí, en la puerta.

—Supongo que debió de ser él quien dio el aviso, ¿no? —puntualiza Shun.

—¿Podéis decirme algo de cómo se encontraba?, ¿de su aspecto?

—Parecía un sin techo más. Recogemos un montón de madrugada. Y era como los demás, estaba muy sucio y apestaba a mierda y a alcohol, como casi todos, ¿no? Le habían dado una paliza, algo que tampoco es raro, así que lo montamos en la camilla y lo llevamos al hospital, ¿no?

—Si recordáis algo más...

Erika continúa sonriendo a Shun y se aguanta las ganas de decirle, usando la muletilla del paramédico: «Eres tonto del culo, ¿no?». Parte una esquina del folio y apunta su número de teléfono. Se lo da mientras finge no advertir las miraditas a su escote.

«Es estupendo este relleno de silicona, tengo que usarlo más veces», piensa.

—Jo, os lo agradecería mucho.

Para subrayar el doble sentido de sus palabras sonríe con picardía. Shun se adelanta a coger el papel, lo dobla y se lo guarda en uno de los bolsillos de la chaqueta.

—Me esforzaré en hacer memoria.

Le dedica una sonrisa indulgente y Erika tiene la sensación de que hay algo que se guarda.

Olimpia y Jacob

Olimpia recoge todo para marcharse a casa.

Prefiere seguir leyendo la transcripción del juicio en un lugar en el que nadie la interrumpa. Necesita intimidad, un entorno seguro en el que atreverse con la declaración del forense y enfrentarse a la autopsia. Anticipa lo doloroso que va a resultar.

«Llorar si me da la gana».

Su intuición le indica que tan importante como encontrar el lugar donde ha permanecido Morfeo es investigar el asesinato de su madre. Si es sincera consigo misma, las probabilidades de que la falacia *post hoc, ergo propter hoc* se cumpla aquí son más bien escasas.

Antes de salir, se encamina al despacho de Jacob para despedirse.

—De momento ni Erika ni Blake han encontrado ningún hilo del que tirar —dice dejándose caer en una silla—. ¿Qué tienes tú?

—Hay decenas de fotos de Morfeo en un montón de fiestas, presentaciones, firmas de ejemplares, conferencias. Publicó un libro unos meses antes del juicio y cuando salió absuelto se convirtió en una celebridad; las ventas se multiplicaron hasta el punto de encabezar la lista de best sellers de *The New York Times* durante nueve semanas.

—¿Por matar a una persona?

«¿Por asesinar a sangre fría a mi madre?».

Se produce un tenso silencio. Olimpia no oculta su enfado y una ligera impaciencia por terminar con un tema que le desagrada tanto.

—Tienes que ponerlo en contexto —carraspea— e imaginar esa época: Manhattan se había convertido en el ombligo del mundo y ahí tenían cabida todos los excesos. Eran los años previos al VIH, a la terrible irrupción del sida.

Jacob rehúye el contacto visual con su jefa. Le basta con oír el golpeteo rítmico e insistente de su bolígrafo contra la mesa.

—Vivían sobreestimulados y conseguir nuevos alicientes era complicado, así que la presencia de Robert, el nuevo escritor maldito, añadía un matiz de amenaza, de peligro. Las mujeres se lo rifaban. Auparlo a la fama fue la madre de todos los delirios.

Olimpia continúa callada y él le muestra varias fotografías en las que se ve a Robert Kerr acompañado de diversas celebridades de los ochenta: escritores, actores y actrices muy famosos, modelos, cantantes.

—Durante unos meses se convirtió en el escritor de moda, incluso dio un seminario en la Universidad de Columbia, hasta que desapareció misteriosamente. Sin embargo, ni siquiera eso detuvo su ascenso, todo lo contrario, porque lo tomaron por un nuevo Salinger y eso también incrementó las ventas.

Ella lo imagina perfectamente. El caso de Salinger, el escritor del celebérrimo *El guardián entre el centeno*, sigue poniéndose de ejemplo al hablar de la fama y del derecho a desaparecer. Salinger se encerró en una granja que ningún desconocido pudo ubicar, cortando todo contacto con el mundo.

—Robert tampoco volvió a publicar otra novela y eso también acrecentó el parecido.

—Pero… —Pestañea confusa—. Yo no recuerdo ningún libro suyo. ¿Cómo se titulaba?, ¿qué ocurrió?

—Normal que no lo conozcas porque, aunque las críticas y las reseñas fueron entusiastas, un par de años más tarde y sin su presencia para continuar dando carnaza que comer a la bestia de la fama, pasaron sus quince minutos de gloria, otro ocupó su lugar en el firmamento y las ventas disminuyeron poco a poco hasta volverse casi inexistentes. En fin, solo lo excepcional, apenas un puñado de novelas, sobreviven veinticinco años.

Se da cuenta de que no ha respondido a su primera pregunta.

«¿Intenta protegerme?».

Sus ojos brillan de rabia: ella no necesita la piedad de nadie. A pesar de que teme que el argumento gire en torno al asesinato de su madre, insiste.

—¿Cómo se titulaba?, ¿de qué trataba?

Jacob teclea y la portada de la novela aparece en la pantalla.

—*Cuando éramos reyes* —lee Olimpia.

—Según la sinopsis, narra una historia de amor y pasión en el Nueva York de finales de los años setenta y principios de los ochenta.

—¿Se puede conseguir un ejemplar?

—Está descatalogada, pero intentaré encontrar alguno, no te preocupes.

La postura y la expresión de Olimpia se relajan.

—De acuerdo. Entonces, volviendo a la posible cronología del secuestro, ¿cuál es la última fotografía que has encontrado?

Jacob teclea de nuevo y la pantalla cambia. Aparece Robert con una estilográfica ante una alta pila de ejemplares de su libro.

—Esta es de enero del 88, nueve meses después del juicio. No he encontrado ninguna posterior.

«Nueve meses».

Cuanto más se aleje del veredicto, más plausible será la hipótesis de que el asesinato de su madre y el secuestro de Robert no guardan una relación de causa y efecto. El destello de una idea surge en su mente: «¿Y si el motivo tuvo que ver con su faceta de literato? Pero ¿quién secuestraría a un escritor?».

La conexión cae por su propio peso.

—¿No fue por esa época cuando se publicó *Misery*, la novela de Stephen King?

Jacob se alegra de que su jefa haya recuperado su buen humor habitual —un humor muy negro, por cierto—, tal y como demuestra su pregunta.

—¿La conoces? —le pregunta Olimpia, porque sabe que lo único que él lee son las instrucciones de los videojuegos y las historias clínicas de sus conocidos.

—Joder, jefa, es una de las novelas de terror psicológico más famosas del mundo, de las que sí que sobreviven veinticinco años.

—Y además hicieron una película, ¿no? —le toma el pelo guiñándole un ojo.

En cualquier caso, ambos recuerdan el argumento. Un famoso escritor de novelas románticas sufre un accidente y se despierta en una cabaña bajo los cuidados de la enfermera Annie Wilkes, su mayor fan. Al cabo de unos días descubre aterrorizado que la obsesiva mujer lo mantiene retenido contra su voluntad y que está dispuesta a conseguir por cualquier medio —y es bastante imaginativa— que escriba una secuela de la novela en la que ha matado a su personaje preferido —la Misery del título— para resucitarla.

Jacob averigua la fecha de publicación y vuelve a admirarse de la prodigiosa memoria de su jefa.

—Junio del 87.

—A lo mejor tropezó con su propia Annie Wilkes —dice medio en broma.

Gira su silla y se queda frente a ella. No sube la voz, pero endurece el tono.

—He estado investigando y no hubo ninguna denuncia por la desaparición de Morfeo. Ni una. ¿Sabes lo que eso significa?

Olimpia supone que está buscando su compasión; sin embargo, resulta muy difícil compadecerse del posible asesino de su madre y de su hermano no nato. De la persona que truncó el porvenir de toda la familia.

«¿Cómo hubiese sido mi infancia, mi juventud con una madre, un padre, un hermano, una vida que no hubiese estado marcada por esa tragedia?».

—Solo Andrew Levin, su agente literario, lo echó en falta y pronto desistió de la búsqueda —prosigue ante su mutismo—. No había ni una sola persona a la que le importara. —Ahora sí que la mira a los ojos—. ¿Qué clase de vida tuvo?

Olimpia le sostiene la mirada. Ante la tristeza que muestra, cree que la pregunta contiene implícita otras: «¿Quién me echaría de menos a mí? ¿Quién se daría cuenta? ¿La gente con la que juego online? ¿Tú?».

Robert

Nueva York, marzo de 1980

—*Tengo un regalo* —*le dice Robert.*
—*¿Un regalo?*
Los hermosos ojos de Pía se abren por la sorpresa. Le encantan los regalos. Ella nunca pide nada, o más bien esa es la impresión que da.
—*¿Qué es, qué es?*
Están sentados muy juntos en un sofá de The Factory, en la sexta planta de un edificio de Union Square Oeste. Se llama «La Fábrica» porque es el lugar donde Warhol produce en cadena sus serigrafías, de la misma manera que las empresas capitalistas fabrican sus productos de consumo. Trabaja a un ritmo frenético rodeado de una camarilla de músicos, cineastas, bohemios excéntricos, estrellas del porno y drag-queens.

En La Fábrica siempre ocurre algo nuevo, bien sea el rodaje de una película, una fiesta escandalosa, una orgía o una actuación de Lou Reed. Aquí o allí siempre hay alguien fumando heroína, masticando anfetaminas o esnifando. Todo está permitido.

Robert ha elegido el rincón más apartado en busca de una imposible intimidad.

—No esperes gran cosa —le advierte al ver su entusiasmo.

Se ha esmerado. Sabe que cualquier otra chica se volvería loca de contento, pero para ella, la rica heredera, solo es una fruslería, alpiste comparado con la sortija que hace unos meses le regaló su prometido.

Mete la mano en el bolsillo del pantalón y saca una caja, y no una cualquiera. De inconfundible color azul nomeolvides, representa el icono del lujo y la exclusividad: el emblema de Tiffany, cuya fama creció exponencialmente unos años atrás a raíz de la adaptación al cine de la novela Desayuno con diamantes de su antiguo tutor, Truman Capote.

«¿Lo ha robado?», es el primer pensamiento de Pía.

Robert no debía de tener dinero ni para comprar la caja, aunque estuviese vacía. Desde hace tres semanas vive en La Fábrica, que se ha convertido en la última parada de los que no tienen un lugar donde dormir porque ya han terminado con la paciencia de todos los amigos generosos que les ofrecen un sofá. De los que han vendido su alma al diablo y solo les queda esperar a que acuda a recogerla.

En La Fábrica siempre hay comida, bebida y drogas con que alimentar a los fantasmas que vagan entre sus paredes sin pasado y en una provisionalidad permanente.

«Si no, ¿de dónde ha sacado el dinero?», se plantea.

Robert le ha pedido préstamos a ella misma cuando su situación ha sido desesperada.

—Sabes que te lo devolveré, ¿verdad?

—Claro que sí, no te preocupes. No tiene ninguna importancia.

Pía no le concede ningún valor a estos préstamos. El problema es que no dispone de su propio dinero, y no lo hará hasta que cumpla los veintiún años y pueda acceder al fideicomiso que le dejó su madre. Y las «situaciones desesperadas», los préstamos, se suceden cada vez con más frecuencia hasta convertirse en algo similar a arrojar una piedrecita a un pozo, que durante un instante forma ondas y después es engullida por el agua.

Pía no puede continuar fingiendo que ha extraviado tal sortija o tal broche, o haciendo «desaparecer» más relojes de la valiosa colección de su padre para que Robert los empeñe. Lotti ha comenzado a hacer demasiadas preguntas, a desconfiar.

La situación la agobia, pero no quiere perder a Robert. ¡Es tan diferente del resto de personas con las que se relacionaba antes de conocerlo! Se siente muy cómoda, motivada entre escritores, artistas, personas creativas, ¡creativas como ella!

Hombres y mujeres que ponen incansablemente en práctica aquello de «Vive deprisa, muere joven y deja un bonito cadáver», aunque Robert, mucho más culto, recita la frase de Alejandro Magno: «Preferiría vivir una vida corta y llena de gloria, que una larga sumida en la oscuridad».

Robert no solo le ha mostrado un mundo que ella ignoraba que existiese; ha ensanchado las fronteras de su mente recomendándole libros, películas y exposiciones; le ha enseñado a reflexionar sobre conceptos que desconocía y la ha animado a probar nuevas experiencias que antes la hubiesen asustado. Y no solo con las drogas, sino también con la literatura.

Desde niña le ha gustado escribir, pero ha sido él quien le ha propuesto un método nuevo.

«Se llama escritura automática y lo inventó André Breton, el padre del surrealismo. De este modo se consigue transcribir los sueños, realizar una auténtica fotografía del pensamiento, ya que las frases proceden directamente del subconsciente».

Pía vuelca en el papel las ideas que bullen en su cabeza, sin reflexionar, sin un tema preciso y sin tratar de encontrarles una coherencia lógica. Esta nueva faceta se la oculta a Carlotta y, por supuesto, a Aaron, que no la entenderían, con sus mentes tan estrechas.

«¡Además, es tan guapo!». Le basta con tenerlo cerca y oír su voz para sentir cómo las pulsaciones se le aceleran.

Y a pesar de ser tan inteligente, tan vivido, tan intenso y de que podría estar con quien le diese la gana, él la ha elegido a ella. La quiere, pero a su manera. «Me querría aunque no le consiguiera dinero», se engaña. El amor es la droga más poderosa que existe, la mayor fuente de dopamina y felicidad no sintética, y el cerebro busca conseguir nuevas dosis.

—¿Lo has robado? —le pregunta al fin señalando la cajita de Tiffany.

Robert advierte el brillo en los ojos, la emoción, el leve escalofrío de placer.

«Lo considera solo una diversión. Nada tiene consecuencias porque la vida entera es su campo de juegos», piensa.

En cambio, él está cansado, muy cansado de que todo resulte tan difícil. De tener que esforzarse y mentir tanto para malvivir.

«Mi pequeña Médici», la llamaba al principio. Y le hablaba de la familia Médici, del linaje de mecenas más importante de Italia y Europa durante los siglos XV y XVI que incluía a varios papas y duques, y que patrocinaron a Fra Angelico, Botticelli, Leonardo da Vinci o Miguel Ángel. Repetía el discurso que antes había usado con otras, sobre cómo a lo largo de la historia los poderosos habían protegido a los artistas y promovido sus obras.

—Claro que sí, lo he robado para ti.

Los dedos de Pía abren la caja con avidez.

—Oh, ¡una estrella! —dice al ver el colgante.

—Ahora tú también eres una Superstar. Una Kerr Superstar.

Pía ríe y ríe, como si fuese un chiste muy divertido. Ser una de las Warhol Superstars es un gran honor, un título que Warhol otorga y quita a su antojo, sucesivamente, llevando a la práctica su frase de que todo el mundo tendrá sus quince minutos de fama. Antaño, Robert fue una Warhol Superstar.

—¿Te gusta?

—Me encanta. Esta no la voy a perder. —Le guiña un ojo con picardía.

Pía la saca de la caja, apoya primero los labios sobre la estrella y a continuación en los de Robert.

—Las cosas van a cambiar, lo presiento. ¡Te va a traer suerte a través de mí!

A Robert los dedos le tiemblan mientras abre el broche de la fina cadena de oro.

«Ya me la has traído, pelirroja, ¡y de qué manera!».

Nunca imaginó que la adusta Carlotta se convertiría en su Cosme de Médici, la solución definitiva que andaba buscando. No los parches aquí y allá de los pequeños hurtos de Pía, que apenas bastan para conseguirle prórrogas con aquellos a quienes debe dinero, gente muy peligrosa a la que tuvo que recurrir cuando los demás dejaron de fiarle. Carlotta va a sacarlo de este pozo y esta vida.

La estrella es su regalo de despedida.

«Se lo merece».

Olimpia

Al entrar en casa, Olimpia se saca los botines a puntapiés y los deja tirados en el hall, debajo del cuadro de Rothko, como una ofrenda pagana. Ya en el baño, se quita la ropa a tirones.

«Qué puto día más largo».

Agradece el agua cayendo sobre su cuerpo desnudo, el bienestar que le proporciona. Después se seca con cuidado las heridas de las manos y se coloca uno de los apósitos que Blake le ha recomendado y que le permiten mayor libertad de movimientos.

Se sienta en el sofá con la parte de la transcripción del juicio referente a la autopsia. Cierra los ojos esperando encontrar un poco de paz para afrontarlo; sin embargo, un rostro surge con nitidez en sus pensamientos.

Una mujer joven, de piel lustrosa, con el cabello peinado con raya a un lado y recogido con una horquilla. En su mente la enfermera Annie Wilkes, la protagonista de *Misery*, tiene las facciones de Kathy Bates.

Coge el portátil y teclea su nombre.

«Tal y como la recordaba».

Descubre que no solo ganó el Oscar, sino que existe una lista de las cien mejores interpretaciones de villanos del cine y ella ocupa el puesto número diecisiete.

«Joder, ¿y si...?».

Lo que ha comenzado como una broma cada vez se lo parece menos; por extraño que parezca, no puede descartar que el motivo del secuestro guarde relación con la celebridad de Robert Kerr. Ante ella se abre el *post hoc, ergo propter hoc* que tanto desea.

«Luego seguiré con el juicio», decide.

Dos horas después, y con una sonrisa victoriosa, pulsa la tecla que confirma la compra de un ejemplar de *Cuando éramos reyes*. Tardará en recibirlo entre tres y cuatro días laborales.

También ha repasado la trayectoria literaria de Robert Kerr. Antes de la publicación de la novela, apenas ha encontrado algunos reportajes escritos en revistas punteras de esa época: *Rolling Stone*, *Life*, *Esquire*... También un par de relatos en la prestigiosísima *The New Yorker*, la revista que a mediados del siglo XX popularizó ese género como una forma literaria y que dio a conocer, por ejemplo, el cuento «Brokeback Mountain».

Por suerte la revista ha digitalizado gran parte de su catálogo y ha podido acceder a uno de los cuentos de Robert Kerr. Le ha parecido bastante normalito.

Comprende que se ha quedado sin excusas para continuar leyendo la declaración del forense. Suspira y alarga el brazo hasta la bolsa de gominolas de mora que hay abierta sobre la mesa. Necesita una dosis de azúcar antes de continuar, de afrontar la parte más difícil. Rebusca con los dedos en la bolsa de plástico hasta que, entre tantas moras negras, encuentra una roja. Se la mete en la boca.

«Así debería ser la vida. Ya que te obligan a comprar también las negras, al menos que te dejen tirarlas a la basura».

Juguetea con la punta de la lengua con los granitos dulces que la recubren.

«Olvida que es tu madre, olvida que es tu madre».

Subraya en rojo la hora de la muerte, en torno a las tres de la madrugada.

«Olvida que es tu madre», se ordena de nuevo apretando los labios.

«—Se produjo como consecuencia de un trauma en el cráneo, lo que provocó una herida penetrante con fractura del hueso, laceración de la piel y abundante sangrado.

—Entonces ¿no fue causada por el estrangulamiento? —repregunta la fiscal.

—Las señales de estrangulamiento son evidentes...».

Ni siquiera los tecnicismos que utilizan disminuyen el horror que le provocan. Compresión de las arterias carótidas. Hipoxia. Desgarro de los cartílagos de la laringe. Falta de sangre en el cerebro, algo que lo privó de oxígeno y acabó provocando el desmayo. Lesiones equimóticas paralelas entre sí en la región anterolateral izquierda. Estigmas ungueales ocasionados por las uñas del agresor localizados en la cara anterolateral derecha. Pequeñas lesiones cutáneas sobre el borde inferior de la mandíbula.

El peligroso microchip de su cerebro, como la sirena de una ambulancia, no deja de pitar: «Podías haberla salvado, ¡podías haberla salvado!». Se angustia tanto que al oír el timbre da un respingo.

«¿Quién puñetas será?».

Luego unos nudillos golpean la puerta. Pasados unos segundos, se repite la llamada un poco más fuerte.

Finalmente se decide a levantarse y abrir.

—¿Qué?, ¿qué haces aquí? —se sorprende al ver de quién se trata.

Liam

El doctor Liam Miller entra en el edificio de Olimpia. Lleva en la mochila lo necesario para curarle las manos. Suspira. En el fondo, por mucho que se lo haya negado a sí mismo, sabía que iría desde el momento en que Richard ha identificado al desconocido como Robert Kerr.

Sale inquieto del ascensor: «¿Cómo se lo digo?».

Olimpia no responde al timbre. Decide llamar con los nudillos a la puerta. Luego otra vez, más fuerte. Va a insistir de nuevo cuando se abre.

—¿Qué?, ¿qué haces aquí? —se sorprende ella.

Va descalza, vestida solo con una camiseta y unas braguitas. El cabello recogido en un moñete apresurado del que sobresale la punta de un lapicero.

Esquiva rápidamente su mirada, pero ya es tarde. Liam ha visto los ojos rojos e hinchados, las mejillas coloradas. Se asusta. Su exmujer es más de que le hierva la sangre que de derramar lágrimas.

Parece una niña, una niña que se ha perdido. Comprende que su preocupación por cómo afrontarlo era innecesaria. Ella ya sabe que se trata de Robert Kerr. Ni siquiera le sorprende, siempre va un paso por delante.

«¿Habrá sido Richard?».

Al pensar en Richard siente celos, los mismos del día en que Olimpia los presentó en el entierro de su abuelo, el patriarca de los Corbera, quien tenía en tan alta estima al primer exmarido de su nieta —como católico devoto condenaba el divorcio, por lo que seguía considerando válido ese matrimonio— que lo incluyó en el testamento.

«¿O la habrá llamado el tío George?».

No se le ocurre que haya obtenido la información por medios menos ortodoxos. «¿Una galerista?, ¿de qué manera?».

—¿Estás bien? —pregunta un poco turbado.

Ella observa los «raíles de tren» marcándose entre las cejas. Suspira con pesadumbre, menea la cabeza muy despacio. Abre la boca como si fuese a hablar, la cierra, aprieta los labios. Es demasiado orgullosa.

El agujero que se ha abierto en su pecho al leer los detalles de la autopsia de su madre, al imaginarla tirada en el suelo del establo —«Podías haberla salvado, ¡podías haberla salvado!»—, se ha convertido en una sensación física.

Nunca, ni en el peor 20 de marzo ha sentido esto de un modo tan feroz. Necesita hacer algo, lo que sea, llenar ese vacío para que no la devore y, sin pensarlo demasiado, se lanza a sus brazos. Lo abraza muy fuerte, entierra la cabeza en el conocido hueco entre su cuello y su hombro.

Le extraña sentirse tan cómoda.

Liam aspira el aroma de su pelo limpio. Huele igual que en Nigeria. Antes de que pueda decir nada, los labios de Olimpia buscan los suyos. Su beso se vuelve cada vez más hambriento, sus manos más anhelantes.

La idea de ceder resulta embriagadora.

«No, no, Liam. No la cagues», se ordena. Pagará las consecuencias durante semanas, meses.

Ambos resultan incompatibles. Él —no se lo reconoce ni a sí

mismo— está deseando dejar de ser libre para pasar a formar parte de una unidad mayor y más compleja; ella no va a renunciar a su libertad por nadie.

Y sin embargo... sin embargo... la mujer que tiene entre sus brazos es ella, Olimpia. «¡Oli!». Está ocurriendo lo que jamás pensó que se repetiría y... «¡Al diablo!».

En cuanto se deja llevar, siente una repentina liberación, como si hubiese vivido con los músculos agarrotados durante mucho tiempo sin darse cuenta. En un atisbo de conciencia cree que a esto se referían las cuatro o cinco mujeres con las que ha intentado entablar una relación cuando lo acusaban de no implicarse.

Tira de la punta del lapicero, la cascada de cabello se desborda. El olor se intensifica. Se agacha, pasa un brazo por debajo de sus rodillas, la alza y, sin dejar de besarla, se dirige al dormitorio.

Su intención al acudir a su apartamento no solo era revelarle la identidad del desconocido, sino también contarle el extraño comportamiento de George, del «querido tío George», ponerla sobre aviso, pero cuando le saca la camiseta por la cabeza lo olvida completamente.

Aaron y Pía

Nueva York, mayo de 1980

Rochester está situada en un punto estratégico: a una hora en coche de Nueva York y a un par de horas de Washington D. C., lo cual resulta muy útil ya que los Corbera mantienen casas abiertas en ambas ciudades.

Aaron aparca delante del señorial porche con columnas de la mansión. A mitad de semana, a Carlotta se le ocurrió trasladarse con Pía a Rochester para ver si en ese edén su hermana se recuperaba de la apatía por la que, sin motivo aparente, se ha encerrado en sí misma hasta el punto de no querer salir de la cama y mucho menos ir de fiesta a esos lugares que tanto la fascinaban hace apenas unas semanas.

Un caballo relincha en las cuadras y durante un instante mira en esa dirección. No faltan ni seis años para que Pía halle la muerte sobre la paja sucia de ese mismo establo. Como es imposible predecirlo, sale de buen humor del coche, silbando una tonada a pesar de que hace un calor inusual para ser el mes de mayo. Bajo los rayos del sol, el aroma de los numerosos parterres de rosas casi aturde.

Carlotta —Lotti— lo aguarda en el porche amparada por el alivio de la sombra.

—Buenos días. ¿Qué tal se encuentra? —le pregunta mientras le da dos besos.

—Igual. —Suspira con fuerza por la nariz—. Es tan testaruda...

Una vez en el interior, ascienden por la imponente escalera elíptica de mármol con la hermosa balaustrada de metal forjado en forma de hojas de acanto. Carlotta primero, con paso firme, y él detrás. Desde que la conoce siempre ha sido una mujer rápida y decidida, vehemente, nunca la ha visto dudar. Y a pesar de que continúa siendo bella, nunca le ha conocido ninguna relación.

«La apisonadora Corbera —la apodan él y su amigo George—, ninguno se atreve con ella».

Aaron cree que entre ambos ha surgido un gran entendimiento, como el de los pasajeros habituales de un mismo tren. Su vagón se llama Pía.

La nube de almohadones blanquísimos en los que está apoyada hace resaltar el rojo de su abundante melena y también la palidez de su rostro nublado de pecas, las profundas ojeras.

Pía le sonríe con pesar, sin el brillo magnético tan característico de sus ojos.

Él le besa la frente, fría al tacto, se sienta en el borde de la cama y le sostiene la mano. La alcoba huele a las embriagadoras buganvillas que trepan por la fachada.

—¿Te encuentras mejor?

Hace un puchero. Un encantador puchero. Se aparta un mechón de la frente con movimientos lentos y cansinos.

Aaron le acerca el vaso de agua con limón, pero ella adelanta un brazo y lo rechaza. Traga saliva con tanto trabajo que se mueve su tráquea.

—Cuéntame algo —le pide.

El tono de su voz, grave, envolvente, es una de las cosas que más le gustan de Aaron, como también la rudeza con la que le hace el amor, aunque no tiene comparación con Robert y sus maravillosos «trucos». Esnifar cocaína unos minutos antes aumenta el deseo como un disparo de fuego en el centro del cuerpo.

«Robert. Cada maldita cosa me lo recuerda».

Se ha convertido en una obsesión. La siente como algo vivo dentro de su cerebro, un segundo corazón que late y bombea constantemente. Robert. Bum, bum. Robert. Bum, bum. Robert. Bum, bum.

Pía abre bien los ojos. Necesita distraerse, sacárselo de la cabeza.

Aaron le habla de los preparativos de su expedición en septiembre, su segundo intento de escalar el K2, la montaña salvaje, en la que por cada cuatro personas que han hecho cumbre, una ha muerto intentándolo.

Deja de escucharle enseguida.

Al oír la palabra «expedición», su mente le ha traído a Robert. Bum, bum. Bum, bum. Robert, que ha desaparecido de la faz de la tierra. Desde el día en que le entregó la cajita de Tiffany nadie ha vuelto a verlo. Lo ha buscado desesperada en los sitios de siempre, incluso en los hospitales, temiéndose lo peor. Y nada. Sencillamente nada. Bum, bum.

Ha sido este periplo, el desconocido zarpazo del desamor y la pena, lo que le ha provocado el cansancio infinito. Por supuesto, Lotti le ha prohibido contarle nada de esto a Aaron. «Tampoco hace falta que lo sepa todo». Ese «todo» también incluye las tres semanas que la obligó a ingresar en el centro Betty Ford.

«Lotti. Lotti. Lotti».

Está realmente harta de su hermana. Se enzarzan en discusiones a todas horas.

«¡Búscate una vida propia y déjame en paz!», le grita. Y Lotti la mira sin comprender con sus enormes ojos negros brillantes de lágrimas y una palabra en los labios: «Desagradecida».

Su amor la agobia, la asfixia. No puede dar un paso sin encontrársela. Y ahora la ha encerrado con ella en Rochester. Porque eso es Rochester: una jaula de oro donde controlarla las veinticuatro horas del día. Donde cortarle esas alas que tanto la ofenden. Lotti jamás ha comprendido su carácter rebelde, transgresor, que no quiera seguir el camino de marido e hijos que transitan las demás.

Le molesta sobremanera que Pía escuche dentro de su cabeza su propia música, no la que marcan los otros.

Su hermana está segura de que conseguirá someterla, por eso ha convencido a su padre —al que las dos le traen bastante sin cuidado— de que le convenía el aire puro, algo que nadie le ha consultado a ella.

«Me tratan como si tuviese cinco años y fuese estúpida».

Pero no lo es. Para nada.

Ha encontrado pequeñas formas de escapar a su tiranía, de burlar su vigilancia. Como los diarios que escribe a escondidas desde que Robert la instruyó sobre cómo hacerlo. Robert. Bum, bum.

—El K2 es una montaña tan remota que carece de nombre y se la conoce por la marca del topógrafo —continúa Aaron.

Este la observa mientras habla. Un rayo de sol cae sobre su cabeza, confiriéndole el aire de una virgen del Quattrocento italiano. Su abatimiento le rompe el corazón.

—Pía.

No lo escucha, está inmersa en sus pensamientos.

«Vivo en una maldita jaula de oro y Lotti tiene la llave».

—Pía. —Aprieta su mano.

—¿Sí?

—¿Hay algo que pueda hacer para animarte?

«¿Devolverme a Robert?», piensa sarcástica.

—Sabes que haría cualquier cosa que me pidieses.

Entonces se da cuenta. Obviamente, Aaron no puede devolverle a Robert, pero sí que puede liberarla, arrebatarle la llave a su hermana. Si se casa, se librará de ella y está segura de que la sombra de Aaron será menos alargada que la de Lotti.

«Para recuperar mi libertad, tengo que pasar por el aro y casarme. ¡Qué paradoja! Cuánto disfrutaría Robert. Él es el único que me entendería». Robert. Bum, bum.

—¿Y si nos casamos? —pregunta de pronto interrumpiéndolo—. Fijemos una fecha para la boda.

Aaron advierte la chispa que prende en el fondo de sus ojos. El corazón se le acelera. Lleva tiempo deseando casarse, vivir con Pía. Ha sido ella la que siempre ha encontrado motivos para posponerlo, tantos que alguna vez ha dudado de que realmente fueran a compartir la vida.

—¿Lo dices en serio? —pregunta para asegurarse.

Ella afirma con la cabeza.

Sin contener su alegría, Aaron derrama una lluvia de besos por su cara, y no se detiene hasta que Pía, entre risas, lo aparta.

—Vale, a ver, espero regresar del K2 a tiempo para las Navidades... ¿Qué te parece en enero? —le propone él.

«¿Enero?». Cuenta con los dedos los meses que faltan. «¡Siete!, ¡siete meses encerrada en Rochester!». Tiempo suficiente para que Lotti, pluma a pluma, le destroce las alas.

—No, no. No puede ser tan tarde. ¿Cuándo te marchas?

—Pero si acabo de decírtelo...

—¿Cuándo? —se impacienta clavándole el pulgar en el dorso de la mano.

—El 9 de septiembre.

Aaron ve cómo su interés se desinfla igual que si lo hubiese pinchado con una aguja. Ella suele reprocharle su falta de espontaneidad.

«¿Quieres espontaneidad? Pues vas a tenerla».

—¿Y si nos casamos antes?

—¿Antes? Pero... entonces habría que empezar ya con los preparativos.

—¿Lo hacemos? —le pregunta mirándola a los ojos con un gesto pícaro y una enorme sonrisa—. ¿Nos lanzamos?

—Sí, sí, sí. ¡Es una locura! ¡Una auténtica locura!

Aaron asiente, dichoso de verla tan contenta. Su entusiasmo se contagia. No puede explicarlo con palabras, pero hacerla feliz le conmueve como nunca nada ni nadie lo ha conseguido. La sensación de plenitud, ingravidez y paz solo puede compararse a la de derrotar a una montaña.

«Adiós, Robert», piensa Carlotta apartándose de la puerta desde donde ha escuchado la conversación.

Sonríe. Conoce a Pía mejor que ella misma.

Sabía que encerrarla en Rochester era el revulsivo que necesitaba para reaccionar. Ignoraba qué dirección tomaría o si tendría que reconducirla, pero al final ha elegido la correcta.

«Por fin todo está como debe. Se acabaron tantas tonterías».

23 DE MARZO DE 2018

SOBRE LA MEDIDA EN LA DISPOSICIÓN DE LOS MEDIOS

Antiguamente, los guerreros expertos se hacían a sí mismos invencibles en primer lugar, y después aguardaban para descubrir la vulnerabilidad de sus adversarios.

SUN TZU, *El arte de la guerra*
Capítulo 4 «Sobre la medida en la disposición
de los medios»

Olimpia

Olimpia permanece con los ojos abiertos en la semioscuridad, sin moverse. Nota la tibieza que desprende el cuerpo desnudo de Liam, que la abraza haciendo la cucharita. No se arrepiente de lo que ocurrió anoche, aunque tampoco se alegra. Sencillamente sintió una necesidad fisiológica y la sació. «Igual que si tengo sed, bebo agua».

Esperaba que la pesadilla regresara y le diese alguna pista pero, quizá debido al sosiego que le proporciona Liam, no ha soñado nada o el sueño no ha alcanzado la intensidad suficiente para franquear la frontera de la vigilia.

«¡Joder!».

Mira la hora en el radiodespertador: las cinco y media de la mañana. El dolor en la cabeza y en las heridas de las manos la avisan de que han transcurrido las seis horas de efecto de los analgésicos.

La calidez del cuerpo de Liam se vuelve un calor pegajoso. Tan insoportable como abrazar una estufa. Siente un repentino agobio: cuanto más lo piensa, más aumenta y aumenta y aumenta, hasta convertirse en un globo que cada vez ocupa más y más espacio en su interior, que apenas deja pasar el aire a los pulmones y la asfixia.

Liam apenas ha dormido, se ha despertado en medio de la noche y ha preferido aprovechar el momento, observarla, sentir cada centímetro de su piel, los latidos regulares de su corazón.

Ahora cuenta los segundos que tardará Olimpia en escapar.

A ella nunca se le han dado bien los despertares. Ni en aquellos fantásticos meses que compartieron en Nigeria. Nota cómo su pecho se hincha y se deshincha buscando aire por encima del brazo con el que la rodea.

Se disgusta.

«Estás enfermo, algo funciona mal en tu cabeza», piensa.

No hay otra explicación para que siga enamorado de ella y que una perversa fuerza interior le impida corresponder a esas mujeres que, al despertar abrazadas a alguien que las quiere, sonríen de placer.

Se rinde, se separa de ella y se queda tumbado de espaldas con los brazos pegados al cuerpo. Intenta imaginar en qué está pensando Oli. Descubrir que el anciano desconocido fue acusado del asesinato de su madre ha tenido que ser una tremenda conmoción.

Recuerda que nadie sabe contra lo que tienen que luchar los demás. «Los vemos sonreír, discutir, abrirnos la puerta al pasar o masticar un plato de macarrones; pero es imposible adivinar los monstruos que guardan en lo más profundo de su ser, aquellos con los que lidian a diario para ser capaces de sacar el pie de la cama. En ocasiones se rinden o los monstruos se hacen fuertes y los derrotan. Y ahí acaba la partida».

Oli nunca se rinde y él la ayudará a pelear.

—¿Cómo te encuentras?, ¿te duele? —le pregunta.

A su lado, el cuerpo de Olimpia está menos tenso desde que se han separado.

—Tengo que tomarme los analgésicos.

El inmenso fastidio que la dominaba se va evaporando, ahora le parece una estupidez.

No quiere ser injusta con Liam, pero lo es y luego se siente culpable por ello. Como ahora. Y tampoco quiere sentirse culpable.

«Un maldito círculo vicioso sin solución».

Estira el dedo meñique hasta alcanzar el suyo y lo acaricia. Permanecen en esa postura, ambos mirando al techo unos minutos, hasta que Liam rompe el silencio.

—Te voy a contar el secreto mejor guardado, solo al alcance de los excelentísimos licenciados en Medicina. Se ha transmitido de generación en generación, y si se descubriera hundiría la industria farmacéutica.

Olimpia reconoce el tono travieso y se une al juego.

—Soy toda oídos, doctor.

—Resulta que el cuerpo humano genera por sí solo neurotransmisores que alivian el dolor de forma natural y proporcionan una gran sensación de bienestar.

—Oh, no tenía ni idea. —Se le escapa una risilla—. ¿Y cómo se produce ese milagro?

—Al llevar a cabo determinadas actividades se libera una hormona llamada oxitocina, que a su vez segrega endorfinas, que luego se unen a los receptores de los opioides.

«Qué payaso», piensa regodeándose. Ningún hombre la hace reír tanto como Liam.

—¿Y qué actividades son esas, doctor?

—Voy a hacerle una demostración con un caso práctico.

Se coloca a horcajadas a la altura de su cintura, cargando el peso en las rodillas, y comienza a lamer su largo cuello, se detiene a dejar unas docenas de besos en la huesuda base y continúa lentamente su camino hacia el centro de su cuerpo.

Ya ha rebasado los pechos cuando Olimpia le pregunta entre jadeos:

—¿Por qué no te buscas una buena chica de la que enamorarte?

Liam coloca las piernas de Olimpia sobre sus hombros y, antes de agachar la cabeza, murmura:

—Hace mucho que la encontré.

Erika y Blake

Siguiendo las instrucciones que Olimpia les dio la noche anterior, Blake y Erika se dirigen a la gasolinera. Al bajar del coche, ella mira alrededor. Pestañea sorprendida.

—No puede ser este lugar.

Él se encoge de hombros.

—Es aquí. —Señala los váteres.

Mire a donde mire Erika, todo es llano y apenas destaca algún árbol sediento y grupúsculos de matorrales resistentes a la sequía. Hay diez o doce en semicírculo en la entrada de la gasolinera, al lado de un tobogán oxidado y un par de columpios. Quien los plantó tuvo la precaución de dejar la distancia adecuada para que al crecer no se molestasen, una cautela innecesaria porque son meros palos con unas tímidas ramitas. Excepto uno bastante más frondoso.

Blake advierte la extrañeza en el rostro de Erika.

—En ese meará el de la gasolinera. El váter está más lejos.

Erika frunce el ceño.

—Morfeo no pudo estar aquí. La residente del hospital aseguró que su ropa estaba manchada de resina; estuvo andando por un lugar con muchos pinos, un bosque o quizá un parque.

—Aquí lo encontraron —insiste.

Erika suspira con fastidio. En ocasiones, como ahora, le molesta su parquedad; ella, en cambio, es pura energía.

—Está bien —concede.

«Tampoco hay ninguna pista mejor».

Blake extrae una tableta y abre Google Maps. Se han encontrado más veces en esta situación y existe un protocolo en el Método Wimberly: dibujar una rueda. Sitúa la gasolinera de buje o centro, y lo marca en el mapa con el dedo.

—¿Cuánto?, ¿máximo cinco kilómetros?

Ella asiente; no duda de que él conoce mucho mejor los límites de resistencia del cuerpo humano, de que tiene «información de primera mano que prefiero seguir ignorando». Blake dibuja los radios, los caminos que van a patear tratando de encontrar el «maldito subterráneo». Compensa su torpeza con las palabras con la habilidad de sus manos.

Las siguientes tres horas recorren uno a uno los radios escudriñando el suelo.

—Estamos perdiendo el tiempo —repite por enésima vez Erika.

Se detiene. Saca un botellín de agua del bolso que lleva colgado en bandolera y, al levantar la cabeza para beber, divisa la carretera comarcal. Una idea, como los calambres en el cuello después de tanto rato mirando hacia abajo, cruza su mente.

—Hay otra posibilidad —dice.

Blake no responde, espera a que ella continúe.

—¿Y si alguien lo trajo hasta aquí en un vehículo?

—¿Alguien?, ¿quién?

«Sí, vale, la posibilidad de que después de un porrón de años el secuestrador lo liberase y justo eligiese esta gasolinera parece absurda, y sin embargo…», se plantea.

—Yo qué sé —dice con un gesto de fastidio—. Pero el tipo estuvo andando por un bosque de pinos y aquí no hay árboles.

—Si lo trajo el secuestrador, ¿dónde está el bosque?

«¿Dónde está el puto bosque?, ¿lo obligó a andar sobre un montón de agujas de pino y a frotarse contra un tronco para confundirnos?», se desespera.

—No lo sé —reconoce de nuevo—. Regresemos al desvío de la Interestatal. Comprobemos si hay alguna cámara de tráfico.

—No la hay.

A pesar de que Erika sabe que nada le pasa desapercibido a Blake, insiste:

—Por si acaso.

Ante el gesto reticente de su compañero, expulsa sonoramente el aire por la nariz.

—Prefiero cualquier cosa a seguir en estos andurriales buscando un subterráneo, un refugio nuclear o lo que sea. Y, de todas formas, si está aquí, tampoco se va a mover, ¿no?

Una de las lecciones Wimberly en la que más hincapié hace Olimpia es en que resolver un caso no consiste en «seguir las intuiciones, corazonadas o como queráis llamarlas», sino en poner en marcha de manera metódica una serie de pasos establecidos y seguirlos a rajatabla, sin saltarse ninguno, aunque «os parezcan ridículos», y luego «confiar un poquito en la suerte».

Erika propina una fuerte patada a una piedra de regreso al coche. Ignora que, una vez más, su jefa va a estar en lo cierto: la suerte asoma por donde menos se la espera.

Robert

Nueva York, 1985

El portero del elegante edificio les franquea la puerta y Robert las ve salir. Las nueve en punto. De lunes a viernes repiten el mismo trayecto hasta la escuela infantil. La niña es una delicada miniatura de la madre.

«Hoy. De hoy no pasa», se promete oculto en un portal. Le da pavor enfrentarse a la realidad, a su única esperanza.

Caminan por la acera cogidas de la mano, rebosantes de energía, con las indómitas melenas pelirrojas al viento. Tan increíblemente vivas y bellas que algunas cabezas se giran a su paso.

Las sigue a distancia.

Espera a que deje a la preciosa niña en la escuela.

Rodea la manzana de edificios para aparecer al principio de la calle por la que ella va a regresar a casa. La localiza enseguida, caminando directa hacia él, distraída. Cuando está a su altura, Robert finge que algo se le cae al suelo casi encima de los pies de Pía, se agacha y al levantarse quedan frente a frente.

Nota que el corazón le late a un ritmo salvaje en el pecho.

Ella lo mira con la cara sonrosada y radiante por el frío, la boca con los labios separados.

A Robert le gustaría saber qué está pensando. «¿Sorpresa?, ¿inquietud?, ¿recelo?, ¿tal vez furia?».

—Robert —dice por fin—. Cuánto tiempo.

Le besa las mejillas como a un conocido que ha estado una temporada de viaje fuera de la ciudad. Ahora es él el desconcertado.

—¿Qué tal? —continúa en un tono falsamente jovial mientras lo sondea.

De pronto, a Robert todo se le antoja demasiado repentino. Se le corta la respiración.

—¿Te apetece tomar un café? —consigue verbalizar.

Necesita recuperarse, ganar tiempo. Solo tiene esta oportunidad. Desde que ha regresado a Nueva York se siente un extraño, no previó que sería tan difícil volver a montarse en un tiovivo que nunca se ha detenido, que siguió girando sin percatarse de que él se había bajado. Los antiguos amigos, los conocidos, las otras mujeres han sido igual que las cerillas que se encienden y se consumen una a una sin prender. Pía es la última que le queda en la caja.

Ella elige una de esas cafeterías carísimas y chic en las que encaja como la mano en un guante, sabiendo que él se sentirá incómodo. Se quita muy despacio el abrigo de marta cibelina y, como al descorrerse un telón, debajo aparece su cuerpo envuelto en un vestido camisero morado de Balenciaga.

Consciente del efecto que consigue con la seda, se demora unos instantes para que él pueda apreciarlo.

Una vez sentados a la mesa, ladea la cabeza fingiendo desinterés. Espera a que él empiece a hablar, mientras su mente grita: «¿Qué quieres después de tanto tiempo?, ¿a qué demonios has venido?». Y su corazón llora: «¿Por qué me dejaste tirada?».

Encontrárselo después de tanto tiempo la inquieta.

Ha fantaseado a menudo con este momento y había llegado a creerse que Robert era una fase de su vida ya superada. Pero tenerlo delante, con los ojos claros más grandes y vivos que nunca, el rostro en el que aún destaca más el maldito hoyuelo, sin rastro de esas profundas ojeras y el aspecto demacrado que arrastraba en la última época... todo esto dista mucho de ser como era en su imaginación.

Sencillamente, se muere de ganas de estirar el brazo y ordenarle el pelo revuelto, con mechones apuntando en todas direcciones.

«Y su voz, su puñetera voz». Había olvidado el halo de intensidad que imprimía a sus palabras.

Robert permanece inmóvil con la garganta reseca. Se toma de un sorbo el café. Se arrepiente de haber dado el paso. Ella está bellísima, más de lo que recordaba; él se siente débil, derrotado.

—¿Qué tal estás? —acaba preguntando Pía—. ¿Qué has hecho en este tiempo?

Palabras banales para no encarar lo que de verdad desea saber: «¿Has pensado en mí?».

—Nada importante. Viajar un poco, escribir mucho...

El rostro de Pía se ilumina de entusiasmo y acerca el cuerpo a la mesa.

—¿Has escrito tu novela?

Robert asiente y agita la mano quitándole importancia.

—No tenía ni idea. Vivo tan retirada —se excusa avergonzada—. Me gustaría mucho leerla. ¿Dónde la has publicado?

—Hace solo tres meses que terminé de corregirla. Bueno, de corregir nunca se termina del todo, ¿no? —Suelta una risita condescendiente—. Por eso he vuelto a Nueva York, a buscar un editor.

—Seguro que hay muchos interesados —dice emocionada—. ¿Cómo se titula?

—Bastardos.

—*Es buenísimo.*

«*Lo sé*», *piensa.*

Ha llegado el momento de devolverle la pelota y preguntarle por su vida:

—*Bueno, ya vale de hablar de mí. Cuéntame: ¿qué has hecho tú?*

—*Te vas a burlar.* —*Su voz suena inesperadamente insegura.*

—*No, ¿por qué iba a hacerlo?* —*Ladea la cabeza mostrando interés—. Dímelo.*

Advierte que Pía se sonroja.

Siempre le gustó esa explosiva mezcla de inocencia y coraje en su carácter. Debe reconocer que en estos años no ha conocido a nadie como ella, con esa rebeldía tan auténtica, no impostada como la de la mayoría. Ni de lejos ha vuelto a experimentar esos sentimientos.

La añoranza siempre es una sombra peligrosa y ahora se cierne sobre Robert.

—*Seguro que ya ni te acuerdas de aquellos diarios que empecé con la técnica que me propusiste de la escritura automática.* —*Pía respira hondo antes de continuar—: Bueno, es una tontería, nada que ver con tu novela, solo un pasatiempo de una mujer con mucho tiempo libre —se justifica con una risilla—, pero he reunido los mejores fragmentos, los he vuelto a redactar y les he dado forma.*

Por supuesto, Robert había olvidado esa nimiedad, pero miente con mucho aplomo. Si supiera de qué modo esos «ejercicios casi colegiales», que es como los considera, van a cambiarle la vida, prestaría mucha más atención.

—*Claro que me acuerdo.* —*Prefiere evitar el tema y no ser pillado en falta. Terminar de una vez—. Pía, recuerdo cada una de las cosas que hicimos juntos, ¿acaso tú no?* —*Baja la cabeza en un gesto de recato.*

Se produce un silencio que a Pía se le antoja insoportable. Está hecha un manojo de nervios, el corazón le late desbocado y le resulta muy difícil mantener la compostura.

«No voy a responder. Me dejaste tirada, así que no te lo pondré tan fácil».

—¿Llevas mucho tiempo en Nueva York? —le pregunta, en cambio.

Ambos comprenden que esas palabras esconden otras, las que su orgullo le impide pronunciar: «¿Por qué no me has llamado?».

Y él se juega su única baza. Lanza el órdago confiando en que en estos años Carlotta haya mantenido un secreto que los perjudica por igual a ambos.

—Lo que más deseaba era verte, pero me daba vergüenza, mucha vergüenza —carraspea antes de continuar—: Así que me prometí a mí mismo que no te buscaría hasta haber reunido todo el dinero.

—¿El dinero? —se extraña.

—En cuanto cobre el anticipo por la novela, te juro que os devolveré hasta el último dólar. —Sus labios se curvan en una sonrisa de disculpa.

—¿Qué dinero?

Robert observa su desconcierto: Pía parece sincera, realmente no sabe a qué se refiere. Se juega la vida entera en los próximos segundos. Se plantea que quizá debería ocultárselo, pero no, no puede arriesgarse a que Carlotta lo ponga en evidencia descubriendo la mentira, que lo delate. De ser así, Pía jamás volvería a confiar en él.

—El que Carlotta me entregó para empezar una nueva vida y que tuviese tiempo para escribir.

Advierte cómo a Pía se le congela la expresión, ata cabos y se da cuenta de que empezar una nueva vida es un eufemismo de alejarlo de ella. Sostiene la mirada de Robert y aguza los ojos con desprecio. Suelta una carcajada.

—¿Por eso te fuiste?, ¿por dinero? —Su voz se acelera, cada palabra más dura que la anterior.

—Pía, no he dejado de pensar en ti ni uno solo de estos días. Soy un hombre completamente distinto, en todo menos en eso: te sigo amando con la misma intensidad.

Ella le deja hablar, aunque su rabia es palpable, un calor abrasador que late.

—Quiero estar a tu lado, empezar de nuevo, pero no podía hacerlo con las manos vacías —dice atropelladamente.

Es orgullosa y se siente herida. Levanta la barbilla desafián-dolo.

—Adiós, Robert.

Se pone de pie y coge el abrigo. Cubre de nuevo con las pieles su cuerpo esbelto, de senos pequeños y caderas estrechas.

—Me alojo en el Holiday Inn de la Ochenta y siete Oeste —dice Robert a la desesperada como el náufrago que arroja una botella al mar.

Ella echa a andar sorteando las mesas.

—Te esperaré, te esperaré el tiempo que haga falta.

La sigue con una mirada centelleante y oscura hasta que se convierte en un punto y desaparece. Ruega por que no se haga mucho de rogar: no podrá seguir costeándose el hotel más de tres o cuatro semanas.

Olimpia

Se traga los analgésicos entre nuevas olas de fastidio.

«Espero que Liam no crea que esto ha sido el principio de algo».

Se ducha y se viste con toda la rapidez que le permiten los nuevos apósitos que le ha colocado al curarle las manos.

—Si quieres ducharte, seguro que hay más camisetas limpias en el armario donde cogiste la de Einstein —dice Olimpia.

La larga melena pelirroja brilla lustrosa al cepillarla, despide destellos con la luz del sol. Para Liam es una deliciosa tortura aguantar las ganas de hundir el rostro en esa fragante cortina.

—¿Desayunamos? —le sugiere tratando de alargar la despedida.

Ella se abrocha el cinturón verde del vestido de Carolina Herrera y ciñe a su cintura el tejido de lino con un estampado de flores rosas, marrones y verdes. Lo completa con unos *stilettos* en color nude de Aquazzura, unos de sus preferidos. Está tan acostumbrada a llevar tacón que los ocho centímetros de estos zapatos le resultan tan cómodos como si fuesen zapatillas deportivas y, sumados a su casi metro ochenta de estatura, la convierten en una diosa.

—Lo siento, no puedo. Tengo una cita con un coleccionista particular de Boston interesado en el Basquiat.

—No pasa nada, te invito esta noche a cenar.

—Imposible —responde mientras se ajusta el cierre de unos sencillos solitarios de diamantes de cincuenta mil dólares—. Estos días tengo mucho lío en la galería. Ya te llamaré yo.

Le da un beso rápido y huye de su propio piso.

De pie en el hall, en calzoncillos, Liam suspira con verdadera admiración. Sigue sorprendiéndole que alguien tan hermosa como ella pueda perder el tiempo con él.

Cuando escapa del halo de su hechizo, vuelve sobre sus pasos. Necesita una ducha y ropa limpia.

«Pero esta vez, en cuanto llegue al hospital, me cambiaré la camiseta de Richard», se promete.

Una vez sentada en el coche, recupera la tranquilidad. Tiene el pulso acelerado —«Joder, ni que hubiese corrido una maldita maratón»— y se plantea si ir o no a la Oficina.

Su mente es un espacio compartimentado y eficiente que funciona como un software de visualización de datos y toma de decisiones. Revisa las tareas pendientes.

En la primera casilla aparece la transcripción del juicio.

En la segunda casilla, la mentira de su padre. Olimpia nunca deja ningún cabo suelto por insignificante que parezca. Debe averiguar el alcance de su mentira... «o de su error, a lo mejor solo se equivocó y no reconoció al Robert anciano».

Un escalofrío la recorre y se pasa las manos por los brazos. No puede negar que le inquieta que su padre esté involucrado de algún modo en el asesinato de su madre.

«Y el coche, el maldito coche de mi pesadilla, ¿dónde encaja?».

En la tercera casilla, la muerte de Robert Kerr.

«¿Por qué George firmó el certificado en vez de ordenar una autopsia? ¿Acaso había algo que quería ocultar?».

Mientras dejaba correr el agua de la ducha para amortiguar su voz, ha llamado a Jacob y sabe que la autopsia ya no va a ser un problema. Richard se ha encargado de ello.

«Bien por Richard».

Espera que le concedan prioridad. Necesita borrar esa casilla: saber con certeza que Robert Kerr falleció por causas naturales.

En la cuarta casilla aparece el secuestro.

«Olvídate del secuestro, de eso ya se ocupa el equipo».

De las únicas que puede encargarse son de la primera y la segunda. Se sopla el flequillo. Tiene el presentimiento de que ambas guardan relación entre sí. A pesar de los analgésicos que se ha tomado —«y de los analgésicos naturales de Liam»—, siente un dolor sordo y punzante en las manos.

Se recuerda a sí misma que siempre hay que comenzar planteando la pregunta correcta: «¿Por qué?».

«¿Qué motivo podría tener mi padre?».

Y no encuentra ninguno. Sus padres se querían, estaban enamorados, eran un matrimonio feliz —una familia feliz— que esperaba ilusionado el nacimiento de otro hijo. La muerte de su madre lo destrozó, fue un golpe del que todavía no se ha recuperado.

«Tienes que hablar con él».

Nota su propio pulso en la garganta, en la boca. Suspira con desagrado y entonces se le ocurre una solución intermedia: una visita a su tía Carlotta.

«Al fin y al cabo, ella también estaba allí. Lo estuvo todo el tiempo».

Recuerda la fotografía en la que miraba con resentimiento a Robert Kerr.

Erika y Blake

Recorren muy despacio la carretera 301 observando con atención ambos sentidos hasta llegar al desvío de la Interestatal 95, donde un cartel avisa de la estación de servicio. Se trata de uno de esos antiguos y enormes rótulos de madera clavados a postes para elevarlo y que se vean desde más distancia.

Parece imposible que pase inadvertido.

—¿De noche lo iluminan? —pregunta Erika, repentinamente interesada.

—Sí.

—Si alguien lo trajo en un vehículo, tuvo que verlo. Quizá no era de la zona y eligió la gasolinera por lo apartada que estaba.

Al ver que el otro no contesta, insiste. Se niega a darse por vencida.

—¿Si tú quisieses desembarazarte de Morfeo no te alejarías del lugar donde lo has tenido secuestrado?

—Vi un par de restaurantes en la Interestatal. Puede que en ellos haya cámaras.

Erika sonríe. Esa respuesta es la forma de Blake de darle la razón.

Cinco minutos más tarde suena un móvil dentro del bolso que lleva sobre las piernas. Además de su teléfono, tiene tres más con tarjeta prepago que utiliza para que no puedan relacionarlos con ella. Llaman al que les proporcionó a la residente del hospital y a los paramédicos.

—Hola —responde con cautela.

—¿Lois?

Lois Lane es el nombre que usa en su caracterización de estudiante de Periodismo.

—¿Sí? ¿Quién eres? —responde con un tono atolondrado fingiendo ignorancia.

—Tú, Lois. Yo, Superman.

Por lo visto, el tipo sí que había pillado la conexión y se ríe de su propio chiste.

«Capullo».

Erika se fuerza a reír.

—¿Eres Shun?

—Veo que no me has olvidado, ¿no? —dice con otra risilla.

«Ay, el halago no falla nunca».

—Hoy es mi día libre y he pensado que podríamos tomar una copa juntos. Estaría bien, ¿no?

—Jo, molaría mucho, pero tengo que trabajar en el artículo…

—Por eso te llamo, princesa, he recordado algo que te puede interesar.

Diez minutos. Diez minutos de falsas risitas, cuchicheos y promesas de tomarse esa copa por la noche: ese es el tiempo que le cuesta que el otro arranque y le diga lo que Erika está segura de que le ocultó ayer para tener una excusa con la que quedar con ella.

—Cuando lo encontramos estaba abrazado a una botella de whisky, de Jim Beam.

—¿Jim Beam? ¿Estás seguro? —duda. Los alcohólicos sin recursos no acostumbran a ponerse tan exquisitos.

—Sí, a nosotros también nos sorprendió, ¿no? Por eso la cogimos.

Erika deja de prestarle atención.

«¿Será cierto o una artimaña? Y si la botella existe, ¿dónde coño está?».

Siente un hormigueo de expectación, ¡por fin una pista! La suerte enseña sus patitas por donde menos se la espera.

Olimpia y Carlotta

La residencia de Carlotta se ubica en Kalorama, el exclusivo barrio de Washington D. C. conocido por la gran cantidad de embajadas, grandes mansiones y celebridades que han vivido ahí a lo largo de la historia. Y que lo siguen haciendo. Gente como los Obama, Ivanka Trump o influyentes lobbistas como Tony Podesta.

Se encuentra a solo tres kilómetros de la Casa Blanca y no en vano se le conoce como «el barrio del poder a la sombra».

Carlotta está sentada en su habitación preferida, la biblioteca, orientada al norte y por cuyos ventanales penetran los rayos del sol. También es la preferida de Olimpia, que cuando piensa en hogar —no en casa, sino en hogar— se imagina aquí.

Guarda numerosos recuerdos de este sitio. Leyó sus primeros libros infantiles tumbada boca abajo en el mismo sofá del que se acaba de levantar su tía al verla entrar. También aquí la consoló la primera vez que un chico le rompió el corazón: «*Cara*, tú eres una Corbera. Venga, la barbilla alta».

—*Cara*, ¡qué agradable sorpresa!

Como de costumbre la examina de arriba abajo con ojo crítico. El vestido de Carolina Herrera, los *stilettos*, la melena…

No recuerda que el dictamen de su tía haya sido nunca completamente favorable, siempre hay un problema con el estampado, el bolso, el maquillaje…

Mientras espera el veredicto —lamentando ya haber optado por las flores—, se acerca a la mesa de caoba sobre la que reposan los marcos con las fotografías. Tía y sobrina podían pasarse horas enteras jugando a «Viaje en el tiempo»: elegían una al azar y Carlotta le contaba la historia de ese día, recreaba los detalles, los sentimientos.

Comprende que esta fue su forma de mantener a su madre viva en su mente. Una madre cuyo recuerdo se había borrado después de encontrarla asesinada en las caballerizas. Pía de niña sentada sobre las piernas de Carlotta. Pía en su fiesta de compromiso. Pía vestida de novia. Pía y el resto de la familia en su bautizo —la misma fotografía que le mostró Jacob—. Pía con Aaron posando delante de un coche naranja reluciente en la puerta de un concesionario.

«¿Un coche naranja?».

Hasta ese momento su mente no había relacionado este recuerdo con el coche de su pesadilla.

«No. No puede ser. ¿A dónde iba a ir mi padre a esas horas?».

Carlotta le da dos besos e interrumpe sus pensamientos. Olimpia regresa al presente. No va a ser una charla fácil.

—¿Por eso te pusiste guantes para la recepción en la Casa Blanca? —le recrimina con un suspiro al reparar en los apósitos.

—Olvídate de eso. Ven, sentémonos —le pide.

Le coge la mano con suavidad, la misma que antaño le curaba las heridas. Aunque se mantiene en forma, le duele verla envejecer. Carlotta es demasiado vanidosa para revelar su edad, pero su sobrina le calcula más de setenta años.

Se fija en la perfecta manicura francesa y se consuela. «Mientras sigan preocupándole sus uñas, aún queda».

—Me estás alarmando, *cara*, ¿qué ocurre?

Suspira. No sabe cómo empezar.

«Las tiritas se arrancan de un tirón, *cara*, de un tirón», le decía ella, y sigue su consejo.

—Aún no se ha hecho público, pero ayer murió Robert Kerr.

Advierte asombro y algo más en el rostro de su tía.

—¿Robert Kerr? ¿Cómo?, ¿dónde?

Le cuenta con detalle las circunstancias, incluso que sospechan que pasó las últimas décadas de su vida secuestrado.

—Solo es una hipótesis porque no recuperó la conciencia después de llegar al hospital.

Tras un par de minutos, Carlotta levanta los ojos y la mira desafiante.

—Me alegro.

Le sorprende su reacción.

—Él mató a tu madre y al bebé. Nos destrozó la vida.

—Un jurado lo declaró no culpable.

Le sostiene la mirada sin pestañear.

—El jurado decidió lo que le dio la gana. Se equivocaron.

Carlotta suspira, se muerde los labios.

—Sonará absurdo, pero con el dinero, las fiestas, los caprichos, los viajes, las posibilidades infinitas… hasta la «tragedia» —Carlotta siempre se ha referido a lo que ocurrió, al asesinato, como «tragedia»— no me di cuenta de que éramos vulnerables. Como el resto de la gente. —Emite un sonido de amargura—. Lo aprendí de la peor manera posible. No tienes ni idea de lo que supuso para mí.

Olimpia ha reflexionado sobre ello. La muerte de su madre afectó tremendamente a su tía, políglota y cosmopolita, que desde entonces vivió entre la mansión familiar de Rochester y esta casa en Washington D. C. sin volver a pisar Nueva York porque le recordaba demasiado a Pía. Cambió los yates por la cría de purasangres. Y de su sobrina.

—No lloré en el funeral de Pía —dice con la voz rota—. La rabia y el espanto eran tan grandes que no me permitían hacerlo. Y la culpa.

Percibe su angustia en el modo en que retuerce uno de los botones de cuero del sofá Chesterfield. Los dedos blancos por la presión, por la fuerza.

—¿Culpa?

—No supe protegerla, *cara*. Tu madre siempre fue una ingenua. Una ingenua con una bonita sonrisa, eso sí. Desde que nació, Pía se convirtió en mi vida y traté de estar a su lado, apoyándola.

Olimpia se impacienta. Ha oído esa historia muchas veces desde que era una niña, la «leyenda del gran sacrificio», piensa con burla.

Cual mito de heroína griega, narra cómo su tía, la primera vez que le mostraron a su madre, aquel rollo de carne tibia con una mata de pelo del color de las zanahorias, la quiso de forma incondicional y se prometió cuidarla. No permitiría que Pía creciera al cargo de las sucesivas niñeras, institutrices y criadas, pasando de mano en mano, recibiendo cuidados comprados con dinero, como le ocurrió a ella.

«Con papá siempre demasiado absorto en sus negocios y mamá sumida en sus jaquecas y depresiones».

Y lo hizo, cumplió su promesa de quererla y convertirla en una mujer de provecho contra viento y marea, sacrificando su propia vida, en lo que resultó un esfuerzo titánico, mayor que los doce trabajos que los dioses impusieron a Hércules.

«Hasta que se casó con tu padre, claro, y ahí terminó mi responsabilidad».

—No entiendo nada. ¿De qué no supiste protegerla?

—De Robert, claro.

—¿De Robert? ¿Por qué de él?

Carlotta cierra las manos, trata de no moverlas, de dejar de pellizcar el botón del sofá; parece incómoda y apagada. Olimpia reconoce el momento de las confidencias. Ignoraba que su tía escondiera el peso de un secreto, pero ahora necesita descubrirlo. Le dan ganas de zarandearla hasta conseguir que la verdad caiga al suelo como una manzana madura.

Normalmente permanecería en silencio, pero alguien con un carácter tan fuerte necesita un empujón. Consigue calmar la tempestad de emociones antes de hablar:

—Sé sincera conmigo —le pide.

—Nunca te he mentido, *cara*. Ni una vez.

—Tampoco me lo has contado todo.

Finalmente, Carlotta busca sus ojos.

—¿Realmente quieres saberlo?

—Era mi madre. Tengo todo el derecho.

Advierte algo extraño en su rostro. Pero no puede detenerla.

—Robert y tu madre eran amantes —dice, y ladea la cabeza, sopesándola con la mirada.

«¿Amantes?».

Siente un ligero mareo y se echa hacia atrás. Los contornos borrosos adquieren una nitidez cortante. «Eso, eso es imposible. Mis padres se querían, se adoraban».

—Te lo estás inventando —la acusa.

La tensión entre ambas mujeres anticipa una tormenta eléctrica, incluso el aire se torna más pesado.

—¿Cómo lo sabes? —Olimpia levanta la voz.

—No voy a tolerarte ese tono —le responde airada.

—¿Cómo puedes saberlo? —insiste.

A su tía, las discusiones, los gritos, le parecen de una tremenda vulgaridad. En este momento, eso le trae sin cuidado a Olimpia.

—¡Dímelo!

—¡Porque los vi! —estalla.

Un silencio denso sigue a sus palabras.

—Yo misma los vi —repite despacio, presa de la congoja.

Se acerca a Olimpia y acaricia con la mano su mejilla tratando de consolarla.

—Lo siento, *cara*.

Tarda un momento en continuar, en ordenar sus pensamientos.

—Unos meses antes de la «tragedia», Pía empezó a portarse de una forma extraña, muy extraña, así que contraté a un detective privado para que la siguiera. Al cabo de una semana, ese hombre regresó con un puñado de fotografías… de fotografías muy explícitas.

Olimpia siente las mejillas encarnadas, como si la hubiesen abofeteado. Le duele que se lo haya ocultado, que la haya engañado durante todos estos años vendiéndole una imagen irreal de su madre.

«Sí que me has mentido», piensa furiosa.

—¿Por qué nunca me lo dijiste? —le exige.

—¿Para qué, *cara*? Las palabras que no abrigan es preferible no utilizarlas.

De pronto, una idea, una idea espantosa, atraviesa su mente. Ante ella se alza la respuesta a la pregunta perfecta: un motivo para su padre.

«¿Lo sabía?, ¿sabía que su mujer tenía un amante? No, no, no. No puede ser».

Pía

Nueva York, 1985

Las gruesas cortinas de terciopelo verde están descorridas y los rayos del sol se cuelan por los cristales; al otro lado de la calle estalla el salvaje verdor de Central Park.

La alcoba es amplia, muy amplia, como todo el dúplex, y parece envuelta en una atmósfera irreal.

A Pía le agrada que la despierte la luz y permanece unos instantes con los párpados cerrados notando la claridad. Estira los pies y los brazos bajo el crujiente algodón blanco de las sábanas. Se despereza a gusto.

Está sola en el lecho. Aaron madruga mucho, como buen capitán que es de las empresas siderometalúrgicas del emporio Wimberly-Black. En cambio, si ella quisiera, podría pasarse el día remoloneando sin salir de la cama. Sin embargo, disfruta llevando a Oli al colegio cada mañana.

Una sonrisa brota al recordar la tarde de ayer cuando se desabrochó la blusa sin dejar de mirar ni un momento a Robert. Casi le da vergüenza disfrutar tanto.

«Y debería dártela».

Silencia su voz interior, la que le recuerda que ahora es una mujer casada, que Oli juega sola a tomar el té con sus muñecas mientras ella juguetea con Robert, la que le pregunta qué pasará a partir de ese momento. La que le grita que es una mentirosa.

«No hay premio sin castigo», le decía Lotti cuando era pequeña para reconvenirla y alternaba un beso con un pellizco.

Al pensar en su hermana aprieta con fuerza la mandíbula: «¿Cómo fue capaz?».

Le enfurece no poder encararse con ella, pedirle explicaciones; pero reconocer que sabe que le entregó dinero a Robert para separarlos significaría reconocer que él ha vuelto.

Desde niña, Pía ha tenido un carácter rebelde y transgresor que Carlotta se las ha visto y deseado para encauzar. «No, las niñas no llevan pantalones en el uniforme del colegio, aunque las piernas se les enrojezcan de frío». «Solo las frescas toman la iniciativa; si le gustas a un chico, lo lógico es esperar a que él se decida». «Esfuérzate en no parecer más lista que él».

Un carácter que, en cambio, estos últimos años se ha mantenido anestesiado. Igual que cuando un líquido que se vierte en un recipiente se adapta a la forma de este, se ha acomodado a los nuevos papeles de esposa y madre.

Robert sí que la entiende. «Los demás no podrían ni aunque lo intentasen. ¡Son tan burdos! Cómo van a comprender las peculiaridades de un espíritu artístico. Se fijan en cosas tan ridículas como el dinero». A Robert le abochornaba admitirlo y ha tenido que ser ella la que se lo ofreciese al ver las estrecheces en que vivía.

—Tómalo como un préstamo hasta que una editorial se interese por la novela.

—No, no puedo aceptarlo. El dinero fue lo que nos separó la otra vez. No lo quiero. —Permanece un poco encorvado y con los brazos cruzados a la altura del pecho, como si le avergonzara hablar de ese tema.

—¿Te acuerdas de cuando me llamabas «mi pequeña Médici»? Bueno, pues considérame una especie de mecenas.

—No. Buscaré un trabajo, algo habrá.

Ella duda en proponérselo, aunque lo desea con toda su alma.

—Yo puedo darte un empleo. —Una chispa prende en el fondo de sus ojos.

—¿Tú?, ¿de qué? ¿Vas a contratarme de chófer?, ¿de masajista? —Coloca las manos en sus hombros desnudos y le guiña un ojo.

Pía se sonroja. Tiene miedo de que él se burle de ella.

—De corrector. ¿Te acuerdas de mis diarios, los que te conté que ahora son una novela? Quizá podrías echarles un ojo a ver si valen algo, ayudarme. ¿Qué te parece? —le suelta de sopetón evitando que la interrumpa.

Robert le da un beso en los labios.

—Me encantaría leerlos. Y, por supuesto, no aceptaré ni un dólar por ello.

—¡Me haces tan feliz!

Se lanza a sus brazos. El corazón le salta en el pecho, cada vez más rápido. Está asustada y excitada.

—Y no me hagas enfadar —dice al separarse haciendo un puchero.

Va hasta su bolso, saca la chequera y firma un talón al portador por quinientos dólares.

—Mañana buscaremos un apartamento, no puedes seguir viviendo en este antro.

Él sonríe dándose por vencido y mueve la cabeza de un lado a otro.

—¡Qué cabezota eres!

Robert mete el cheque en un cajón de la cómoda sin mirar la cantidad. Espera que alcance para cubrir las deudas de este último mes.

La puerta de la alcoba se abre y el huracán Oli entra a la carrera y se sube a la cama. Ambas se cubren con la sábana. En «la tienda de campaña», la luz llega tamizada por la tela. Le sube el camisón, le hace pedorretas en la barriguita, la besa.

«Esto es lo que me ha ocurrido», piensa.

Como en el cuento de Blancanieves, que tanto le gusta a Oli que le lea por las noches, los besos de Robert la han despertado. Está decidida, no hay vuelta atrás; al fin y al cabo, ella también es una Corbera y posee una voluntad de hierro.

«Ya basta».

El mero propósito de desafiar las expectativas de Carlotta y hacer valer un cierto control sobre su propia vida la llena de una alegría tan pura que la asusta.

Erika y Blake

En cuanto consigue colgar al paramédico, Erika marca el número de teléfono de Jacob, quien contesta antes del segundo timbrazo.

—Puede que hayamos encontrado algo —lo saluda—. Necesito las imágenes de la ambulancia que llevó a Morfeo al hospital. ¿Tardarás mucho?

—Qué va, dame un par de minutos. Las tengo guardadas en un archivo.

Erika tamborilea con los dedos en el salpicadero del coche mientras espera.

—Ya está. ¿Qué busco? —pregunta Jacob.

—Una botella, una botella de whisky.

—No recuerdo que mencionasen ninguna en el informe policial.

—Te aseguro que no aparecía —asevera ella con las pulsaciones aceleradas—. Me lo leí tres veces.

—Te acabo de mandar a la tableta el archivo de la cámara de la puerta de acceso a urgencias. Así vosotros también podréis verlo.

Las imágenes avanzan muy despacio; Jacob ha ralentizado la velocidad, no quiere que nada les pase desapercibido. La ambulancia se detiene en la entrada, los dos paramédicos abren lenta, muy lentamente, las puertas traseras y descargan la camilla. Tardan una vida, o al menos eso le parece a Erika, que se muerde el labio inferior con impaciencia.

Los tres pares de ojos se centran en esa camilla que transporta al anciano.

—Ahí. —Indica Blake.

Sin necesidad de recurrir al zoom, el pulgar de Blake señala, en el espacio entre el brazo del hombre y el extremo de la camilla, una botella. Se quedan en silencio, asombrados y felices por el descubrimiento.

«Una botella de licor es el puto premio gordo», piensa Erika.

Han aprendido exploración lofoscópica gracias a las lecciones Wimberly. Olimpia los instruyó sobre el rastreo y el análisis de huellas dactilares. En una investigación resulta fundamental saber dónde encontrarlas y cómo procesarlas, especialmente las huellas dubitadas —las que se obtienen de una superficie sin el consentimiento de su propietario—. Que el término «consentimiento» puede tener un sentido muy amplio es otro de los pilares del Método.

«Recoger huellas no es como coger setas en el bosque, que cuantas más, mejor. Pensad que el análisis posterior va a requerir esfuerzo y tiempo, por lo que hay que ser muy selectivos. En ese sentido se asemeja más a ligar en un bar: de todos los que hay disponibles, en principio, te vas a quedar con uno o dos, por lo que el tiempo que inviertes en seleccionarlos está bien empleado.

»Respecto a hombres y mujeres, cada uno tiene sus gustos, pero con las huellas el criterio es siempre el mismo: elegir dependiendo de la superficie en que se hallan. Hay que buscar en aquellas que sean lisas y no porosas, porque en las porosas o absorbentes la humedad hace que el tiempo de uso de los polvos de revelado sea más corto o su efecto nulo. Así que nuestro top de superficies serán el cristal (lo que incluye cualquier tipo de botella: vino, licores, refrescos), luego las superficies de plástico y metálicas y, en menor medida, la tela, la madera sin barnizar y la cerámica».

—No pueden meter la botella en uno de esos incineradores y triturarla antes de quemarla, ¿no? Se supone que solo se utilizan con los residuos —dice Erika.

—¿Cristal en un incinerador? —se escandaliza Jacob, «el rey del reciclaje».

—Entonces, esa botella tiene que seguir en el hospital.

—O en la basura —apunta Blake.

—No quiero ser un grano en el culo —Jacob arquea las cejas con escepticismo—. Pero os dais cuenta de que, aunque encontréis la botella y esta contenga huellas o ADN, a no ser que sean de un sujeto que esté fichado, es decir, de que haya algo con lo que comparar, no van a servir de nada, ¿verdad?

Erika resiste la tentación de responder a la contra. Está harta de los tíos que intentan darle lecciones y del pesimismo de la gente.

Si algo caracteriza a Erika, como al resto de ludópatas, es un optimismo férreo e inquebrantable en sus posibilidades. Por eso no dejan de apostar confiando en que esta vez sí, esta vez será la suya.

—Nos damos cuenta de que no tenemos nada más —se limita a responder.

Olimpia y Carlotta

Las preguntas repiquetean en la mente de Olimpia como gotas de lluvia. Elige olvidarse por el momento de su padre. Recuerda a su madre tal y como era en las fotografías que ha visto: alegre, con los ojos chispeantes, la melena pelirroja. Le cuesta pronunciar las palabras. Sin embargo, necesita saberlo. No soporta más secretos, ella que creía conocerlos todos.

—¿Robert y ella... se querían?

Carlotta vuelve a sentarse a su lado.

—Pía estaba encaprichada y él... ¿Querer? —Ríe con amargura—. Lo único que quería de tu madre era su dinero.

—¿Su dinero?

—El dinero puede ser una maldición. Lo sé bien. Fueron varios los hombres que se acercaron a mí, que creían estar enamorados, pero a los que en el fondo les atraía mi fortuna. No imaginas lo sola que te hace sentir eso. Y Robert era como los demás.

Reconoce su tono, el mismo que empleaba cuando en la niñez tenía que explicarle algo obvio como que la miel la fabricaban las abejas en los panales.

—¿Te lo contó mi madre?

Mueve la cabeza, negando.

—Ella nunca lo supo. —Utiliza un tono seco y cortante que convierte las palabras en latigazos—. Antes de que tus padres se casaran, yo misma le ofrecí a Robert una gran suma de dinero si se alejaba de Pía. Y no creas que se hizo de rogar, *cara*. El muy mezquino incluso tuvo la sangre fría de regatearme. Como si estuviese comprando una vaca.

Olimpia pestañea incrédula. La mirada firme y serena de Carlotta no alberga ningún remordimiento, no se da cuenta de que el acto de ofrecerle dinero dice más de ella que del propio Robert, aunque la aceptación por parte de este lo convierta en un auténtico canalla.

«¿De verdad le ofreciste dinero a espaldas de mi madre para que la abandonase?, ¿quién te crees que eres para tomar esa decisión?», se pregunta asqueada.

No puede interrumpirla ahora, así que calla.

—Cogió el dinero y huyó. Al menos cumplió su palabra. Durante un tiempo. Regresó al cabo de cinco años, unos meses antes de la «tragedia». Yo no tenía ninguna duda de a por qué había vuelto. No a por Pía, sino a sacarme más dinero.

Es tal el desconcierto de Olimpia que necesita preguntar:

—Si solo quería su dinero, ¿por qué la mató? Nadie asesina a la gallina de los huevos de oro.

Carlotta niega con la cabeza, contrariada.

—Pía era caprichosa y testaruda, pero muy lista. De algún modo debió de descubrir su juego. Esta vez iba a romper con él.

—¿Romper?

Resopla por la nariz.

—Tu madre estaba indispuesta por el embarazo, así que yo pasaba algunos días con ella en Rochester. Solo unas horas antes de que… de la «tragedia», discutió por teléfono. Recuerdo sus palabras como si las acabase de oír. No me avergüenza reconocer que pegué la oreja a la puerta, hubiera hecho lo que fuera para protegerla —dice retadora.

—¿Qué oíste? —corta su discurso, más que harta de la «leyenda del gran sacrificio».

—Hablaba en susurros, pero, conforme se fue enfureciendo, subió el tono. Dijo muy claro: «Nunca he estado más segura de nada en toda mi vida. Voy a terminar con él de una vez. Tú eres el padre de mi hija y del que está en camino, contigo es con quien debemos estar». Después se despidió con un «Te quiero».

Le clava la vista y ella le sostiene la mirada.

—Esas palabras no dejan lugar a la confusión, ¿no te parece?

Olimpia intenta aparentar calma, aunque solo desea echar a correr y gritar. Salir de esa habitación, de la casa, e irse lejos. Correr y correr, cruzar entero Kalorama hasta algún puente sobre el río Rock Creek, dejar atrás Georgetown, el río Potomac. Seguir corriendo hasta salir de Washington D. C. De los estados que rodean la capital. Hasta que las piernas no le respondan y la garganta se le cierre, caer exhausta al suelo, limpia de lo que acaba de oír.

Las palabras con las que Carlotta pretende confirmar que su madre iba a abandonar a Robert esconden una bomba. La única persona a las que podían ir dirigidas eran a Aaron, a su padre, y esto confirma que él sí que estaba al tanto de la infidelidad de su esposa antes de que esta muriese.

Carlotta se pasa la lengua por los dientes, en un gesto inconsciente que comenzó a hacer cuando le pusieron la dentadura postiza. Olimpia comprende que el momento de las confidencias ha llegado a su fin. Suspira. No soportaría más. Necesita digerir toda la información. La forma en que estos descubrimientos modifican lo que hasta ahora consideraba la VERDAD, así con mayúsculas, y la equivocación tan tremenda que ha cometido.

Solo hay una última cosa que necesita aclarar:

—¿Por eso no testificaste en el juicio?

—Me equivoqué —reconoce con pesar—. Creí que las pruebas bastarían para condenarlo. ¿Y qué sentido tenía mi presencia?, ¿me imaginas ahí, delante de esa gente, esos desconocidos ávidos de inmundicias, manchando la imagen de tu madre, confesando que tenía un amante? ¿Qué les importaba a ellos? —Aprieta los puños—. Y no solo eso, aquello hubiese destrozado a tu padre. Y él no se lo merecía.

Conociéndola, Olimpia comprende su rechazo, la pérdida de dignidad ante un acto tan «vulgar». Aunque, «¿acaso conoces a una persona solo por vivir a su lado?, ¿la conoces si ignoras los secretos que oculta, el motor de sus decisiones?».

Su tía Carlotta, la mujer orgullosa, resolutiva y de carácter fuerte ha desaparecido; ante ella hay una nueva Carlotta, una completa extraña.

Al ponerse en pie, Olimpia siente un ligero mareo y se apoya en el brazo del sofá. Un terremoto acaba de sacudir los cimientos sobre los que se asentaba su vida, unos cimientos que creía robustos, de hormigón, y que solo eran de arena.

Erika y Blake

Sin perder tiempo en caracterizarse, Erika y Blake se plantan en el hospital. De sus cuellos penden las credenciales que los certifican como agentes de la Agencia de Protección Ambiental, la EPA por sus siglas en inglés. En el doble fondo del maletero del vehículo siempre llevan placas y carnets de un puñado de departamentos: Agencia de Seguridad Nacional, Administración para el Control de Drogas, Departamento del Tesoro, Oficina de Antiterrorismo…

El hecho de que la gente honrada sucumbe ante el poder de una placa es otra lección Wimberly: «No os voy a negar que siempre resulta bastante efectivo esgrimir un arma; no obstante, puestos a utilizar métodos coercitivos e ilegales, os recomiendo ceñiros a una escala de menor a mayor. Es algo que, en caso de que os pillaran, los jueces suelen valorar favorablemente al dictar condena».

En el departamento de Administración del Bon Secours Community se muestran muy cooperativos. Por nada del mundo querrían un problema que afectase a su clasificación en el listado de Best Hospitals.

Apenas unos minutos más tarde, el administrativo que les

han asignado para atenderlos los conduce al subsótano y se encuentran frente a los dos incineradores, dos moles de metal pintadas en un azul intenso. Si Olimpia estuviese ahí, les diría que es un color muy muy similar al que inventó y patentó el pintor Yves Klein, a quien debe su nombre: azul Klein. Una de las famosas obras del artista cuelga de las paredes de Rochester.

Les presenta al encargado del uso y el mantenimiento de esas moles.

—Este —dice señalando uno de los dos— lo utilizamos con los residuos bacteriológicos y microbiológicos. Y ese otro con el resto de los residuos sólidos.

—¿Qué temperaturas alcanzan? —se interesa Blake.

—El poder calorífico varía. Al estar diseñados como unidades compactas y precableadas oscilan entre un mínimo de 1.652 y un máximo de 2.012 grados Fahrenheit.

Erika asiente con la cabeza y toma notas en un cuaderno. No le pasa desapercibida la inusual sonrisita en los labios de su compañero. «¿Por qué narices lo habrá preguntado?».

Blake está satisfecho. La temperatura de combustión necesaria para que se produzca el portento de que un molesto cuerpo humano se convierta en un inocuo montoncito de polvo se sitúa en torno a los 1.800 grados Fahrenheit. «Siempre resulta útil saber dónde hay un cenicero».

Después comienzan a interpretar sus papeles, los que Olimpia les asignó al formar el equipo: Erika es Poli bueno y él, Poli malo.

—Para comprobar si se respetan las leyes ambientales procederemos a plantearles diversos supuestos —dice Poli malo.

Comienza por una serie de artículos al azar: una bata con restos orgánicos, una jeringuilla, una probeta de plástico, una de cristal.

—La probeta de cristal recibiría otro tratamiento.

Poli bueno cabecea animándolo a continuar.

—En esa parte del sótano —explica el encargado señalando hacia el fondo— se encuentran los contenedores de papel, plástico y cristal que utilizamos cuando no contienen residuos bacteriológicos y microbiológicos.

—Debemos inspeccionarlos —indica Blake.

—Por supuesto.

Si al encargado le sorprende su interés en los contenedores, lo disimula. Erika supone que ha recibido órdenes desde dirección de mostrarse cooperativo.

—¿Los tres? —pregunta mientras se acercan a esa zona.

—Con el de cristal será suficiente —intercede Poli bueno—. ¿Cada cuánto se vacían?

—En el propio contenedor aparece un registro con las fechas. ¿Ve?

El último vaciado se produjo hace una semana. Erika lo anota en el falso formulario de la inspección mientras piensa: «Premio».

Ni siquiera necesitan agacharse, ni ensuciarse la ropa o las manos. El temor a una posible sanción vuelve muy obsequioso al administrativo, que pide al encargado que lo ayude. Entre los dos vierten casi a sus pies un montón de cascos de cristal de distintos colores.

Erika lanza una mirada alarmada a Poli malo: hasta ese momento no se había dado cuenta de que el cristal se rompe y esperaba encontrar la botella intacta. Blake se encoge levemente de hombros tranquilizándola. Apenas dos minutos después de comenzar su particular «Dónde está Wally», él divisa el cuello ondulado de la botella de Jim Beam.

Hace un gesto imperceptible a Erika. Aunque el cuerpo se haya partido en dos por el golpe al caer en el interior del contenedor, la gran etiqueta ha impedido que se dispersasen los fragmentos.

«Joder, menos mal».

—Para agilizar los trámites —dice Poli bueno— sería preferible que regresásemos a los incineradores y termináramos de rellenar los formularios mientras mi compañero le echa un vistazo al vidrio.

Aaron y George

Nueva York, 1985

El silencio de su amigo no vaticina buenas noticias. El miedo, como una serpiente, se desliza viscoso por su cuerpo. Nunca lo había sentido con tanta intensidad, ni cuando el mal de altura le jugó una mala pasada escalando el Everest. Aquel resbalón a punto estuvo de costarle la vida, pero sintió a su lado al ángel de la guarda que hay detrás de cada montañista y supo que no iba a morir.

«Ahora, en cambio... ¿existirá el ángel de la guarda para los enfermos de cáncer?».

—Dilo de una vez —le pide Aaron.

Nota la boca seca y le cuesta tragar. «Será otro síntoma».

George Brown carraspea. Apenas hace dos años que ejerce como oncólogo y no quiere asumir esa responsabilidad.

Aaron descarga un puñetazo en la mesa. La pusilanimidad de George saca de sus casillas a alguien tan resolutivo.

—Joder, dilo de una vez —*suelta, perdiendo la paciencia.*

—Cáncer testicular.

«Cáncer».

A pesar de que lo esperaba, Aaron echa el cuerpo hacia atrás como si hubiese recibido un fuerte golpe. Siempre ha pensado que en la vida nada es gratis, que todo tiene un precio: ha llegado la hora de pagar por los muchos privilegios de los que ha disfrutado desde que nació.

«Cáncer».

Su amigo se enreda en explicaciones que apenas escucha, como si saber que es el tipo de cáncer más frecuente en los hombres entre quince y treinta y cinco años pudiera serle de alguna ayuda, cuando lo que él quiere conocer es el precio.

Da un sorbo al vaso de agua que tiene delante para poder pronunciar las que cree que serán las palabras más difíciles de su vida (naturalmente, ignora que unos meses más tarde tendrá que llamar a Carlotta y decirle que Pía ha sido asesinada).

—¿Voy a morir? —dice al fin.

A George le sorprende el temblor en la voz y por primera vez lo mira con atención, y sí, en sus pupilas, en los hombros caídos, en el cuerpo encogido, advierte lo que ya se está acostumbrando a contemplar en los pacientes, lo que jamás creyó que vería en la persona más valiente e invulnerable que conoce: temor.

Tarda unos segundos en responder.

—No —dice de forma tajante.

De los labios de Aaron escapa un largo suspiro de alivio, como si se estuviese vaciando. Es el mismo que escapa de todos y cada uno de los pacientes al escuchar que no van a morir.

«Qué predecibles somos los seres humanos».

—La buena noticia —sigue George— es que la biopsia, la ecografía y los análisis de sangre indican que lo hemos detectado a tiempo: se trata de un carcinoma in situ en la etapa 0.

Levanta las cejas animándolo a continuar.

—No se ha propagado fuera del testículo y los marcadores tumorales HCG y AFP no son elevados.

Aaron es un hombre de acción, en eso sí que se diferencia de la mayoría de los pacientes. Ahora que ya conoce el diagnóstico, encaja la bofetada y reacciona.

—¿Hay tratamiento?

—Es sumamente tratable, aunque lo más recomendable sería extirpar el testículo.

—No, de ninguna manera. ¿Qué más se puede hacer?

George contaba con esa respuesta. Los pacientes suelen mostrarse remisos a la extirpación de uno de sus testículos, como si con ella perdieran parte de su virilidad. «¿Sabe cómo se convierte un toro en un buey?», le preguntó en una ocasión uno de ellos.

—Deberías hacerlo.

—No me digas lo que debo o no debo hacer —lo interrumpe furioso—. Repito: ¿qué otras alternativas hay?

—Sería necesario realizar un seguimiento riguroso cada tres meses para verificar los niveles de los marcadores tumorales. Y recomendaría sesiones de radioterapia para destruir las células cancerosas que se hayan propagado a los ganglios linfáticos.

—¿Radioterapia?

—La radioterapia conformada tridimensional o RTC3D está siendo objeto de estudio sistemático y su uso se está estandarizando para eliminar las células cancerosas. Los 3D permiten distribuir dosis de irradiación homogéneas.

Aaron levanta una mano para atajarlo. No le interesa la jerga médica.

—¿Perdería el pelo, se notaría de alguna forma? No quiero... —vacila— no quiero que las chicas lo sepan, preocuparlas.

«La maldita Pía», piensa George con rencor. A Pía nunca le ha caído bien, lo trata con el mismo cariño paternalista que utiliza con Aurora, el ama de llaves. Como si él fuese igual de insignificante.

George vuelve a mirar muy concentrado los papeles con los resultados. Ha sido exhaustivo y le ha realizado varias pruebas complementarias para asegurarse de que ningún otro órgano está afectado. En ellas ha encontrado algo totalmente inesperado. Algo que le destrozaría la vida a Aaron y, por extensión, a Pía.

Lo había reservado para el final, pero de pronto decide callárselo.

El resentimiento acumulado a lo largo de estos años contra ella es un hilillo de agua que le baja por la espalda. La niña caprichosa que al igual que Aaron siempre lo ha tenido todo fácil, incluso nacer en una familia adinerada —los Wimberly le han costeado a George la carrera de Medicina, aunque piensa devolverles hasta el último centavo—, mientras que él ha debido esforzarse, «partirme el alma», por cada miserable cosa que ha obtenido.

La condescendencia de los regalos de Pía, las sobras que se dan a los criados y que estos deben aceptar sonrientes y agradecidos por su misericordia.

Como hace un par de meses, cuando él le pidió a Aaron que lo avalase en un concesionario porque en su nuevo puesto iba a necesitar un medio de trasporte propio. Ya había decidido el modelo: un utilitario pequeño, barato. Estaba ilusionado, feliz. Iba a estrenar algo por una vez. Suyo. Pero Pía se enteró y dijo que no.

—Aaron, ¿por qué no le regalas tu Pontiac? Así puedes comprarte otro. Ya sabes que ese color naranja no me gusta nada —sugirió.

Le entregaron el coche, igual que Pía le daba a Aurora los vestidos y los zapatos de los que ya se había cansado.

Y ahora el destino ha barajado y ha repartido cartas nuevas para continuar la partida. George tiene el futuro de ambos en sus manos y va a guardarse esa baza.

«Puedo usarla en cualquier momento».

El hecho de que ignoren que están sentados encima de una bomba de relojería le hace sentir un dios, un dios bondadoso que el día menos pensado se tornará implacable.

Erika, Blake y Jacob

Tanto Erika como Jacob contienen la respiración mientras las bases de datos cotejan las huellas dactilares y los restos de ADN que han obtenido de la botella. Por supuesto, han obviado minucias de esas que en un proceso judicial se consideran relevantes, tipo la cadena de custodia o el consentimiento de las personas de las que se van a extraer las huellas con las que compararlas.

«Nosotros no somos agentes de la ley ni pertenecemos al sistema judicial, así que no tenemos por qué regirnos por su código deontológico», les instruyó Olimpia al respecto.

No confían demasiado en las huellas; han conseguido algunas parciales y cuatro completas, pero asumen que, hasta terminar en el contenedor, la botella habrá pasado por varias manos. Eso sin olvidar que Robert Kerr carecía de huellas, así que no es posible que sean suyas.

Erika recuerda que cuando Olimpia les explicó que «las huellas dactilares son el resultado de la impresión de sudores y grasas producidas por la piel de cada persona», atravesó una fase de lavado compulsivo de manos y gel hidroalcohólico que le provocó descamaciones en la piel. Se obsesionó con el hecho de que casi cualquier superficie que tocase ya debía de tener restos de sudor y grasa de otra persona. Al final, como con casi todos los reveses de la vida, aprendió a convivir con ello mediante el sistema más efectivo: olvidarlo paulatinamente.

Sus esperanzas en el ADN que han extraído del gollete de la botella se reducen al comprobar que pertenece a un único sujeto. «¡Un único sujeto!». Lo lógico es que esas moléculas sean de Morfeo, ya que la botella estaba en su poder.

«Si no, ¿por qué la iba a tener en sus manos?».

De no ser por la meticulosidad de Jacob, ni siquiera hubiesen perdido tiempo en analizar esto, pero dado que ya disponían de la muestra previa que había obtenido de los guantes de Olimpia podían cotejarlo rápidamente.

—«Resultado no coincidente» —lee sorprendido en el ordenador—. Joder, no son de Morfeo.

Erika y Blake lo miran con cara de perplejidad.

—¿Estás seguro?

—Al 99,99%. ¡No son de Robert Kerr!

Esto dispara todas las alarmas en la optimista mente de Erika.

—¿Entonces? ¿Alguien que no fue él bebió de esa botella? —se asegura.

Jacob asiente con la cabeza de manera elocuente.

—Lo cual confirma mi hipótesis de que el secuestrador lo llevó hasta la gasolinera y lo dejó ahí. —Levanta las cejas: sus movimientos han ganado brío.

—No confirma una mierda —interviene Blake al sentirse atacado—. Morfeo pudo encontrar la botella ahí tirada.

—Vale, lo que tú digas.

«Ja, y el ADN también puede ser del secuestrador y resolver de un plumazo la investigación», se calla.

—¿Y ahora? —le pregunta a Jacob.

—Pasaré la muestra por el CODIS.

Gracias a las lecciones Wimberly, los tres saben que «CODIS, o *Combined DNA Index System*, es un sistema que ha desarrollado el FBI, una base de datos de perfiles genéticos que ha demostrado ser la de mayor eficacia a nivel mundial. Miman mucho este sistema, añaden unos tres mil perfiles diarios a la base de datos, lo que a efectos prácticos supone disponer del ADN de una de cada quince personas del país. ¡Una barbaridad!».

A Erika una sobre quince le parece una probabilidad bastante reducida; incluso la de obtener un cinco al tirar dos dados es más elevada, de una sobre nueve. «Yo no apostaría a favor».

—Es muy difícil: necesitaríamos que el ADN pertenezca al secuestrador y que, además, esté fichado —se queja.

—Bueno… no has tenido en cuenta el índice de tipo criminal. Si estás en lo cierto, esa persona se dedica a secuestrar al prójimo. Pero incluso podría ser alguien que solo pasaba por ahí, se encontró con un anciano que había recibido una paliza y le pareció supergracioso decorarlo con una botella vacía en vez de auxiliarlo…

—Entonces, la probabilidad de que «ese ser de luz» haya cometido algún delito anterior aumenta —termina la frase una emocionada Erika.

El banco de datos nacional del FBI encuentra una coincidencia de la muestra anónima con la de un posible sujeto.

—¡Bingo!

Obtienen un nombre: Nicholas Johnson, y también la ficha policial.

—¿Ese tipo es el secuestrador?

A Nicholas, de treinta y dos años, lo han condenado en dos ocasiones por conducir en estado de embriaguez. En la fotografía se ve a un tipo enfadado con el pelo cortado a cepillo, bigote y barba. Los ojos oscuros, pequeños y un poco juntos aumentan su fiereza.

—Treinta y dos años —dice en voz alta Erika—: puñeteramente joven.

—¿Cuándo se supone que pusieron a dormir a Morfeo?

—La última foto que he encontrado de él data de enero de 1988. —Jacob hace el cálculo mental—. Johnson tenía solo dos años: sería el delincuente más precoz de la historia.

—A lo mejor en su familia se pasan por tradición un secuestrado de padres a hijos, igual que otros heredan las alhajas —continúa Blake con la broma.

—Muy graciosos. Sois muy graciosos los dos.

—Mirad. —Señala Jacob—. El tipo reside en Elko.

Buscan la ubicación. Se encuentra a sesenta y siete kilómetros de la gasolinera donde apareció Morfeo.

—Puede que el fulano, al que, por lo visto, conducir y pimplar no le parecen actividades excluyentes, sencillamente parase a repostar, echase una meadita en los váteres y, ya con la vejiga vacía, decidiera darle un empujón final a lo que le quedaba de whisky y tirar la botella —apunta Jacob.

A Erika no le parece tan descabellado que ocurriese así. El tipo —que por la expresión de su cara y su ropa más parece un votante de Trump que alguien preocupado por el medio ambiente— pudo tirar la botella por la ventanilla y que después la encontrara Morfeo y apurara el contenido.

«Aunque...».

—Solo encontraste restos de ADN de una persona, ¿no? Si Morfeo no bebió de ella, ¿para qué iba a cogerla?

—Vale —admite Jacob—, solo digo que es una posibilidad.

—No perdemos nada por ir a hablar con el amigo Nicholas, Nick, seguro que lo llaman Nick, y ver qué tiene que decirnos. —Toma el silencio de los otros como una muestra de asentimiento y añade—: Voy a avisar a Olimpia.

Olimpia

A ella se le da bien, demasiado bien, reconocer una causa perdida.

«Hay que aprender a reconocer cuándo una causa está perdida y renunciar a ella —les explicó con desapego en una de sus lecciones—. Sencillamente, en ocasiones el "huevo" se rompe o desaparece para siempre. Hay que asumirlo y continuar».

Se rasca la base del cuello y juguetea con el colgante en forma de estrella. Mantener la inocencia de su padre cada vez se asemeja más a una causa perdida.

«Amantes. Mi madre y el puñetero Robert Kerr eran amantes».

Carlotta ha roto en mil pedazos la idílica imagen que tenía de su madre igual que un vaso de cristal se hace trizas al estallar contra el suelo. «Una imagen que, por otra parte, ella misma creó».

Remueve el café con la cucharilla para deshacer los tres sobrecitos de azúcar que le ha añadido. Debería ir a la Oficina, no ha contactado con Jacob en las últimas horas; sin embargo, necesita que las palabras de su tía se asienten en su interior.

«¿Qué más ignoro de mi madre? ¿Se había mudado a Rochester no por el embarazo sino para alejarse de mi padre?, ¿para encontrarse con su amante sin ningún testigo?».

Rochester trae a su mente las caballerizas, la paja húmeda de sangre.

«¿Su coche naranja es el de mi pesadilla? ¿Las manos que durante tantos años me han consolado y querido hubiesen sido capaces de estrangularla?».

Una vez que la semilla de la duda germina, es imparable. Su padre. Su madre. Robert. Cada vez le resulta más difícil creer que su padre no lo reconociese en la foto que le mostró cuando quedaron en el hospital. «¡El hospital!». Lo había olvidado.

«¿Qué hacía allí? —Recuerda el matiz de reserva en su voz al saberse descubierto—: Dijo que había ido a ver al tío George». E inevitablemente piensa en el certificado de muerte natural que firmó este.

«¿George avisó a mi padre de que Robert había ingresado? ¿Acaso ellos…? —Se sopla el flequillo—. ¿Cuánto tardará la autopsia?».

Tarde lo que tarde, le parece demasiado. Coge el teléfono para llamar a Jacob y pedirle que investigue qué hacía su padre en el hospital. Que busque en las cámaras de seguridad, en su historia clínica. Donde sea. Olvida una de sus máximas: «Con frecuencia, la verdad es una mierda que no va a ayudarte».

No le da tiempo a hacerlo porque su teléfono comienza a sonar. Ve en la pantalla que es Erika y se apresura a contestar.

El equipo Wimberly

Blake aparca el coche en la acera de enfrente del domicilio del tal Nicholas. En el asiento trasero, Jacob sostiene un ordenador portátil sobre las rodillas. Durante todo el camino no ha parado de protestar. Ni siquiera ha podido aprovechar el tiempo del desplazamiento para buscar información porque se marea si mira la pantalla.

«La vida real está llena de inconvenientes».

—Es culpa tuya —le recuerda Blake.

Él fue quien hace unos días estampó la furgoneta contra la valla del «nido» para rescatar a Olimpia. Ahora está en el taller con todos los sistemas y pantallas que él instaló tan minuciosamente. Se siente como un director de orquesta sin instrumentos.

—Vale, vale.

Se fijan en la Ford Ranger Stormtrak roja aparcada delante de la casa. Es un modelo antiguo y su dueño no invierte demasiado en su mantenimiento, y mucho menos en su limpieza. Hay varias capas superpuestas de barro seco y salpicaduras.

«Debajo pueden aparecer hasta huellas de dinosaurios», piensa Olimpia con sorna.

Se ha cambiado el vestido de lino de Carolina Herrera y los *stilettos* de Aquazzura en su despacho de la Oficina. Cuando está en medio de la resolución de una «crisis», no acostumbra a ponerse lo que denomina «ropa de galerista», pero esta mañana, con Liam en su piso, le ha parecido más conveniente.

Ahora viste vaqueros, camisa, un sencillo blazer y unos cómodos botines de piel, todo de color negro. Lleva la melena suelta.

«A ver con qué nos encontramos».

Suele comparar las investigaciones con las carreteras: pueden pasar horas, días, incluso semanas, conduciendo por una interminable recta hasta que de pronto llega una curva, el giro necesario. Ha machacado al equipo una y mil veces con la necesidad de desechar los presentimientos y, a pesar de que en el escaso tiempo del que ha dispuesto Jacob no ha descubierto ningún nexo entre Morfeo, Nicholas o su familia, siente que está ante su curva.

«Hay que cogerla con cuidado o se acabó».

—¿Lo llevas todo? —le pregunta a Jacob.

Él da unas palmaditas en el portadocumentos.

Dado que el tal Nick es demasiado joven para haber perpetrado el secuestro, ha considerado otra posibilidad: «¿Lo contrató el secuestrador para que se deshiciera de Robert y él se apiadó en el momento decisivo y lo dejó vivir?».

Se acuerda de Dietrich von Choltitz, el gobernador militar de París durante los últimos días de dominio nazi en el verano de 1944. El general que recibió el mandato expreso de Hitler de no ceder la ciudad y «de reducirla a un montón de escombros», y que colocó minas y explosivos en los puentes sobre el Sena y en los principales palacios y monumentos. Los artificieros esperaron la orden de encender las mechas, pero esta no llegó y Von Choltitz rindió la ciudad el 25 de agosto. Mientras Hitler le preguntaba por teléfono: «¿Arde París?», las campanas de

Notre-Dame sonaron por primera vez después de 1.531 días de ocupación.

En cualquier caso, sea cual sea la participación de Nicholas, intuye que se trata de una curva cerrada y, antes de nada, Olimpia necesita adecuar la velocidad, incluso pisar un poco el freno. Una vez dentro, debe pegarse a la parte derecha de la calzada, no realizar movimientos bruscos con el volante y, por último, enderezar la dirección al terminar de girar.

—De acuerdo, vamos.

Olimpia camina en cabeza, con el sol a su espalda. Su sombra se alarga ante ella en la acera y otras tres se dibujan igual de oscuras, pero más cortas. Aunque es tremendamente independiente, está orgullosa del equipo que ha formado, de haber encontrado a otras personas que reman en su misma dirección.

«Maniobrar con un ejército es ventajoso. Maniobrar con una multitud indisciplinada es peligroso», aconseja *El arte de la guerra*. Y unos cuantos siglos después, en 1509 Maquiavelo decidió crear en la República de Florencia un ejército propio y no depender de los mercenarios, siempre dispuestos a cambiar de bando por dinero.

Sonríe.

«Mi propio ejército de leones».

Se acercan al vehículo. A esa distancia identifica varias pegatinas en diverso estado de deterioro: la que pedía el voto para Trump con la leyenda MAKING AMERICA GREAT AGAIN, un par de ellas burlándose del cambio climático, otra con la bandera silueteada en forma de pistola o la de HILLARY FOR PRISON de 2016.

Suspira. Va a ser una curva cerrada, muy cerrada. «Bueno, al menos no se puede negar que se mantiene fiel a sus ideales».

El suelo de la parte posterior descubierta de la furgoneta está sucio de barro, hierbas, piedrecitas, envoltorios y cartuchos vacíos. Se amontonan también varias garrafas de gasolina, latas de aceite, palos y algunas mantas.

—¿Apostamos? —pregunta Olimpia con una sonrisa señalando las manchas granates y resecas de las mantas.

Antes de que pueda decir nada más, oye:

—¿Qué hostias pasa aquí?

Desde la ventana, Nick ha visto a la pelirroja alta y flacucha, al guaperas, a la chica y al cachas acercarse a su coche.

«¿Qué cojones?».

Ya casi se había olvidado del incidente con el viejo, pero su presencia no puede deberse a ningún otro motivo. «Aunque no parecen polis». Espera todo lo que su paciencia le permite —unos veinte segundos— antes de abrir la puerta y salir a increparlos.

—¿Qué hostias pasa aquí? —Se dirige hacia ellos hecho una furia.

Ha salido con tanto ímpetu que hasta ese momento no repara en que lleva puestas las zapatillas de estar por casa, unas destalonadas de felpa con cuadros que le regaló su madre hace tres o cuatro Navidades. Le incomoda el detalle.

—Soy Olimpia Wimberly —se presenta la pelirroja y le tiende la mano.

Nick se queda mirando los apósitos en el dorso, tan perplejo como si le tendiese una trucha. Mete las suyas en los bolsillos de sus desgastados vaqueros para dejar clara su postura. Se relaja al confirmar que, al no mostrar ninguna identificación, no son policías, aunque se siente descolocado.

«¿Qué son?, ¿abogados? Tampoco tienen pinta de eso, y el que menos de todos, el armario ropero».

—Estamos aquí para ayudarle —continúa la pelirroja.

—¿Ayudarme? ¿En qué vas a ayudarme tú, ricura? —se burla.

—Mi equipo y yo vamos a ayudarle a salir del embrollo en el que se ha metido.

La mira de arriba abajo, no cree que pese más de sesenta kilos y parece fina, muy fina. Con la melena suelta y esa altura se asemeja a una de esas modelos que desfilan en las pasarelas, pero para gustos los colores, y a él nunca le han ido las pelirrojas.

Que una tía, y más una tía así, pueda ayudarle en algo le da mucha risa.

«Ya verás cuando se lo cuente a los demás», se dice, y se imagina por la noche acodado en la barra del bar.

—¿Equipo?, ¿qué sois, el puto Equipo A? —Se carcajea, después se pone muy serio—. Sea lo que sea lo que vendáis, la respuesta es no. Y ahora piraos si no queréis que llame al otro equipo, al equipo de la poli.

Levanta las cejas. Se siente bien, incluso ingenioso. Solo le dura unos segundos, lo que tarda la pelirroja en replicarle:

—De acuerdo. Entiendo que prefiera tratar directamente con el FBI. No tardarán más de tres o cuatro horas en llegar.

«¿El FBI? ¿Por un puto viejo?».

Robert

Nueva York, enero de 1986

Como todo buen creyente, Robert es devoto y practicante.
Su Biblia, al igual que la de la mayoría de los agentes y edito-
res de la nueva Babilonia en que se ha convertido la poderosa
Nueva York, se llama The New York Times Best Seller List, *la*
lista de los libros más vendidos en Estados Unidos. Esta se publica
semanalmente a nivel nacional desde 1942 con los informes de
ventas de los libreros líderes (con el tiempo evolucionará y se am-
pliará adaptándose a las novedades y así, cuando en el lejano julio
del año 2000, un libro infantil se mantenga en los primeros puestos
durante semanas y semanas crearán la lista de best seller infanti-
les; el libro en cuestión se titulará Harry Potter y el cáliz de fuego*).*
Los domingos, al igual que los católicos, Robert y el resto de
los acólitos acuden ansiosos a su Biblia en busca de nuevos ver-
sículos de los que extraer sabiduría y enseñanzas. Y esta no es la
única similitud existente con el Nuevo Testamento: por ejemplo,
los protagonistas —Jesús y sus doce apóstoles— son hombres y las
mujeres apenas son meras figurantes, al igual que en la lista de
The New York Times.

Solo Danielle Steel y alguna otra escritora de novelas románticas aparecen de vez en cuando.

A pesar de eso, tras meditarlo detenidamente, Robert optó por presentar el manuscrito de Pía con un seudónimo femenino. Quería resultar lo más ambiguo posible y así tener margen de maniobra.

La respuesta no se hace esperar. El secretario personal del todopoderoso Andrew Levin lo convoca en las oficinas de The Levin Agency un par de semanas más tarde. Levin es el padre de la santísima trinidad del mundo editorial, el agente literario más poderoso del mundo, capaz de levantar y destruir carreras literarias a su antojo. Se citan un par de casos en que, convencido del talento de los escritores, les pagó un sueldo durante el tiempo que necesitaron para concluir sus obras.

El mismísimo Andrew lo recibe en su despacho, unas puertas que Robert nunca antes ha franqueado. Como las trompetas de Jericó, la novela de Pía ha derribado los muros.

—Bien jugado, Robert, bien jugado —lo saluda.

Se levanta de la silla de su escritorio y camina hacia él plenamente consciente del efecto que causa la espléndida vista de Nueva York desde los cristales a su espalda. Las oficinas ocupan la vigésimo novena planta del rascacielos y la sensación de doblegar a la ciudad, de tenerla a los pies, resulta embriagadora.

El amplio despacho —«Mi piso entero cabría aquí tres veces», piensa Robert— tiene un mobiliario minimalista. En las paredes, dos cuadros que hasta el más ignorante identificaría como un Mondrian y un Lichtenstein, para subrayar su vanguardismo, para que quede claro que ahí no se dedican a fabricar zapatos sino arte, Cultura con mayúscula.

—La verdad es que conseguiste desconcertarnos —continúa, dirigiéndose a los hombres que ocupan dos de los cinco sillones chief de cuero negro alrededor de la mesa de acero y cristal que hay en la zona de la izquierda.

Son su jefe de prensa y Julen Cage, la mano derecha de Andrew. Robert los conoce de sus tiempos con Truman Capote y, por supuesto, de las noches en Studio 54. Con Julen ha compartido reservado, botellas de champán, coca e incluso en alguna ocasión... «¿Cómo se llamaba aquella preciosidad rubia?».

—*Lo que nos mandaste hace unos meses, ¿cómo se titulaba?*

Julen busca el dato en los papeles que hay sobre la mesa.

—*Bastardos —se adelanta Robert.*

Siente un nudo de ansiedad en las tripas, pero mantiene firme la sonrisa. The Levin Agency fue de los pocos que no contestaron a la recepción del manuscrito, de los que no enviaron una carta cortés y llena de tópicos sobre líneas editoriales y las tendencias del mercado para rechazarlo.

Con Cuando éramos reyes volvió a recorrer uno a uno los mismos despachos, las mismas editoriales, a estrechar las mismas manos —mucho menos entusiastas esta vez; las sonrisas más secas, reticentes—. En el caso de The Levin Agency, únicamente la fraternal camaradería que se gesta entre dos hombres que han compartido andanzas consiguió que Julen Cage aceptase echar un vistazo a esta novela.

—*Reconozco que fui el primero que piqué y, si no hubiera sido por la insistencia de Julen, no le hubiese dado una oportunidad. Fue arriesgado mandarnos primero el manuscrito mediocre y, cuando ya no esperábamos nada de ti y habíamos bajado la guardia, nos lanzas un derechazo en toda la mandíbula...*

Se acerca a él, cierra el puño y levanta el brazo amagando un golpe en dirección a Robert, como si fuera un púgil.

—*... y nos noqueas con esta maravilla sensible, perspicaz, muy fresca, con ese punto de vista femenino tan original. Fabulosa.*

Hace un gesto invitándolo a ocupar uno de los sillones y él se sienta en otro.

—*Te minusvaloramos. Hasta nos merecíamos que te burla-*

ses de nosotros presentándola con un nombre de mujer. ¡Una mujer!

Los demás se ríen con él.

—Como estamos en confianza, cuéntaselo, Frank, cuéntale la apuesta que tienes con los editores.

Robert conoce el tono que utiliza el agente, la familiaridad que despliega, el «tú eres uno de los nuestros», el sutil peloteo. Eso, incluso más que la celeridad de la respuesta, le lleva a pensar que la novela les ha entusiasmado. No sabe cómo sentirse. ¿Halagado?, ¿decepcionado?, ¿molesto?

«¿Y mi novela, pedazo de hijo de puta?, ¿qué pasa con Bastardos?».

La gran historia que latía en su interior y en la que había invertido los últimos cuatro años de su vida, alejado del alcohol, de las drogas, de cualquier distracción. Se había vaciado en esas páginas en cuerpo y alma, había cincelado cada palabra, cada frase. En vano.

—Igual Robert ya conoce esta apuesta de sus tiempos de redactor. Sé que yo no soy el único que lo hace, a mí me dio la idea un tipo de Harper Collins. —Frank echa el cuerpo hacia delante—. Verás, elegimos al azar diez manuscritos de los que hayamos recibido y solo con leer las cinco primeras páginas acierto si está escrito por un hombre o por una mujer.

—Joder, es buenísimo. No falla una —se carcajea—. Dile, dile cómo las reconoces.

—Fácil. En cuanto aparecen personajes complejos, percibo cierta profundidad psicológica, carga moral o sarcástica y, sobre todo, sentido del humor, ¡ay, el sentido del humor!, algo de lo que ellas carecen, está claro que la ha escrito un hombre.

—¡Y no te olvides del beso!

—Cierto. —Se da un golpe en la frente—. Salvo Susan Sontag y tres o cuatro más, la prueba definitiva consiste en que en las cinco primeras páginas la heroína no caiga perdidamente enamorada o le hayan dado un beso en el que haya oído campanas en su cabeza.

Después de unos minutos más de charla distendida en la que comparten anécdotas sobre escritoras —más sobre sus encantos que sobre su capacidad—, el agente centra de nuevo la conversación.

—En fin, vamos a hablar de Cuando éramos reyes, Robert. De la estrategia que hemos pensado para tu novela. Antes de empezar, ¿queréis tomar algo?

Pulsa un botón y por la puerta aparece su secretaria.

—¿Sí, señor?

Olimpia

Nick resulta ser un tipo de pelo oscuro alborotado en clara retirada y barba de tres días. Lleva vaqueros, una camiseta de manga corta desgastada y... «¿zapatillas de estar por casa?».

Ese detalle casi le provoca ternura. Casi.

Ve cómo la mira, el desdén. El rostro de Olimpia continúa impasible, pero por dentro sonríe con sorna. Le calcula un metro setenta y cinco de estatura —algo menos que ella— y unos ochenta y cinco kilos. En cuanto lo ha visto, ha valorado en menos de quince segundos dónde tendría que golpearlo para reducirlo.

Aunque es más partidaria del jiu jitsu —el arte marcial procedente de los antiguos monjes budistas—, dada la diferencia de peso optaría por el muay thai o el arte de las ocho extremidades. El muay thai se considera un tipo de lucha extrema y es ilegal en algunos países —y en varios estados del suyo— porque utiliza técnicas con potencia letal y busca una derrota rápida.

Piensa que, por extraño que parezca, este tipo es la mejor posibilidad de que el secuestro no guarde ninguna relación con el asesinato de su madre y de que se cumpla la falacia *post hoc, ergo propter hoc* de que la fama de Robert Kerr como escritor causara su secuestro.

«Aunque mucha pinta de bibliófilo no tiene».

Hay que entrar en la curva y lo hace con firmeza. Sin darle tiempo a reaccionar, echa a andar hacia la casa con decisión. Pronto oye los pasos que la siguen.

«Bien. Ahora con cuidado, sin movimientos bruscos».

Cruza la puerta que el otro ha dejado abierta y se encuentra en un salón cutre.

Elige uno de los sillones. El tipo se queda de pie unos segundos antes de imitarla. Ha llegado el momento de terminar la curva. El más peliagudo.

—El hombre que dejó tirado en la gasolinera de la 301 murió ayer en el hospital. Los cargos de los que pueden acusarle van desde el delito de omisión de deber de socorro al homicidio imprudente e, incluso, si el FBI y la fiscalía se ponen un poco imaginativos, al homicidio en primer grado.

Nick se levanta.

—Siéntese —le ordena Olimpia con un tono de voz suave.

El hombre vuelve a tomar asiento.

En este tipo de situaciones, Olimpia ha comprobado que existe una pauta establecida.

«Estad atentos —le explicó al equipo—. Cuando se les enfrenta a la evidencia, se dan dos reacciones: miedo e indignación. Y, al contrario de lo que parece, son los inocentes, una vez que superan el asombro inicial, los que muestran miedo. La inmensa mayoría de los culpables reaccionan indignándose».

Lo que toca es que se indigne y Nick así lo hace. Ensancha los ojos y extiende los brazos con las palmas de las manos hacia arriba.

—¿De qué cojones estás hablando?

—No insulte nuestra inteligencia.

Hace un gesto y Jacob le tiende las fotografías de la Ford Ranger Stormtrak —su Ford Ranger, en concreto— que han tomado de la cámara de uno de los restaurantes de la Interestatal. Le señala con el dedo el día y la hora.

—Nosotros no somos el FBI ni tampoco estamos aquí para juzgarle —le dice Olimpia.

Nick les clava una mirada que él cree fría y penetrante.

—Está bien, lo reconozco: fui a la gasolinera, pero el tipo estaba ya ahí, me lo encontré tirado en la puerta del váter.

Olimpia suspira sonoramente. Decide jugársela y se tira un farol.

—¿En serio? ¿Qué cree que ocurrirá si el FBI hace un exhaustivo registro de su camioneta?, ¿un registro que incluya una recogida de huellas dactilares y ADN de la parte trasera?

«Ha llegado el momento de enderezar la trayectoria», piensa Olimpia.

Advierte el gesto casi imperceptible que le dirige Blake y ella se rasca el lóbulo para responderle que no es necesario. En ocasiones, precisa que Blake haga «su magia». Pero ahora le basta con callarse.

El Método Wimberly exige grandes dosis de silencio: «Si no hablas demasiado, la gente se pone nerviosa en los silencios y tiende a completar la información que falta».

Es un mecanismo cerebral: el efecto Zeigarnik, que descubrió una investigadora soviética al observar que los camareros recordaban mejor los pedidos de las mesas que aún no habían servido, y que corroboró con varios experimentos. El efecto Zeigarnik apela a la necesidad de finalización del ser humano: «Nuestro cerebro no soporta que dejemos las cosas a medias», explicó Olimpia al equipo.

Un par de minutos, eso lo que aguanta Nick antes de apartar la vista.

—No hice nada ilegal.

—De acuerdo, cuéntenos lo que sucedió.

El otro regresa al mutismo, pero Olimpia no se impacienta. «Enseguida se le va a soltar la lengua».

Tras otro par de minutos, Nick le da la espalda aposta y se

dirige a Blake. No sabe que su cuerpo también habla y lo hace en un idioma que Olimpia domina.

«Hay cosas que las tías no entienden», traduce ella de su lenguaje no verbal.

Olimpia levanta ligeramente la ceja izquierda mientras en su mente comienza el combate que ya ha imaginado antes. Usaría el codo como arma para sorprenderlo, lo lanzaría descendente en diagonal y, a continuación, lo movería horizontal de reserva y de lado para romperle la ceja y que la sangre bloquease su visión. Antes de que pudiese reaccionar, lo agarraría de la nuca y realizaría algunas proyecciones. Imagina su rodilla impactando en esa cara de memo. O unas *middle kick*, unas patadas circulares que van de la cadera hasta el pecho. Y concluiría con una patada con giro que lo tumbaría en el suelo.

Solo se permite visualizar su victoria unos segundos. Debe estar atenta a lo que va a decir Nick.

Les relata cómo se encontraba con una amiga en una cabaña en el bosque cuando descubrieron a alguien espiándolos por la ventana. Olimpia anticipa lo que va a oír y siente un escalofrío.

—Estaba oscuro, no se veía bien y creí que era el puto Steve, un tipo al que le mola mirar, así que… —deja la frase a medias.

Olimpia conoce bien esa pausa. Siempre ocurre unos segundos antes de una confesión. Ahora es ella la que hace un gesto casi imperceptible a Blake, no va a permitir que los saque de la curva.

«Dar tironcitos», llama Olimpia a esta parte.

—Los mirones son unos bastardos —dice Blake asumiendo su papel y dando el primer «tironcito»—, merecen que les machaquen la cabeza.

—¿A que sí? —se anima ante la muestra de solidaridad masculina—. Steve me tiene hasta los huevos, ya me ha jodido un par de planes, así que salí y le di lo que llevaba tiempo pidiendo.

—Pero no era Steve, ¿verdad?

Asiente. Suelta, furioso, el aire por la nariz.

—Joder, no podía saberlo. Fuera estaba muy oscuro —repite.

—¿Y qué hiciste?

—El tipo era un puto viejo. Apestaba. No podía dejarlo ahí tirado, claro, la hubiese palmado y tampoco era cuestión.

«Si te preocupaba, ¿por qué no lo llevaste a un hospital?», sería la pregunta pertinente, pero no la formula. Olimpia ha tratado antes con muchos hombres como Nick y seguir el curso de su pensamiento le resulta tan sencillo como poner un pie delante del otro.

Blake le da otro «tironcito» con un poco de «bálsamo».

—Joder, te portaste de puta madre sacándolo de ahí.

—¿A que sí? —se reafirma. Hasta sus hombros están menos caídos: está perdiendo el miedo.

—Tío, necesito que nos lleves a la cabaña.

—¿A la cabaña?

—Tenemos que encontrar el sitio del que vino. Es lo único que te puede salvar.

Nick baja la cabeza concediéndole el punto.

Olimpia, Erika y Blake

«Esto ya tiene más sentido, mucho más sentido», piensa Erika recordando las palabras de la médica residente del hospital.

Desde el pequeño claro en el que han aparcado los coches, el sendero de tierra endurecida se torna más estrecho. Andan con cuidado, con mucho cuidado, porque el día ya declina, cada vez hay menos luz y deben poner atención en dónde pisan.

Olimpia, en cambio, no deja de asombrarse del paralelismo con *Misery*. En la novela de Stephen King, cuando tras el accidente el escritor se despierta en la casa de la enfermera Annie Wilkes con las piernas rotas y a merced de «sus cuidados», la granja también está en un bosque. Al pensarlo se da cuenta de que hay otra posibilidad en la que no ha reparado.

«¿Y si Robert tuvo un accidente en una zona apartada y alguien "se lo quedó"?».

Mueve la cabeza de un lado a otro.

«Demasiado rebuscado en la vida real, aunque…».

Algunas de las «crisis» que ha resuelto en estos años han sido más asombrosas que el guion más extravagante de Hollywood. De hecho, en una de ellas el cliente fue un directivo de Marvel Studios, el estudio cinematográfico propiedad de The

Walt Disney Company, y posteriormente la utilizó como argumento de una de las películas de su saga más exitosa. Por supuesto, el estricto contrato de confidencialidad que ella misma redacta y que firman ambas partes le impide mencionarlo ni revelar el título.

A cambio, Olimpia le facturó a través de su galería de arte ochocientos cincuenta mil dólares por *Rosa diurna*, el cuadro de la artista brasileña Beatriz Milhazes que combina el collage de potentes colores y formas florales y que ella adquirió por cien mil.

En lo referente al montante de sus servicios, Olimpia se muestra muy equitativa: siempre cobra más al que más tiene. Incluso hubo una ocasión en que ni siquiera cubrió los costes —por supuesto, es algo que el equipo nunca supo, ya que recibió la comisión habitual—. Quizá porque siempre ha dispuesto de más dinero del que necesitaba, nunca se ha preocupado por él. Poseer algo significa darse el lujo de no utilizarlo.

Apenas unos minutos más tarde alcanzan la pequeña cabaña abandonada, una choza achatada y tosca de troncos de madera alrededor de la cual brota una maraña de zarzas y espinos.

—Aquí es —les indica Nick.

Miran alrededor decepcionados. La expresión «en el culo del mundo» cobra todo su sentido. Nadie hubiera podido poner a dormir a Morfeo en esa cabaña varias décadas contra su voluntad. Blake evalúa el hallazgo con mirada profesional, se acerca a la puerta, rodea el exterior e inspecciona las cuatro paredes de la cabaña. Se agacha bajo la única ventana, saca fotos con el móvil y usa la linterna para escrutar entre las hierbas escachadas, donde advierte salpicaduras de algo que parece sangre, aunque con esa luz no podría asegurarlo.

Suelta una maldición: esperaba encontrar alguna pertenencia de Morfeo, alguna pista.

Los demás lo observan en silencio mientras lo ven alejarse en dirección al oeste. Finalmente regresa.

—¿Tú forzaste la puerta? —le pregunta a Nick.

—Sí. Me costó un huevo, y menos mal que llevaba los guantes de la serrería.

—¿Y aquí es donde...? —Señala la zona en que las malas hierbas están aplastadas.

Nick asiente.

—¿Vinisteis directamente por el sendero por el que nos has traído?

—Sí, sí.

Vuelve a alejarse meditabundo. Olimpia lo sigue.

—¿Es sincero? —le pregunta.

—Lo parece. Desde luego, el escenario concuerda con la historia que ha contado. Además, alguien vino por aquí desde el oeste y, si no fue el amigo Nick, hay que asumir que se trataba de Morfeo.

—¿Crees que se escapó?

—Se escapó o lo liberaron, poco importa, pero debemos desandar su camino. —Levanta la vista al cielo—. Tendrá que ser mañana porque apenas queda media hora de luz y será difícil rastrearlo en un bosque tan cerrado.

A regañadientes, Nick escenifica lo ocurrido. Se siente un payaso de circo mientras los demás lo observan.

—Despacio, más despacio —le advierte Olimpia en cuanto llega a la parte en que distingue a Morfeo en la ventana.

Estaba tan furioso que no recuerda muy bien cuántos puñetazos o patadas le propinó, y tampoco parece que sea eso lo que les importa. Por supuesto, miente y no confiesa que fue la chica con sus lloriqueos la que lo obligó a sacarlo de ahí.

—Teníamos que llevarlo hasta el coche, así que yo lo agarré

por debajo de los sobacos y ella lo cogió por los tobillos. Pesaba menos de lo que parecía pero, aun así, era muy jodido por lo estrecho del camino y la peste que echaba.

—En todo ese tiempo, ¿el hombre habló, dijo algo, lo que fuese? —le pregunta Olimpia—. Piénsalo bien.

—Nada, no abrió la boca. Solo gemía de vez en cuando.

—Está bien. Continuemos.

Desandan despacio cada uno de los metros que recorrieron esa noche cargando con Morfeo. De pronto Nick se detiene.

—Me acabo de acordar de algo. —Se le ilumina el rostro como quien acaba de acertar la respuesta en un concurso.

—Dinos.

—Tuvimos que pararnos aquí porque mi amiga se dio cuenta de que el viejo llevaba algo en la mano y se empeñó en recogerlo.

—¿Algo?, ¿qué algo? —pregunta Olimpia sin dejar traslucir su impaciencia.

—Unos papeles, creo.

«¡Unos papeles!».

Pueden ser la clave. Si los llevaba encima, debía considerarlos importantes. «¿Serían algo que le robó al secuestrador y que lo delataba?». Imagina una factura, una multa, una carta del banco… En cualquier caso, un documento en el que figure un nombre y una dirección postal.

—¿Dónde están?

—Ni idea. En el coche no los he visto, así que supongo que los tendrá ella.

Nada más decirlo, se arrepiente.

«Me cago en todo, ahora querrán conocerla».

Aaron

Nueva York, enero de 1986

A Aaron le despierta el sonido de la cisterna. Aguarda, pero Pía no regresa al lecho. Aunque afuera nieva —«Nueva York en enero»—, en el dormitorio la temperatura es agradable.

Descalzo, se encamina hasta el cuarto de baño. Encuentra a su esposa arrodillada ante la taza del váter, a la que se aferra con ambas manos, mientras la sacude el espasmo de otra arcada. Le coloca la mano en la frente para ayudarla, como hacía su madre con él cuando era niño.

—¿Qué ocurre?, ¿te sentó mal la cena? —le pregunta preocupado cuando finalmente ella se incorpora.

Pía se enjuaga la boca en el lavabo y se moja el rostro antes de girarse hacia él. Quedan frente a frente.

—¿Estás bien? —insiste muy serio.

Ella asiente con la cabeza.

—No es eso —responde con su preciosa voz. Una sonrisa se perfila en sus labios.

En la mente de Aaron las piezas tardan unos segundos en encajar y, cuando lo hacen, su rostro se ilumina de júbilo.

—¿Por qué?, ¿por qué no me lo habías dicho?

—Bueno, quería estar segura. Ayer fui al ginecólogo a recoger los resultados.

A punto de estallar de felicidad, Aaron se arrodilla, le sube el camisón y le besa el vientre todavía liso.

«Un hijo».

Él adora a los niños, siempre ha querido una gran familia. Ni siquiera le importó cuando, a las dos semanas de fijar la boda, descubrieron que los vómitos y el cansancio de Pía no se debían a ningún virus intestinal.

Se abraza a ese vientre en el que se está formando su hijo. Pía le acaricia el cabello, enreda sus dedos en él.

«¡Un hijo!, ¡un hijo!».

La chica de la conservera

La chica llega andando al aparcamiento del restaurante donde Nick la ha citado al telefonearla. Olimpia ha preferido que no le advierta de su presencia ni de lo que ocurre.

Como cabía esperar, es joven y mona. Posee esa clase de belleza que se ajará con los años, unas caderas que se ensancharán con los partos, una bonita sonrisa que la realidad y las inevitables decepciones que conlleva marchitarán, pero que ahora, al ver a Nick, se extiende al resto del rostro iluminándolo.

Mira a un lado y a otro para asegurarse de que nadie los observa antes de acercarse a Nick, que la espera apoyado en su Ford.

—¡Qué guay que me hayas llamado!

Cuando ha visto su número se le ha escapado un gritito de emoción. Había estado bastante preocupada. Sus amigas le decían que se olvidara, que Nick pasaría de ella, que los tipos como él buscan un poco de diversión y cero complicaciones. Pero sabía que no. Que la noche, a pesar de todo lo que pasó, fue especial. Muy especial.

«Jo, es que es imposible que si yo no puedo dejar de pensar en él, él no lo haga un poquito, aunque solo sea un poquito, en mí».

Ya no le parece tan «guay» cuando Olimpia y los demás salen del coche y los rodean. Y aún le parece menos «guay» cuando le explican el motivo.

—¿Ha muerto? —pregunta con los ojos muy abiertos.

Hace un puchero, como si estuviesen hablando de una mascota.

—Jo, así que al final no sirvió de nada que lo llevases al hospital —le dice a Nick.

Él se sobresalta, pero Olimpia prefiere no desmentirle.

«Qué importa. Ya te darás cuenta tú solita de que es un cabrón. O no». En cualquier caso, no es problema suyo; ella no trabaja para ningún club de corazones rotos.

—Nick nos ha contado que el hombre llevaba unos papeles —intenta centrar la conversación en lo que le interesa.

—¡Ay, sí! —Mueve los brazos y una vaharada de perfume les llena las fosas nasales.

El pastoso olor a rosas y almizcle envuelve a la chica desde que ha llegado. Olimpia piensa en dibujos animados de mofetas desprendiendo tóxicas nubes verdes.

—Cuéntanos lo que recuerdes —le pide respirando por la boca.

—Jo, pues no hay mucho que decir. Llevaba algo en la mano derecha; no, en la izquierda, ¿o era en la derecha…? —Se mordisquea el labio carnoso—. Sí, en la izquierda. Al agacharme vi que eran cuatro o cinco folios bastante sucios y con los bordes llenos de tierra, así que los cogí, pero el hombre no tenía ningún bolsillo ni nada donde meterlos, así que me los guardé yo en los vaqueros y luego, cuando Nick se fue, me di cuenta de que me había olvidado de dárselos.

—¿Dónde están ahora?

—A la mañana siguiente los rompí y los tiré a la basura.

—¿Los tiraste a la basura? —se exaspera.

—Jo, es que daban mucho puaj. Y encima no se entendía nada.

Esto sí que desconcierta a Olimpia.

—¿Estaban manuscritos?

Al ver su cara de extrañeza, reformula la pregunta:

—Escritos a mano.

—Ah, sí, sí. Con una letra horrible, como si le temblara mucho el pulso.

—¿Los leíste?

Olimpia siente el tibio calorcillo que siempre desprende la esperanza.

—Un poco. —Se sonroja—. Jo, ¿es que no tendría que haberlo hecho?, ¿es algún rollo de esos de la privacidad?

—No, no —la tranquiliza—. Hiciste bien.

A pesar de que Olimpia es ligeramente contactofóbica, y del penetrante tufo del perfume, acerca la mano a su brazo y lo aprieta en lo que espera que la otra interprete como interés y amabilidad.

Es otra de las lecciones Wimberly: «Aunque la vista y el oído suelen considerarse los sentidos dominantes, las investigaciones defienden que esa predominancia le corresponde al tacto. De hecho, es el más desarrollado al nacer y los primates pasan el veinte por ciento de su tiempo tocándose. De ahí la importancia del contacto físico dentro del lenguaje no verbal a la hora de transmitir confianza».

—Trata de concentrarte y cuéntanos lo que recuerdas.

—Jo, pues no sé.

Hace una ligera presión en el brazo.

—Inténtalo, por favor. Estoy segura de que lo harás muy bien.

La chica vuelve a mordisquearse el labio. Cierra los ojos y aprieta fuerte los párpados.

—Algo así como un pecado, un juicio, y hablaba todo el rato de los pajaritos, de que se sentía mal, culpable, de que nunca quiso hacerles daño.

—¿Pajaritos?

—Jo, es raro, ¿verdad? Repetía todo el rato «pío, pío».

Olimpia se crispa. Nota la boca seca y áspera. La desazón le acelera las pulsaciones.

«"Pía", decía "Pía". El manuscrito hablaba de mi madre».

Robert y Pía

La cabaña, febrero de 1986

Los troncos chisporrotean en la enorme chimenea de la cabaña. Irradian olas de calor y de luz que los cubren con la misma tibieza que la manta. Están desnudos, tumbados sobre la mullida alfombra que han colocado delante del fuego y que los protege del frío de febrero que escupen los tablones de madera, los gruesos muros de piedra.

Es agradable estar aislados del exterior, de la nieve, de las furiosas rachas de viento que aúllan entre las ramas de los árboles del bosque; con las contraventanas cerradas y los cristales empañados por el vaho que produce la diferencia de temperatura.

La rojiza claridad de las llamas deja el resto del salón en penumbra y crea un ambiente íntimo. Pía rellena las dos copas de fino cristal tallado. Es la segunda botella de champán que descorchan.

—La ocasión lo merece —ha dicho ella cuando han bajado a la bodega a buscarlas. Estaban cubiertas por el polvo de los años, pero exquisitamente heladas.

Al brindar, unas gotas salpican. Pía se moja los dedos y se los pone en la frente a Robert, sin parar de reír.

—Alegría, alegría.

Nada importa desde que esta mañana el mismísimo Andrew Levin lo ha telefoneado para comunicarle que ha llegado a un acuerdo para publicar la novela en tapa dura con la editorial Simon & Schuster y también en tapa blanda dentro del sello Pocket Books. Además, está gestionando la venta de derechos en diez países.

Su libro será la gran apuesta de la editorial y competirá con gigantes de la talla de Tom Clancy, Stephen King, John le Carré o Ken Follett. Una apuesta arriesgada teniendo en cuenta que su temática está muy alejada de las novelas de espionaje, de terror o históricas que copan durante semanas y meses los primeros puestos de la lista de los más vendidos.

—Por Cuando éramos reyes *—propone Robert.*

—Por nosotros, por los dos —lo secunda Pía.

Pía está ligeramente ebria, tan feliz que no repara en el gesto adusto que asoma tras la máscara de alegría de Robert ante sus palabras.

Se han sucedido las ofertas, las pujas, hasta firmar el sustancioso contrato con Simon & Schuster, con una locura de adelanto de un cuarto de millón de dólares, una campaña de promoción brutal y una tirada que ni en sus mejores sueños hubiese imaginado.

—Por ti, por la escritora. —Levanta la copa Robert.

—Por ti, sin ti no lo hubiera conseguido.

Él brinda, aunque no es cierto. «¿Lo sabe ella?». Cree que no, que es sincera.

Desde que Pía le enseñó su proyecto, esa novelita que había escrito en sus ratos libres «de rica aburrida y ociosa» a partir de sus diarios, desde que leyó las primeras páginas, reconoció su innegable potencial. La vieja discusión y las palabras de Truman

Capote regresaron con una fuerza inusitada: «Nada ni nadie puede arrebatarte lo que nunca has tenido: talento».

Ha reflexionado acerca del talento en estos meses. Sabe mucho, más de lo que querría. Ha descubierto que ni se enseña ni se aprende. Se tiene o no se tiene, así de simple, aunque es dúctil como la arcilla y se puede modelar y darle forma.

«Ese ha sido mi papel, el de un humilde alfarero a su servicio».

Mira el perfil de Pía a la luz de las llamas, la roja melena suelta sobre sus hombros desnudos, el contraste con su piel lechosa.

No puede negar el terrible mordisco de la envidia, el escozor en el ego que nada consigue aplacar. Idéntica a la rabia que sentía ante los éxitos de Truman y de los demás en aquellos lejanos tiempos.

—Sin ti, sin tus contactos no se publicaría. —Brinda de nuevo Pía.

Ahora sí que Robert advierte cierta hostilidad.

—Ya lo hemos hablado. Creía que era un tema zanjado —dice molesto.

Ella se limita a apurar la copa de champán y a llenársela de nuevo.

«¿Cuántas veces va a volver sobre lo mismo?».

La rabia se mezcla con el temor. Siempre estará en sus manos. Siempre pendiente de que un día Pía cambie de opinión, de que decida hacerlo público y «dejarme con el culo al aire». Sabe que ese pellizco de miedo en el estómago lo acompañará de ahora en adelante. Sin embargo, no le queda otra que aceptarlo. Eso o nada.

Pía lo mira con un destello de burla. Robert sabe que debe atajar sus recelos.

—¿Acaso crees que me hace gracia que mi nombre aparezca en un texto que no he escrito? —dice enojado.

Y le vuelve a repetir los argumentos. A explicarle que en el mundo editorial nadie toma en serio a una mujer a no ser que escriba novelas románticas o infantiles. Y esto solo porque esos géneros se consideran «femeninos».

—¿Tengo yo la culpa de que funcione así, de que no quieran publicar a mujeres? ¿De que los libros que más venden estén escritos por hombres?

Acaricia su brazo desnudo y su tono se vuelve más sosegado, conciliador.

—Una vez que Cuando éramos reyes *triunfe*, todo será más sencillo. Con las ventas en la mano, los presionaré y no podrán negarse a publicarte.

—¿Lo crees de verdad? —pregunta más calmada.

—Por supuesto.

Y lo cree. También que se servirá de esas ventas para obligarlos a tener en cuenta su *Bastardos*. Esos mismos editores cortos de miras se rendirán ante él y su talento.

—Todo va a salir bien, Pía. Te lo prometo.

La besa apasionadamente. Quiere terminar con esta conversación y, además, la perspectiva del éxito lo excita de una forma brutal.

24 DE MARZO DE 2018

SOBRE LA FIRMEZA

Lograr que el ejército sea capaz de combatir contra el adversario sin ser derrotado es una cuestión de emplear métodos ortodoxos o heterodoxos.

SUN TZU, *El arte de la guerra*
Capítulo 4 «Sobre la firmeza»

Olimpia

Se mueve y da vueltas bajo las sábanas, acalorada. Se destapa. Aprieta fuerte los párpados; sin embargo, el sueño es el invitado más esquivo que existe. No hay poder humano capaz de convocarlo.

«Estamos mal diseñados. Joder, si hasta una cafetera tiene un botón de encendido y apagado».

Enseguida siente frío en los brazos desnudos. Se cubre hasta los hombros.

«No es un problema de temperatura», reconoce.

Su mente está demasiado cargada de energía. No solo por lo ocurrido ayer, sino también por lo que anticipa que ocurrirá en... Mira el reloj... Aún faltan nueve horas para reunirse con Blake y Erika y comenzar la búsqueda del lugar donde mantuvieron cautivo a Morfeo o, «si tengo suerte», de su particular *Misery*.

Aunque lo que más desea en el mundo es dormir, que la pesadilla salga a su encuentro y tratar de encontrar alguna pista en ella, quizá sobre ese coche naranja que se aleja —«¿el de mi padre?»— y que cada vez está más segura de que es la pieza determinante del caso. Se acaba rindiendo a la evidencia.

«Me queda tanto por hacer…».

Recoge del suelo la camiseta y las braguitas y se dirige a la cocina. Mete una cápsula en la cafetera y, mientras aguarda, llena un vaso de zumo de naranja y se toma un par de analgésicos.

Regresa al escritorio, donde la espera la transcripción del juicio. Suspira agobiada al ver el tocho de páginas impresas que le quedan. Además, en la bandeja del email está el archivo que le ha enviado Jacob con la investigación que llevó a cabo el FBI.

Siente una pereza tremenda. Sería mucho más divertido continuar haciendo averiguaciones sobre los «quince minutos de fama» de Robert Kerr, investigar si él también tuvo una admiradora número uno capaz de cualquier cosa.

En lo relativo al secuestro, todo se ha precipitado y, con un poco de suerte, Blake encontrará dentro de unas horas el lugar —le paga un buen sueldo porque es el mejor en ello—. Y el interior tiene que ser un festín de huellas dactilares, ADN y pistas acerca del secuestrador.

Suspira de nuevo mientras pasa las páginas de la transcripción. El tiempo apremia.

«¿Y si solo me leo los alegatos finales? —se plantea, aunque odia los atajos—. Venga, Oli, solo un ratito y después intentas dormirte otra vez».

Se aleja unos pasos para conseguir una mejor perspectiva del tablón.

«Casi siempre, resolver una "crisis" consiste en desenterrar la historia que subyace y la manera más eficaz es que os entre por los ojos», le dijo al equipo en una de sus lecciones.

A menudo, ella misma olvida sus propios consejos. Este lo ha recordado a la una y media de la madrugada, con las manos doloridas, cuando se ha cansado de leer y releer sus confusas notas.

No sabe si al repartidor del servicio de mensajería al que ha llamado le han sorprendido más los pósits de colores, los rotuladores o las bolsas de chucherías, suficientes para un cumpleaños discretito de mil o dos mil niños. Le ha pedido al portero que le diese una propina generosa.

Observa la pizarra blanca, el batiburrillo de pósits, líneas y flechas de colores: el azul representa a Robert Kerr; el amarillo, a su padre; el rosa, a su madre. Ha reservado el verde para un invitado inesperado: el tío George.

Su postura y su expresión se endurecen. Frunce el ceño. Hay algo. No sabe el qué, pero la alarma —la misma que empezó a pitar en su cabeza cuando Robert Kerr la llamó «Olimpia» en el hospital— ha vuelto a encenderse.

«¿Algo que he leído?, ¿qué?, ¡¿qué?!».

Está demasiado cansada: tiene la mente embotada por el sueño. Se toma un analgésico con el último sorbo del café. Se mete tres gusanitos rojos de golpe en la boca. El azúcar potencia el efecto de las pastillas.

«De acuerdo. Robert Kerr. Robert Kerr».

Kerr estuvo en las caballerizas la noche del asesinato. El testimonio del tío George lo sitúa saliendo de la finca de Rochester a las seis y media de la mañana.

«¿Y qué más? Nada más».

No existe versión de Robert Kerr porque se negó a responder al interrogatorio, primero de la policía y posteriormente del FBI. Y tampoco testificó en el juicio.

Se sienta en el escritorio. Apoya los codos y se sujeta la cabeza con las manos.

«¿Por qué no quiso contar su versión aun sabiendo que se enfrentaba a la pena de muerte?». Y solo encuentra una explicación: «¿Protegía a alguien?, ¿a quién?».

Vuelve a la transcripción del juicio. Comienza a leer el testimonio de George.

Un pitido. Un pitido que aumenta de intensidad. Cada vez más acuciante.

Sobresaltada, abre los ojos. Levanta la cabeza del escritorio.

«¡Mierda, me he dormido!».

Nota algo pegajoso en la mejilla. Se trata de uno de los gusanitos de gominola.

«¡Qué asco! —piensa sujetándolo entre los dedos. De repente lo mira mejor y acaba metiéndoselo en la boca—. ¡Qué puñetas!».

Había programado el despertador del móvil a las ocho de la mañana. Debe darse prisa. Hace una fotografía de la pizarra para estudiarla a lo largo del día.

Mientras busca en el zapatero de su enorme vestidor unas botas adecuadas con las que internarse en el bosque, la asalta una idea con tanta fuerza que, al comprender qué ha provocado la alarma que pitaba en su cabeza, habla en voz alta:

—¿Qué hacía el tío George en Rochester?

Se le acelera el pulso. Tiene que leer con calma su declaración.

Se mete en el bolso esas páginas.

Aaron y el tío George

Nueva York, febrero de 1986

Durante estos meses, Aaron se ha enfrentado al cáncer como si fuera una plaga, de forma meticulosa y sin permitir que trastoque o condicione su vida más allá de lo imprescindible ni, por supuesto, que repercuta en la de su familia.

Se prometió a sí mismo que en su casa no se instalaría el miedo y lo ha logrado. Quizá por eso en lo más profundo de su ser considera al hijo que viene en camino una especie de recompensa.

El arrebato de júbilo que le provocó la noticia no lo ha abandonado desde entonces. Mira a su amigo George con valentía, como retándolo. Se siente poderoso, aunque el motivo de la visita sea la revisión trimestral.

—¿Y bien? —le pregunta deseando terminar cuanto antes con lo que ahora considera un mero trámite y contarle la buena nueva.

—Los marcadores tumorales HCG y AFP se mantienen bajos —le comunica.

Aaron se encoge de hombros: es lo que esperaba.

George ha usado un tono tranquilizador, el que acostumbra a utilizar con sus pacientes. No obstante, el rostro de Aaron muestra una alegría incomprensible incluso en estas circunstancias.

—¿Qué ocurre? Venga, suéltalo de una vez —le pide.

—Pía está embarazada. Vamos a ser padres de nuevo.

La mirada nerviosa de su amigo no es ni de lejos la respuesta que anticipaba Aaron.

—¿No me das la enhorabuena?

George permanece en silencio. De joven le gustaba leer a los clásicos y todavía recuerda la frase de la Antígona de Sófocles: «Nadie ama al mensajero que trae malas noticias», la misma que aparece en alguna de las tragedias de Shakespeare.

Desde los tiempos de los griegos y los romanos se han cortado lenguas y manos, azotado, lapidado o directamente asesinado a los que portaban malas noticias en función de la gravedad de estas, motivo por el cual solían enviarse a esa temeraria labor a esclavos, personas detestadas o sentenciadas.

Aun así, comprende que ha llegado el momento. El contador de la bomba de relojería sobre la que estaba sentado el ejemplar matrimonio Wimberly-Corbera ha llegado a cero. Por fin va a rodar la cabeza de Pía, Pía la arrogante, la engreída.

Rebusca entre los papeles de la historia clínica hasta encontrar el que necesita. Sin decir nada, se lo da a su amigo.

—¿Qué es esto? —pregunta suspicaz.

—Léelo.

Le señala con el dedo el dato, la línea que destrozará su vida, la línea en la que se dice que, según los resultados obtenidos en el recuento de sus espermatozoides, padece azoospermia o ausencia total de espermatozoides, lo que provoca infertilidad.

Aaron se queda paralizado, en shock. Tiene que controlarse muchísimo para no destrozar cuanto le rodea.

—¿Desde cuándo? —pregunta.

—No te entiendo.

—¿Cuánto hace que soy estéril?, ¿se debe al cáncer?

George arquea las cejas y carraspea antes de contestar:

—Lo siento, no guarda ninguna relación con el cáncer. Siempre has sido infértil.

La humillación, el horror, le quema como ceniza encendida. Incluso su rostro desprende calor.

—¿Existe margen de error? —lo interrumpe antes de que continúe.

George niega con la cabeza.

Aaron lo fulmina con la mirada, aunque «¿realmente hay algo que reprocharle?». Siente que la promesa de esa nueva vida se ha convertido en una bofetada. Necesita estar solo, pensar en el alcance de lo que acaba de descubrir. En Pía. ¡En Oli!

Se tambalea ligeramente al levantarse. Ya con la mano en el picaporte, se gira. George espera sus palabras, las que pondrán fin al reinado de Pía, pero en su lugar oye:

—Asumo que esto se halla bajo el secreto profesional. Si se lo cuentas a alguien, te demandaré.

No tiene ninguna respuesta a ese comentario. Solo: «Nadie ama al mensajero que trae malas noticias».

Olimpia, Erika y Blake

El aire se torna más fresco conforme se internan en el bosque oscuro y los árboles componen un muro tupido. Una brisa ligera desprende de las ramas algunas hojas que descienden en espiral como verdes serpentinas.

Llega un punto en que tienen que dejar de andar uno al lado del otro y hacerlo en fila india, encabezados por Blake, el rastreador. Avanzan muy despacio. Él permanece atento a lo que hay a su alrededor, se mueve con precisión. Sus inquietos ojos otean los matorrales, encaran los troncos de los árboles.

A Olimpia no le cuesta imaginarlo en una selva mucho más peligrosa que un puñado de árboles en el estado de Pensilvania. De momento han encontrado restos de cuatro páginas garabateadas e ilegibles. No son muchas, pero les indican que van en la dirección correcta.

Al verlas, se acuerda de las que componen la declaración en el juicio del tío George, que ha dejado en el despacho y aún no ha tenido tiempo de leer.

«En cuanto regresemos», se promete.

Después de más de media hora, el camino se vuelve estrecho y pedregoso. Una paloma torcaz zurea sin cesar.

—Ahí. —Blake señala otro papel.

Suben a trompicones por una pendiente, poniendo mucho cuidado en no engancharse en los matorrales de zarzas, algunas tienen frutos pequeños, brillantes y rojos. Erika recuerda las palabras de la residente: «En uno de los bolsillos encontré tres bayas».

Si a ellos, que se han equipado y llevan el calzado adecuado, les cuesta este recorrido, para el anciano Robert Kerr tuvo que ser todo un tormento. Durante casi siete horas van recogiendo las migas de pan que dejó a su paso: buscando sus pisadas titubeantes; los numerosos resbalones en el suelo húmedo; las ramas quebradas, aplastadas por alguna caída. En ocasiones creen haber perdido el rastro y Blake se adelanta, con la cabeza casi pegada al suelo como un sabueso; en otras se ven obligados a desandar lo recorrido tras asumir el error.

Llega un punto en el que hace más de una hora que no encuentran ninguna de esas miguitas de pan que Robert dejó en forma de páginas manuscritas. Cubiertos de barro, exhaustos, con arañazos, si no fuera porque Olimpia nunca se rinde, ya hubiese dado la orden de regresar. Aun así, está a punto de hacerlo, de pedir un aplazamiento para volver al día siguiente tras buscar información topográfica, cuando Blake dice:

—Mirad. —Su dedo señala hacia el oeste.

—¿Qué?, ¿qué coño miro? —dice Erika, cansada y furiosa.

—¿No lo veis? Hay una ligera claridad.

Eso es lo primero que advierten. Poco a poco los árboles se espacian y los rayos de sol se filtran a través de las espesas copas. Y diez minutos después lo tienen ante sus ojos: un claro en el bosque, un lago cuyas tonalidades van del amarillo al marrón.

La cabaña se yergue ante ellos. Antaño debió de ser lujosa: los ventanales verdes, sus dos pisos rematados con airosos tejados en forma de uve invertida, un par de buhardillas, los escalones de madera que dan acceso al amplio porche delantero en el que sentarse por las tardes a disfrutar del deslumbrante reflejo del sol sobre el agua. Sin embargo, está muy descuidada: hace años que nadie barniza la madera ni repasa la pintura; el terreno que lo circunda se ha convertido en una maraña de zarzas y maleza.

La rodean y en el extremo opuesto encuentran un pequeño sendero.

—Eso —dice Blake— seguramente era una ancha pista de tierra, pero el propietario dejó que el bosque la engullera, supongo que para camuflarla más.

—¿Y cómo venía hasta aquí?

—No sé, ¿a caballo?

Olimpia cierra los ojos un momento. Sacude la cabeza como si quisiese despertar de una pesadilla y respira lentamente. Al ver la cabaña ha notado una fuerte punzada debajo de las costillas.

Erika da un paso hacia ella.

—¿Te pasa algo?

—Solo es cansancio.

«Es curioso lo nítidas que se ven en retrospectiva las señales de alarma», piensa.

Nunca ha estado en este lugar, pero lo reconoce por las fotografías.

«Aquí pasaban los veranos».

Siente el golpe de la furia como un acaloramiento extremo, que se impone a la sorpresa y a cualquier otra emoción. Una ira que no discrimina. Está furiosa con todo, con todos, con la vida. Como si acabasen de arrebatarle algo que era suyo, algo fundamental. Furiosa por encontrarse en esta situación.

Deja escapar el aire con fuerza.

«Mierda. Mierda. Mierda, ¿en qué cojones pensabas?».

Abre y cierra las manos a pesar del dolor. Contiene las tremendas ganas de estallar en gritos, de destrozar cosas.

Aprovechando que Erika y Blake están ocupados forzando la puerta y de espaldas a ella, da una patada al suelo. Levanta una nube de tierra y piedrecitas. Ella, que siempre se ha impuesto un férreo autocontrol, que nunca deja que los demás conozcan sus pensamientos o sus intenciones, de pronto necesita liberar toda esa ira. Da otra patada más fuerte y otra más. Y otra.

Espera a que entren y saca el teléfono de la mochila.

—Estoy en la cabaña del lago —increpa con rabia a la otra persona antes de que esta tenga tiempo de contestar—. ¿Cómo has podido hacerlo?

—¿Cómo he podido hacer qué?, ¿a qué te refieres?

Una nueva oleada de rabia la recorre. No es lo que quiere oír, necesita una respuesta, una justificación, sea buena o mala. Algo a lo que aferrarse. Se siente tan estafada...

—Tienes muchas cosas que explicarme. —Su tono es frío como el agua del lago. Cuelga.

«¡Joder! ¿Por qué ha hecho algo tan estúpido?».

Aprieta los dientes. Está tan furiosa que le tiemblan las manos.

«Y yo, ¿cómo no me he dado cuenta?, ¿cómo me he dejado engañar todos estos años?».

Finalmente sube los escalones que conducen al porche y se reúne con el resto del equipo en el interior de la cabaña.

En la magnífica sala de estar destaca una enorme chimenea de piedra vista. En la esquina opuesta distingue una trampilla abierta. La voz de Blake llega desde ahí.

—Habrá que recoger muestras, pero me la jugaría a que aquí es donde ha dormido Morfeo.

—Puaj, aquí apesta —dice Erika.

Olimpia prefiere no bajar, y no por la peste; ahora que conoce la respuesta, no quiere enfrentarse al calvario al que sometieron a Robert Kerr. Por otra parte, no le preocupan las pruebas incriminatorias que encuentren.

Antes y después de la gestión de cada «crisis», obliga a firmar un exhaustivo contrato de confidencialidad a los tres miembros del equipo. Tiene que reconocer que, junto con los divorcios, ese es otro de sus mayores vicios. Ambos le proporcionan una enorme sensación de libertad, de paz, como si después de firmarlos sus pulmones ganasen espacio y respirase más plenamente.

Cada uno de esos acuerdos, más los que ha ido formalizando con los distintos clientes y, por supuesto, con sus exmaridos —la confidencialidad es una cláusula imprescindible de los contratos prematrimoniales de separación de bienes—, está en poder de su abogada. Las instrucciones de lo que debe hacer con ellos se guardan en uno de los seis lápices de memoria que custodia y que únicamente abrirá en caso de que Olimpia quedase en estado vegetativo o falleciese.

Cubriéndose la nariz y la boca con el brazo para mitigar el hedor, Blake y Erika revisan el sótano: es amplio, calculan que de unos cincuenta metros. Imaginan que cuando construyeron la cabaña lo usarían como almacén y despensa, de hecho aún quedan algunas baldas en las pareces. A Erika se le encoge el corazón al ver las marcas en la pared con las que supone que contaba los días hasta que comprendió que nunca saldría de allí.

—Ven —la llama Blake.

Al fondo hay un tosco escritorio y una silla. Está vacío con la excepción de un montón de folios garabateados y varias libretas llenas de notas.

Erika abre una de ellas. En la primera página alguien, suponen que Robert, ha escrito con letra temblorosa: «Olimpia». Se miran el uno al otro sin saber qué decir.

Jacob

Jacob imagina a los demás sudorosos y cubiertos de barro tratando de localizar el lugar donde retuvieron a Morfeo. Por su parte, él acaba de descubrir el motivo por el que el padre de Olimpia se encontraba en el hospital la mañana del 21 de marzo. Ha resultado bastante sencillo.

Nunca ha entendido la expresión «La curiosidad mató al gato». A él, la curiosidad le ha ahorrado mucho trabajo y le ha proporcionado numerosas alegrías. Si Olimpia siente una extraña afición por los contratos de confidencialidad y los divorcios, en el caso de Jacob su pasión son las historias clínicas.

«Si quieres conocer de verdad a alguien, lee su historia clínica».

Si por él fuera, habría una ley que obligaría a llevar a cada primera cita, como mínimo, la historia clínica propia y la de los dos progenitores, «una especie de tráiler para saber dónde te metes».

Así, hoy, en vez de comenzar pirateando el sistema de las cámaras de vigilancia y visionando durante horas cintas y más cintas siguiendo la pista de Aaron por el aparcamiento y los pasillos del hospital, se ha dado un capricho.

Sonríe, y no porque lo que ha encontrado sea motivo de alegría, más bien todo lo contrario; pero su sagacidad sí que le produce este sentimiento. Hay algo que le llama la atención en la historia clínica que guardaba George Brown en sus archivos; un dato importantísimo que no aparecía en la que, por supuesto, él buscó después de conocer a Olimpia. Un dato que no le extraña que se molestasen en ocultar.

«¿No leí hace poco un estudio sobre esto?».

Quizá solo sea una intuición, pero como dispone del tiempo que se ha ahorrado con su corazonada decide investigar, con la música de Beyoncé a todo volumen.

«Buf, sería gordísimo, más que una serendipia de primer nivel. Gordísimo».

De momento no va a decirle nada a Olimpia, no hasta conseguir pruebas fehacientes.

—Pruebas. Pruebas. Pruebas —canturrea—. Necesito algo con lo que comparar.

Se levanta y se dirige al despacho de Olimpia a ver qué encuentra.

Olimpia

La puerta de entrada está entornada. Se queda en el hall. Reconoce el aroma acre y sutil que emana el peligro pero, aun así, se resiste.

—¡Lotti!

Su tía no responde, ni tampoco aparece el ama de llaves.

—¡Carlotta!

Permanece ahí de pie cinco minutos. No quiere entrar. No quiere. Las palabras de su tía resuenan tan alto como si se hubiesen quedado prendidas en las paredes: «*Cara*, tú eres una Corbera. Venga, la barbilla alta».

Se dirige con pasos cansados hacia la biblioteca y va dejando un rastro del barro de las suelas de las botas en el reluciente suelo de mármol. De algún modo tiene la certeza de que será la habitación que habrá elegido.

Se queda un instante con la mano en el pomo. Como si el hecho de no verlo con sus propios ojos fuera a impedir lo que está segura de que ya ha ocurrido.

«¿Cuánto tiempo ha pasado desde mi llamada en la cabaña?, ¿tres, cuatro horas? Suficiente».

Coge todo el aire que le permiten sus pulmones y abre.

La encuentra tumbada en el sofá Chesterfield; en la mesita, dos botes de pastillas, la botella de Macallan y un vaso de cristal tallado con restos resecos de un polvillo blanco en el fondo y en uno de los lados, en el que está la marca del carmín.

«Su truco preferido».

Recuerda que la última vez que se lo vio hacer fue en el Rolls-Royce camino de la recepción en la Casa Blanca, cuando vertió en el líquido ambarino un analgésico para ella y le contó, por enésima vez, que Andy Warhol, en un reservado de Studio 54, le había enseñado a tomar así las pastillas, en vez de masticarlas o tragarlas.

«Así, *cara*, van directas al alma», repite mentalmente sus palabras y siente que las lágrimas le arrasan los ojos.

Uno de los brazos de Carlotta cuelga laxo, los dedos de la mano tocan el suelo. Repara en la perfecta manicura francesa, en que, finalmente, esta no ha sido un seguro contra nada.

Parece dormida, pero ningún beso de amor va a despertar a esta Blancanieves.

Nota en la boca una acidez seca. Se siente triste y asustada y confundida y culpable. Y estafada. Y furiosa. Esa mezcla de emociones se le cuela por los poros, la inunda tan rápido que empieza a marearse.

Entonces repara en que a la altura del pecho de su tía hay un sobre con un discreto estampado. Sonríe con amargura. Carlotta considera de una tremenda vulgaridad utilizar material de escritorio que no sea de la marca Gucci.

«¿De verdad creías que se quedaría esperando, que se pondría delante de un tribunal, de un juez, que permitiría que alguien juzgara sus decisiones?, ¿que pisaría la cárcel, algo tan vulgar?».

Las manos le tiemblan mientras lo abre y saca la nota. Escrita con su letra alargada y ligeramente picuda:

Ahora que Robert ha muerto, por fin puedo descansar.

No te culpes. Cada uno tiene que hacer lo que debe y yo no podía dejar que la muerte de Pía quedara impune.

Te amo, cara. Nunca olvides que eres una Corbera.

Ha dispuesto su muerte igual que dirigió cada uno de los actos de su vida, a su santo antojo, sin permitir que nadie se interpusiera. Del mismo modo que un día le dio dinero a Robert y lo alejó de Pía, y unos años después decidió que ese mismo Robert debía pagar por su pecado, por la «tragedia».

«¿Te arrepentiste alguna vez durante el tiempo que lo retuviste prisionero?». Treinta años son demasiados para no flaquear, incluso para su tía Carlotta.

Unos pasos apresurados la sacan de su ensimismamiento.

«¿Quién puñetas será?».

Gira la cabeza en dirección a la puerta: en el umbral aparece Aaron.

—¡Papá! ¿Qué haces aquí?

—Carlotta me llamó hace un rato emplazándome a reunirme con ella a las ocho. Y son las ocho… —dice.

No sabe cómo reaccionar: nunca ha visto a su hija tan pálida, demacrada.

En ese instante, Olimpia admira a su tía —«¿cómo no hacerlo?»—, que hasta el último minuto se ha preocupado por ella, de que no estuviese sola ante ese golpe tan devastador e inesperado, y que recibiera el consuelo de la única persona de quien lo aceptaría.

Se lanza a sus brazos.

—¡Papá!

Él la ciñe fuerte, le besa la coronilla una y otra vez.

—¡Estoy aquí, cariño, estoy aquí!

Pía

Rochester, 19 de marzo de 1986

La tarde antes de morir, Pía habla por teléfono, intenta mantener la calma y no elevar el tono de voz. A pesar de que se ha asegurado de cerrar la puerta del despacho, no se fía de Lotti. Lotti, que ha encontrado en su indisposición por el embarazo un motivo para regresar a su vida y convertirse de nuevo en su sombra, en su carcelera.

«Seguro que ha oído los timbrazos».

Le preocupa que pueda entrar de un momento a otro o que esté con la oreja pegada a la puerta.

—Ni se te ocurra venir —le advierte al hombre.

—Pía, te estás portando como una niña. Este fin de semana nos sentaremos y lo discutiremos como dos adultos.

—No hay nada más de lo que hablar. Acéptalo.

—Jamás te concederé el divorcio. Y si lo intentas, te quitaré la custodia, perderás a Oli, ¿es eso lo que quieres?

Pía cuelga el teléfono, la mano le tiembla. Una tremenda desazón le palpita por todo el cuerpo. Se equivocó al creer que su marido tenía derecho a conocer lo que iba a ocurrir, su intención de divorciarse. Sabe que no miente: nunca lo permitirá.

Con Robert ha comprendido que, como a todo lo que Aaron quiere, a cuanto considera suyo, a ella le ha atado una cuerda. Una cuerda bastante larga, por eso ha tardado en ver el otro extremo, pero existe, y eso significa que si quiere puede tirar de ella y arrastrarla a su lado. Para siempre.

Le parece oír un ruido.

«¿Lotti?».

Se encamina a la puerta, abre una rendija y comprueba que no hay nadie.

«Tranquilízate».

Regresa al teléfono. Mira el reloj: faltan unos minutos.

A la hora que han convenido, suena. Robert la llama desde una cabina, es la única forma que tienen de contactar. Cada timbrazo es un paso que la aleja de esta vida. Inspira profundamente y descuelga.

—Pía.

—Tiene que ser esta noche, no podemos retrasarlo más —susurra—. Me desharé de mi hermana, la mandaré a Nueva York con alguna excusa para que estemos solas Oli y yo.

—¿Estás segura? —le pregunta Robert.

—Acabo de tener una discusión terrible con él. Jamás lo permitirá.

Pía alza la voz. Está tan furiosa que olvida toda prudencia y a Lotti.

—Así que sí, nunca he estado más segura de nada en toda mi vida. Voy a terminar con él de una vez —dice con firmeza—. Tú eres el padre de mi hija y del que está en camino, contigo es con quien debemos estar.

—¿No le has contado a nadie nuestro plan? Nadie sabe ni lo de esta noche ni lo que va a pasar esta semana, ¿verdad?

No entiende a qué viene esa pregunta.

—¿A quién quieres que se lo diga? —replica molesta.

—¿Me has entregado todos los cuadernos?, ¿también los borradores? No puede quedar nada ni en Rochester ni en la cabaña ni en ninguna otra parte que te relacione con Cuando éramos reyes. ¡Nada!

—¡Que sí! Me lo has dicho un montón de veces. No queda nada. Tú lo tienes todo.

—Perdona, perdona. Estoy muy nervioso y no podemos arriesgarnos. ¿Te imaginas lo que ocurriría si, al marcharte, tu marido o tu hermana encontrasen alguna prueba de que tú has escrito el libro?

—Lo sé, lo sé. No hay nada —lo tranquiliza.

—Nos vemos a las cinco donde siempre.

—Te quiero.

Cuelga el teléfono.

Está feliz, esperanzada. A lo que se refiere Robert con lo previsto para esta semana es que, en solo tres días, los carteles de promoción de su novela coparán los escaparates de las principales librerías de todo el país. Pilas y pilas de libros esperarán a los lectores, que después de las primeras y elogiosas reseñas aguardan impacientes el día de la publicación.

Por supuesto, deben mantener el paripé de que la ha escrito Robert, de que sea su foto —en la que está irresistiblemente atractivo— la que aparezca en la contraportada, de que sea él quien reciba los aplausos y firme los ejemplares, pero quiere acompañarlo en la presentación, en la gira de promoción, disfrutar del éxito a su lado.

Se terminó lo de llorar por la naturaleza transgresora que Lotti le robó. De ninguna manera va a permanecer en este letargo, «no soportaría otro mañana así».

Es tan ingenua que no sabe que a veces no hay mañana.

1 DE ABRIL DE 2018

SOBRE LO LLENO Y LO VACÍO

Los buenos guerreros hacen que los adversarios vengan a ellos, y de ningún modo se dejan atraer fuera de su fortaleza. [...]Lo que impulsa a los adversarios a venir hacia ti por propia decisión es la perspectiva de ganar. Lo que desanima a los adversarios de ir hacia ti es la probabilidad de sufrir daños.

SUN TZU, *El arte de la guerra*
Capítulo 6 «Sobre lo lleno y lo vacío»

Richard y Olimpia

Richard, el primer exmarido de Olimpia, aquel con el que se casó con apenas veintiún años por pura rebeldía y durante cuya boda más de uno de los Corbera hizo la broma del «café con leche» por el contraste entre la piel tan blanca y lechosa de la novia y la tan oscura del novio, la recibe en su despacho.

Richard Patterson ocupa el cargo de subdirector del departamento de Secuestros y Personas Desaparecidas del FBI y dirige la investigación de Robert Kerr.

—Pasa, siéntate —le pide.

Ambos se estudian mutuamente en silencio en busca de los cambios producidos durante estos dos últimos años sin verse.

Poco tiempo después de su divorcio, Richard rehízo su vida y en unos años consiguió la familia perfecta con la que siempre había soñado: tres hijos disciplinados que irradiaban buena salud y felicidad; pero a pesar de ello, de vez en cuando, solo de vez en cuando, continuaron viéndose. Encuentros breves, fogosos, satisfactorios para ambas partes y ligeramente gimnásticos —ella no podía evitar pensar, con un punto sardónico, que la penetraba con el mismo rigor con que haría flexiones.

Pero los encuentros terminaron repentinamente el día en que

Olimpia decidió abrir su galería de arte. No por la galería en sí, obviamente, sino por las actividades que se proponía llevar a cabo en el piso superior. De ningún modo iba a arriesgarse a tener al astuto Richard entrando y saliendo de su vida, husmeando.

Al fin y al cabo, iban a compartir el mismo ámbito laboral, aunque ella lo haría desde, digamos, el sector privado, de un modo clandestino y sin preocuparse por los límites de la legalidad.

Richard confía en que no se trasluzca la profunda impresión que le causa. Olimpia Wimberly nunca ha tolerado que nadie vea el desgarro y, sin embargo, él, que la conoce tan bien, advierte la quiebra. Nada en su aspecto físico la delata: continúa tan bella y glamurosa como de costumbre, con un vestido negro cruzado y de escote en pico, pero emana tristeza como una estufa emite calor. Siente ganas de abrazarla. Su exmujer siempre ha despertado en él ese instinto protector. Algo que ella, tan independiente y arisca, odia.

Olimpia echa un rápido vistazo al despacho de Richard, que es más o menos como imaginaba: austero, impersonal. También lo es la ropa que lleva, un impecable traje a medida, sin corbata y con los dos primeros botones de la camisa desabrochados.

Asume que el tema a tratar es Robert Kerr.

Su tía consideraría una extraordinaria vulgaridad que el secuestro saliese a la luz, ver su nombre, su rostro, abriendo las noticias y las portadas de los periódicos. Y ella va a impedirlo, ¡claro que va a impedirlo!

Igual que hasta ahora ha conseguido que no trascienda a los medios de comunicación que un hombre sin huellas dactilares ha permanecido más de treinta años prisionero, cautivo, en suelo americano —«y no en Guantánamo», piensa con sorna—. Una noticia que aumentaría su valor al saberse que el hombre en cuestión es Robert Kerr, un famoso escritor que fue acusado del asesinato de la rica heredera Olimpia di Corbera.

Si una bomba de ese tamaño estallase, una nube de cámaras de televisión y periodistas acudiría al olor de la carnaza, la acosarían, dormirían en la puerta de su casa, de la galería. Rebuscarían en la basura del pasado, revolverían en la mierda y resucitarían el cadáver de la joven y hermosa Pía.

Además de los secuestros, otro de los ámbitos de su «profesión» es el control de escándalos y se ha empleado a fondo en solucionar este, como nunca antes en su vida. Ha recurrido a numerosos contactos, ha halagado, amenazado y, por supuesto, ahora también debe un buen puñado de favores.

Hubiera estado dispuesta a cualquier cosa con tal de conseguirlo.

—Lamento mucho lo de Carlotta —comienza Richard.

Ella asiente. Lo vio sentado en las últimas filas de bancos en el funeral. Pero no va a decírselo.

—¿Qué tal te encuentras? —le pregunta, aunque resulte tan obvio.

Ella recuerda con amargura la broma que compartían: «Líbranos, Señor, de las familias afligidas y sus ojos llorosos». Ahora se ha convertido en una de ellas.

Advierte compasión en Richard, y eso sí que no va a permitirlo.

—¿Por qué querías verme? —La rigidez de su mandíbula hace que su voz suene amenazante.

Richard intenta ondear una bandera blanca.

—¿Quieres que salgamos de aquí?, ¿vamos a un sitio menos oficial? Quizá a un café… —le sugiere a Olimpia.

—Estoy bien, gracias. Repito: ¿por qué me has hecho venir?

Saca un expediente del primer cajón de la mesa. Un expediente mucho más grueso de lo que ella imaginaba.

—De acuerdo, empecemos —le concede—. Tenemos el resultado de la autopsia de Robert Kerr.

Olimpia tensa la espalda, acerca el cuerpo al borde de la mesa.

—¿Y?

—Fue muerte natural. —Como la conoce, añade—: Sin ningún tipo de dudas.

Ella se queda en silencio. Se siente aliviada. Sus sospechas respecto a su padre, a su presencia en el hospital, son infundadas, no guardan ninguna relación con la muerte de Robert. Pero entonces...

«¿De verdad había ido solo a ver al tío George?».

Los acontecimientos se han precipitado de tal modo que ahora recuerda que no le ha preguntado a Jacob si ha descubierto qué hacía allí. Supone que no tiene mayor importancia, de lo contrario su fiel Jacob se lo hubiese dicho.

—Te he hecho venir porque hemos descubierto algo bastante desconcertante.

—Tú dirás.

—Al forense le ha extrañado el alto nivel de magnesio en su organismo. Lo han analizado y este, en concreto, proviene de la yaca, una fruta que se cultiva principalmente en Indonesia. Entre sus propiedades destaca la mejora del sistema inmunológico, además de ser una gran fuente de antioxidantes. ¿Te suena?

—No sé a dónde quieres ir a parar, Richard —contesta con impaciencia.

Pero sí que lo sabe, claro que sí. Le viene a la boca el regusto dulzón de los zumos de las meriendas infantiles.

—Quiero ayudarte, Oli, de verdad que sí, pero tienes que dejarte.

Ella le sostiene la mirada, permanece con los brazos cruzados y los hombros encorvados. Ante su obstinado silencio, él hace un gesto de contrariedad.

—Debo recordarte entonces cuántas veces me obligó a probar tu tía Carlotta las dichosas yacas —afirma, no pregunta.

El corazón de Olimpia empieza a saltarle en el pecho, cada vez más rápido, pero lo domina.

—¿Qué haces?

—Solo intento ser honesto —le reprocha.

—¿Honesto? ¿Cuántos años tienes, Richard?, ¿tres?

A Olimpia se le tensan los labios con dureza enseñando los dientes.

—No puedes utilizar esa información de carácter privado. No la conocerías si no hubieses formado parte de mi familia.

Olimpia lo mira mientras la observa. Richard y su irritante tenacidad. Valora qué estrategia utilizar; sin embargo, él se le adelanta.

Extiende ambas manos sobre la mesa, esas manos tan enormes y fuertes que sujetan pelotas de baloncesto como si fuesen melocotones. Carraspea. Olimpia conoce ese carraspeo. El mismo que usaba al contestar una llamada de su esposa con ella desnuda a su lado.

«¿Va a hacer algo moralmente reprochable? —se sorprende—. ¿Richard, el rey de la integridad?».

—Para empezar —carraspea de nuevo—, esta reunión jamás, repito, jamás, se hubiese producido si Carlotta continuase viva o si hubiese alguna manera de resarcir a Robert Kerr.

Olimpia va a intervenir. Él la advierte con un gesto que no lo haga.

—Ignoro por completo cualquier actividad o afición de tu tía, aparte de que adoraba comer yacas, ni qué pudo empujarla al suicidio —carraspea más fuerte—. No quiero saberlo, y si descubro cualquier indicio del secuestro por otra fuente que no esté relacionada con las malditas yacas, la seguiré hasta el final. Con todas las consecuencias.

El picor de la garganta de Richard aumenta y se levanta a por un botellín de agua a la nevera de su despacho. Olimpia no sale de su asombro y aprovecha que él no está delante para respirar como si no hubiese tomado aire en los últimos minutos. Richard acaba de propinarle una patada al escepticismo sobre el que cimienta el Método Wimberly.

«Resulta que las personas sí que pueden sorprenderte».

Se acuerda de otro método: el Método Bowie. Para componer, David Bowie se basaba en el dadaísmo: separaba las palabras de un texto y después las reacomodaba de forma aleatoria hasta formar nuevas oraciones. Eso mismo ha debido de ocurrir con los férreos valores de Richard.

—Perdona —se disculpa él al regresar—. Necesito que pienses bien, muy bien, y me digas si voy a encontrar algo que me conduzca hasta la persona que mantuvo cautivo durante treinta años, ¡treinta años!, a Robert Kerr.

—¿A qué te refieres?, ¿cómo voy a saberlo?

Le sorprende la pregunta, ella ha advertido un destello extraño en el fondo de sus ojos que le preocupa.

«¿Acaso sospecha algo?».

Se siente bastante segura. El contrato de confidencialidad que obliga a firmar al cliente y que garantiza su absoluta discreción funciona en ambas direcciones: su intención no es únicamente proteger el anonimato del cliente, sino el suyo. Que nadie pueda revelar que es ella, Olimpia Wimberly, la prestigiosa galerista, quien ha resuelto su «crisis». De lo contrario, su tapadera sería inútil.

—El caso es que creo que sí que sabes de lo que te hablo.

Richard escruta su rostro en busca del más leve indicio. Esta entrevista escondía un segundo propósito: observar la reacción de Olimpia, salir de la duda de si ella es la mujer a la que lleva tiempo persiguiendo.

Comienza a explicarle que hay alguien, una mujer por lo que ha oído por aquí y por ahí, a la que recurren las personas desesperadas y ricas que se meten en un lío o tienen algún problema. Un negocio cada vez más boyante porque las víctimas resultan ser un colectivo muy impaciente y cualquier investigación que respeta la ley, que necesita órdenes judiciales, les parece demasiado lenta.

Mientras lo escucha, Olimpia mantiene las piernas juntas y pone mucho cuidado en dejar las manos laxas sobre el regazo, en no modificar el rictus de incomprensión. Le supone un tremendo esfuerzo porque su cuerpo segrega adrenalina a toda velocidad.

—¿A dónde quieres ir a parar? ¿Crees que esa mujer está relacionada de algún modo con el secuestro de Robert Kerr? —pregunta fingiendo un gran asombro y acercando de nuevo el cuerpo a la mesa, para que su exmarido interprete su lenguaje no verbal como genuino interés.

Richard suelta una risita irónica.

—Soy muy paciente, ya me conoces. Y sea quien sea esa mujer, tarde o temprano cometerá un error al traspasar los límites. Límites y garantías que parece no tener demasiado claro que existen para proteger a la propia ciudadanía.

Olimpia alarga el brazo y le da unos golpecitos en la mano.

—Seguro que la encuentras, Richard. Esa mujer no sabe con quién se la juega. A mí, desde luego, jamás se me ocurriría enfrentarme a ti.

«La muy puñetera sigue siendo una rival excepcional. Aunque ahora ya está avisada».

La partida de ajedrez ha comenzado y Richard ha hecho una apertura osada, pero sin arriesgar mucho. Visualiza un alfil blanco —blanco porque él está convencido de jugar en el bando de los buenos—. Podría haber realizado una mucho más agresiva con la dama, pero ha preferido reservarse parte de la información: por ejemplo, que no solo ha oído por aquí y por ahí que se trata de una mujer, sino en concreto de una mujer pelirroja.

Olimpia mira el reloj.

—Lo siento, pero tengo que irme —dice—. He quedado en Nueva York con la conservadora del Guggenheim, estoy comisionando una exposición colectiva en el museo. Se inaugurará en julio; si te apetece, te mando un par de entradas para que vengas con tu esposa.

Se pone en pie.

—Claro, a Carey le encantará —dice para seguirle el juego.

Se levanta para acompañarla a la puerta.

Ella es consciente del gran regalo que Richard acaba de hacerle: ni todo el puñetero FBI sería capaz de llegar hasta Carlotta tirando del hilo de Robert Kerr una vez «desaparecida» la botella de whisky con el ADN de Nick; en cambio, si tirasen del otro extremo del hilo, del de Carlotta... si pidiesen al Catastro un listado de sus propiedades e investigasen sus rutinas, que incluían una larga cabalgada semanal...

Antes de que abra la puerta, Olimpia le da un beso en la mejilla perfectamente rasurada. A pesar de que él sobrepasa el metro noventa de estatura, ella no necesita auparse con los taconazos de sus Manolo Blahnik.

—Gracias.

Mientras la ve salir, Richard sonríe. Creía que el carácter de su exmujer fluctuaba entre la mala leche más exquisita y la excentricidad. Ahora ha descubierto un nuevo matiz.

Va a disfrutar mucho de la partida de ajedrez contra ella. Mucho.

Carlotta y Robert

Nueva York, 1988

Resulta más sencillo señalar el principio de los acontecimientos que su fin, pero Carlotta podría indicar ambos con exactitud.

Es martes, un martes de abril, y ha elegido el coche más discreto para no llamar la atención.

Conduce con cuidado entre el tráfico de Nueva York, no puede arriesgarse a que la multen. Llega al lugar acordado y enseguida distingue a Robert esperándola. «Tranquila», se recuerda, aunque es difícil con el remolino de rencor enroscado en las tripas.

Se detiene y él sube al vehículo. Le reconforta que haya seguido sus instrucciones de pasar desapercibido.

—Hay que impedir que nadie te reconozca, que nadie nos relacione. Si Aaron se enterase... —le advirtió, y él estuvo de acuerdo.

Robert se ha vuelto muy muy popular a raíz del éxito de su novela Cuando éramos reyes. *Además, el aura de malditismo de la que le ha dotado el juicio le ha proporcionado la necesaria pátina de morbo. Despierta la curiosidad en «todas esas bobas has-*

tiadas que obtienen cualquier capricho solo con extender la mano».

Carlotta ha seguido su exitosa gira de presentaciones por las principales ciudades de Estados Unidos: no hay fiesta ni inauguración a la que no lo inviten. Robert Kerr. Robert Kerr. Ni ninguna sección de Cultura en la que no haya aparecido su fotografía o una reseña de su novela, ni programa de televisión en el que no le hayan hecho una entrevista.

«Pía. Mi Pía y el bebé muertos y él ahí, divirtiéndose».

Por si aún le quedaba alguna duda de que nunca la quiso, de que solo iba tras su dinero, esto corrobora su impresión. La gota que colma el vaso. Que la decide.

—Gracias, Carlotta —le dice Robert—. Sé lo difícil que ha tenido que ser para ti. Cuando me llamaste yo, yo...

—No te equivoques, no lo hago por ti sino por ella, por Pía —le corta impaciente—. Es lo que hubiese querido.

—Aun así, yo...

—Prefiero conducir en silencio.

Durante la siguiente hora se limita a mirar al frente rechinando los dientes.

«¿Qué sabrás tú?», piensa con desprecio.

No tiene ni idea de lo que supuso confiar en el juicio, asistir a ese espectáculo degradante y vulgar, que tendría que haber sido el punto final y no lo fue. Todo lo contrario. Al concluir, Carlotta di Corbera se rindió por primera vez en su vida. No de golpe, sino paulatinamente, dejándose arrastrar cada día un poco más; ni siquiera fue algo intencionado, pero sucedió. El impulso de hundirse era demasiado fuerte, tan dulce...

—¿Falta mucho? —Robert empieza a impacientarse.

Los últimos kilómetros, desde que han tomado el desvío y la carretera se ha convertido en una estrecha pista de tierra que se adentra en el vientre del bosque, no deja de removerse incómodo en el asiento. Ella conduce con seguridad: durante las últimas *semanas ha cubierto varias veces este mismo trayecto preparándolo todo.*

—*Ya te dije dónde estaba la caja* —*responde molesta.*

Tras el juicio, Carlotta se enclaustró en Rochester, en la alcoba desde cuyos ventanales se divisaban las caballerizas. Apenas probaba bocado. Tampoco dormía, únicamente encadenaba pesadillas. En todas se le aparecía Pía. Culpándola: «Era tu deber y no supiste protegerme».

Y como durante todo el día y toda la noche no tenía otra cosa que hacer más que llorar, empezó a pensar y pensar y pensar. «Y mientras, Robert, el culpable de todo, campa a sus anchas. Sonriendo a las filas y filas de admiradoras que babean por él».

Contrató a un detective para buscar pruebas en su contra —el mismo que le mandó aquellas fotos tan horribles y explícitas confirmando el adulterio de Pía—, el cual le dijo que necesitaría tiempo. Sin embargo, ella sentía pavor de que Robert desapareciera y empezó a obsesionarse con esa huida.

Y llegó el día en que, de tanto darle vueltas y más vueltas, acabó encontrando razones para hacer lo que en principio solo había sido una idea absurda, una de tantas; porque casi cualquier cosa acaba siendo razonable si se piensa las suficientes veces.

En el instante en que lo decidió, tuvo la misma sensación que si se hubiese caído en una piscina, llevase tiempo ahí y de pronto una mano la sacara a rastras. Las pestañas pesadas por las gotas de agua, la boca abierta, los pulmones luchando para coger aire. El alivio tan inmenso de salir a flote, respirar de nuevo, volver a la vida.

Una brisa fría sopla desde el bosque, le entumece la nariz y las orejas. Azota el cabello de Carlotta contra la cara.

Robert se da cuenta de que su peor temor se ha hecho realidad. El miedo es una marea espesa y negra, un engrudo pegajoso que le ciega los pulmones. Cuando circulaban entre los árboles ha sentido que si no decía algo se asfixiaría. No se le ha ocurrido otra cosa más que preguntar cuánto faltaba, fingiendo que no lo sabía, como si él mismo no hubiese conducido por ese mismo camino decenas de veces durante los meses en que se vio en secreto con Pía.

La última vez lo recorrió solo. Lo recuerda perfectamente. En cuanto terminó el juicio y lo dejaron en libertad, a la primera oportunidad alquiló un coche y condujo hasta la cabaña. Necesitaba asegurarse, librarse de la obsesión que le robaba el sueño.

«Nuestro refugio», lo llamaba Pía.

Hacía tiempo que su familia había dejado de usar aquella cabaña tan apartada a los pies del lago, una de las decenas de propiedades de los Corbera. Continuaba siendo espectacular, pero la madera castigada por la intemperie, los marcos con la pintura descascarillada y las malas hierbas colonizando los resquicios gritaban su deterioro.

—Vamos dentro —le indica Carlotta.

Y la sigue, la seguiría al mismísimo infierno. Desde que la semana pasada recibió su inesperada llamada diciéndole que había encontrado una caja de Pía con papeles, diarios y otras cosas que, al parecer, había escrito para él, haría cualquier cosa que le pidiese.

—¿Diarios? —replicó con un punto de pánico en la voz. Le había rogado varias veces a Pía que le entregase todo el material pero estaba claro que había hecho su santa voluntad. «Como siempre»—. ¿Los has leído?

—Por supuesto que no, yo no era su destinataria.

—¿Dónde has encontrado la caja? —preguntó intentando disimular su interés.

—En una cabaña que hace tiempo que no usamos; por eso he tardado tanto. Por lo visto, Pía debió de ir por allí alguna vez.

«La cabaña». A Robert se le formó un nudo en la garganta antes de atreverse a preguntar:

—¿Podría ver la caja? Me gustaría mucho tener un recuerdo suyo.

—Por supuesto, para eso te he llamado. Te llevaré hasta allí para que la cojas —respondió con un bufido—. Sobre todo, Aaron no puede descubrir que hemos estado en contacto. De ningún modo quiero arriesgarme a enfadarlo y que restrinja mis visitas a Oli.

Por eso Robert no se atrevió a plantearle que trajese la caja a la ciudad, que se citasen en algún sitio para entregársela. Se jugaba demasiado. Se sometería a su capricho.

—Sí, sí, claro. Por supuesto —aceptó.

Ahora, al entrar en el salón de la cabaña, una catarata de recuerdos le cae encima. No puede apartar la vista de la alfombra delante de la enorme chimenea: cuántas horas pasaron ahí desnudos cubriéndose con una manta, contemplando las llamas, leyendo, corrigiendo, escribiendo, bebiendo vino, amándose.

—¿Estás bien? Tienes mala cara —le dice Carlotta.

Robert asiente, incapaz de hablar.

—Voy a por un vaso de agua.

Robert se despierta con la boca pastosa y un terrible dolor de cabeza. Apenas se atreve a entornar los párpados.

«¿Dónde estoy?, ¿qué ha ocurrido?».

Trata de ponerse de pie, pero las piernas se le han vuelto de gelatina y no le responden. Permanece un rato sentado, intentando reunir fuerzas y recordar. Es inútil. Lo último que le viene a la mente es beber el vaso de agua que Carlotta le había traído, un agua con un regusto extraño que achacó a las tuberías. Estuvo a punto de no acabárselo, pero prefirió no hacer nada que pudiese ofenderla. Necesitaba la caja de Pía.

Sus ojos se han adaptado a la penumbra y distingue contornos, objetos, los gruesos muros de piedra, las estanterías.

«¿La bodega?, ¿estoy en la bodega?».

Más de una vez, Pía y él bromearon cuando bajaban a aprovisionarse de estupendos vinos, champán o exquisitas conservas.

—Si nos quedamos aquí encerrados, podríamos sobrevivir años.

—Seríamos unos Robinsones modernos.

La familia de Pía no se había molestado en vaciar la bodega cuando poco a poco dejaron de acudir a la cabaña; seguramente nunca pensaron que aquella ocasión en la que estaban era la última vez.

«Cuesta mucho identificar una última vez».

Sí, no hay duda, está en la bodega que también hacía las veces de almacén y despensa. Una de las estanterías está repleta de botes y botes de cristal con una pastosa sustancia amarilla.

—¿Qué es esto? —le preguntó a Pía la primera vez que los vio.

—Una de las chifladuras de Lotti. Mermelada de una fruta rara que nos traen desde Indonesia; se llama yaca. Lotti la probó en uno de sus viajes y está empeñada en que tiene tantas vitaminas, antioxidantes y no sé qué más que una persona podría alimentarse exclusivamente de ella.

—¿A qué sabe?

Pía cogió uno de los tarros pequeños. Sonó un plof al destaparlo y romper la esterilización del vacío. Una vez abierto, metió dentro el dedo índice, lo sacó cubierto de mermelada y lo introdujo con un gesto lujurioso en la boca de Robert.

Él frunció el ceño.

—Demasiado dulce.

—¿Tú crees? —le preguntó juguetona.

Ahí mismo se quitó la ropa, hundió los dedos de nuevo en el tarro y se la untó por el cuerpo.

—A lo mejor te gusta más en esta tostada.

Robert sacó la lengua dispuesto a no dejar ni una gota.

A lo largo de los siguientes años de encierro, ese recuerdo será el que más a menudo acudirá a su mente.

Hace un buen rato que Carlotta ha oído ruido a sus pies cuando por fin se decide a coger el walkie talkie. Pulsa el botón de llamada a intervalos durante los siguientes minutos, hasta que Robert localiza el otro walkie, comprende qué pasa y pulsa un botón.

—¿*Robert*?

—¡*Carlotta!* —*chilla*—. ¿*Qué puta broma es esta*?

—*Te agradecería que conmigo no usases un lenguaje tan vulgar. Voy a darte unos minutos. Tranquilízate mientras.*

Espera. Está muy satisfecha. Todo ha resultado tan sencillo, incluso la oportunidad de ofrecerle un vaso de agua —el plan de improvisar un brindis y verter ahí el somnífero la había angustiado bastante los últimos días—, que está segura de la intervención a su favor de algún tipo de dios.

—¿*Robert?* —*vuelve a preguntar.*

—¿*Qué es esto, Carlotta?* —*responde él intentando controlar su rabia. Comprender este sinsentido*—. ¿*Un secuestro?*

—¿*Un secuestro?* —*se burla.*

«*Por Dios, qué melodramático ha sido siempre*».

—*No es un secuestro, solo una...* —*busca la palabra adecuada*— *una custodia. Eso es, una custodia temporal.*

Le explica que el detective que ha contratado necesita tiempo para hallar las pruebas que demuestren que él asesinó a sangre fría a Pía y al hijo que llevaba en su vientre. Hace una pausa. Pestañea rápido, impide que las lágrimas se le escapen, pero la sola mención la afecta.

—*No creo que sean más de unas semanas* —*dice tras recuperar el control*—. *De todas formas, si quieres salir hoy mismo hay otra alternativa, claro.*

—¿Cuál?, ¿qué hostias quieres que haga?

—¡Confesar, Robert, confesar! Dime algo, dame una prueba en tu contra. En cuanto el detective lo compruebe, te dejaré libre.

—¡Yo no lo hice! ¡Soy inocente!

—Basta —lo interrumpe—. Ahí abajo tendrás mucho tiempo para reflexionar, y yo no tengo prisa.

—¡Eres una puta chiflada, una pu…!

Carlotta corta la comunicación.

«Confesará, claro que confesará».

Conduce de vuelta a Rochester sintiendo una enorme serenidad, una paz que había olvidado. Rochester. Merece la pena soportar los impedimentos que esta situación le acarrea. Mientras dure la «custodia» de Robert, debe olvidarse de viajar, incluso de vivir en Nueva York. Tendrá que conformarse con la mansión familiar o la casa de Washington D. C., que le permiten llegar a la cabaña en poco tiempo.

«Y tampoco creo que se alargue, Robert no aguantará el encierro».

Olimpia y Jacob

Olimpia abre la puerta de su casa. Sueña con darse un baño de agua caliente desde que ha salido del edificio del FBI. El cansancio es la respuesta fisiológica que sigue a la gran descarga de hormonas (cortisol, adrenalina) que provoca la activación del sistema nervioso simpático ante una respuesta de lucha; el cansancio es el periodo de meseta cuando el sistema parasimpático vuelve a tomar el control del organismo.

Suena el móvil de funda roja dentro del bolso y duda si contestar. Presiente que si lo hace, la posibilidad del baño de burbujas se evaporará, pero cede. Por supuesto, se trata de un número desconocido, ya que ese teléfono solo lo utiliza para el «trabajo».

—¿Hablo con la propietaria de la Wimberly Art Gallery? —pregunta, indeciso, un hombre.

—Sí, soy Olimpia Wimberly. ¿Con quién hablo? —responde con firmeza.

—Mi nombre es Lewis Carroll, gestiono una colección privada en Chicago y estoy interesado en el cuadro *Postes naranjas* de Jackson Pollock.

—¿Quién le ha dicho que yo podría localizar esa pieza en concreto?

—Ha sido Alicia Wonderful. Ella me ha asegurado que usted... —la voz titubea— que usted podría... Necesito ayuda.

Olimpia suspira.

«La vida sigue, el mundo no se detiene por nadie».

Lewis Carroll es el nombre en clave que proporciona a sus posibles clientes, a las personas que necesitan gestionar una «crisis». Le pareció adecuado utilizar el nombre del autor de *Alicia en el País de las Maravillas* porque ella también vive en otra realidad. La segunda clave de seguridad es el inexistente cuadro *Postes naranjas* de Pollock y la colección privada en Chicago. Y como toda precaución es poca, añadió una tercera: Alicia Wonderful, Alicia Maravillas.

—De acuerdo, señor Carroll. No diga nada más. ¿Conoce la dirección de mi galería?

Se la proporciona y lo emplaza allí en una hora.

Antes de guardar el móvil en el bolso y salir, llama a Jacob con la certeza de que mientras Erika y Blake disfrutan de sus «días libres», él estará aprovechándolos para abonar, injertar o lo que quiera que haga con sus plantas.

—Dime, jefa —responde al segundo timbrazo.

—Tenemos una «gallina». Lo he citado en la Oficina. Voy hacia ahí; mientras llego, recógelo en la puerta.

El posible cliente y un séquito de tres asesores se han marchado hace unos minutos. En este caso, la «crisis» no guarda relación con ningún «huevo» sustraído, más bien todo lo contrario: se trata de un «huevecito» que ha aparecido inesperadamente en el vientre que no debía.

La «gallina» ha resultado ser en realidad un «gallo» al que le gusta picotear en varios «gallineros» y, dado que es un senador de Estados Unidos, desea evitar a toda costa un escándalo. Por eso necesita que alguien con dotes de persuasión, con grandes, muy grandes dotes de persuasión —más de las que parecen tener sus jefes de gabinete y de prensa—, consiga que se mantenga en secreto.

Jacob observa a Olimpia. Está perfecta, como siempre, a pesar de las horas que lleva en pie. Solo él advierte las ligeras ojeras bajo el maquillaje.

—¿Vas a aceptarlo? —le pregunta.

—No sé, este Lewis Carroll no me agrada.

Jacob sabe que esto no tiene que ver con valores morales que su jefa considera caducos tipo la fidelidad matrimonial, sino más bien con sus problemas con la arrogancia. «Con la arrogancia ajena, claro».

Su primera impresión ha sido tan negativa que, cuando el tipo se ha detenido delante de las dos enormes araucarias, ella ni se ha molestado en ocultar su desdén: «Tranquilo, son muy selectivas con lo que comen».

—Si no lo hacemos, nos traerá problemas —dice Jacob.

Se refiere a la amenaza no tan velada que el senador ha deslizado.

—Bueno —dice Olimpia en un tono que pretende más burlón y banal de lo que suena—, nosotros nos dedicamos a eso: a solucionar «problemas», ¿no?

Jacob sonríe, le gusta cuando no se deja amedrentar por los abusones.

—En fin, me voy a casa, estoy molida —dice ella, pero no se mueve.

Entre las virtudes de Jacob se encuentra la paciencia, de ahí su gusto por una afición tan a largo plazo como la floricultura. Espera en silencio. Al final, ella se decide a hablar:

—Esta tarde he estado en el FBI. Me ha citado Patterson, el subdirector de Secuestros y Personas Desaparecidas. —Hace una pausa intencionada—. Ya sabes.

Entonces ocurre algo inaudito. Olimpia se quita los zapatos.

Primero el izquierdo y después el derecho. Unos preciosos Manolo Blahnik negros. Los coloca uno al lado del otro como dos soldados en posición de firmes.

—Ya sé —responde cauto, aunque su mente chilla: «¿Qué está pasando?, ¿qué está pasando?».

—No tienen ninguna pista sobre el secuestro de Robert Kerr. La autopsia ha dictaminado que falleció de muerte natural. Van a cerrar el caso.

Jacob asiente.

«¿Qué es lo que te callas, IBM?», piensa.

No recuerda haber estado tan nervioso en mucho tiempo y aún se inquieta más cuando ella sube las piernas, las cruza y apoya los pies en la esquina del escritorio. La tela del vestido se desparrama hacia los lados dejando a la vista buena parte de sus larguísimas piernas.

Entregaría gustoso todas las historias clínicas que atesora a cambio de haber estado presente en ese encuentro entre el primer y macizo exmarido que desayuna leche de soja con cereales Quaker con fibra, el hombre de orden, y su jefa.

—¿Y para qué quería verte? ¿Solo para informarte?

Como en otras ocasiones, Olimpia se pregunta cuánto sabe y cuánto calla Jacob. Asume que mucho, por algo es el mejor y por eso lo contrató. Él baja la mirada hacia la mesa y empieza a juguetear con un bolígrafo para apartar la vista de las uñas rojo Chanel de sus pies, de la carretera infinita de sus piernas.

—No te lo he contado nunca porque no tiene ninguna relevancia, pero Richard es mi exmarido, así que supongo que me ha llamado por pura cortesía. Al fin y al cabo, Robert Kerr fue juzgado por el asesinato de mi madre —responde de forma vaga.

Jacob admira los sobreentendidos y las medias verdades, pero ante el cambio de actitud de Olimpia, ante esta repentina sinceridad, el insólito gesto de descalzarse, de sus piernas…le cuesta fingirse indiferente.

No capta a dónde quiere llegar.

«Porque algún motivo hay, eso seguro».

—¿Ha encontrado algo que relacione el secuestro con Carlotta? —prueba.

—Creo que no, pero ¿quién sabe? No puedo leerle el pensamiento —le miente.

Olimpia intenta sonreír. Le sale una mueca.

Sin darse cuenta juguetea con la cadena de oro con el colgante. Jacob se restriega la cara con el dorso de la mano. El desasosiego de su jefa resulta evidente —supone que el suyo también—, y eso es extraño porque ella nunca permite que los demás adivinen lo que piensa.

«¿Por qué ahora sí?».

—¿Y si no fue Robert Kerr? —dice por fin, y aprieta los labios.

Jacob no contesta, obligándola a continuar.

—Las pruebas en su contra eran circunstanciales. Lo situaban en el lugar del crimen pero, como nunca declaró, no conocemos su versión.

Jacob se reclina hacia atrás, ladea la cabeza, la mide con la mirada igual que ella a él.

—¿A dónde quieres ir a parar? —le pregunta.

—La medicina forense ha avanzado mucho en estos años. Nosotros disponemos del ADN de Robert Kerr que yo tomé de la habitación del hospital y seguro que en el expediente del caso de mi madre guardaron muestras con las que ahora podrías compararlo.

Jacob comprende y no comprende.

Ella manda, es la que le paga el sueldo todos los meses. Si quisiera, solo tendría que ordenárselo. Sin razones, sin excusas.

«¿Acaso me está...?, ¿me está pidiendo opinión?», se plantea. Niega con la cabeza vigorosamente para sí mismo. «Ella que nunca se abre con nadie, ¿va a hacerlo conmigo?».

La inmensidad de lo que eso significaría le produce un escalofrío. No quiere ilusionarse. Prefiere continuar la conversación. Hace un gesto con la mano.

—¿De verdad vas a meterte en ese jardín? —Hay un deje de incredulidad en su voz—. Si lo cometió Robert Kerr, ha pagado con creces por ello, y si no fue él, ¿quién crees que lo hizo? Yo también he hojeado el expediente y la transcripción del juicio. Lo del merodeador está cogido con pinzas, así que ¿quién queda?

Olimpia no contesta.

«¿El querido tío George?», grita en su cabeza. Por fin esta semana ha leído completa la transcripción del juicio. George alegó que se encontraba cerca de Rochester porque había quedado con el padre de Olimpia y este no lo desmintió. Por lo tanto, si el culpable era él, ¿en qué convertía eso a Araron? En el mejor de los casos, en encubridor, y en el peor…

Prefiere no planteárselo de momento. Antes necesita liberarse de la ansiedad. Al recordar la llamada a Carlotta y su resultado, el estómago se le revuelve encharcado de pena. El dolor es similar a una cicatriz y está aún demasiado tierno. Debe esperar a que se haga costra.

—Seguro que conoces las estadísticas —continúa Jacob ante su mutismo—. La mayoría de los asesinatos, en una proporción de cinco a uno, son cometidos por varones, y cuando las víctimas son mujeres, ¿cuántas veces pertenece el culpable al entorno de la víctima? —Cediendo a un fuerte impulso, Jacob alarga el brazo y le agarra la mano—. No busques fantasmas donde no los hay. —Suaviza el tono y añade—: IBM.

Carlotta y Robert

Rochester, 1988

Hace seis días que encerró a Robert en el sótano de la cabaña y, por primera vez desde «la tragedia», algo parecido a una sonrisa asoma a los labios de Carlotta. Incluso ha recuperado el apetito, por eso ha pedido que les sirvan el desayuno en el porche, al aire libre.

Mira con verdadero arrobo a Oli, que está sentada a su lado. Aaron ha tenido que ir a Chicago en viaje de negocios y ella está encantada de cuidarla.

Es increíble que sea una copia tan perfecta de Pía —su Pía—. Mientras le trenzaba el cabello después de levantarse, ha habido un momento en que le ha parecido que había vuelto atrás en el tiempo y que ante ella se abría una nueva oportunidad de hacer las cosas bien, de que acabasen de una forma diferente.

—Está amargo —se queja la niña, y aparta la copa con el zumo de naranja.

—Bebe de este, es dulcísimo. —Le acerca la jarra de cristal con el de yaca.

—Papá le echa azúcar. —Hace un puchero y baja la cabeza.

—*Te acuerdas de lo que hemos dicho de que el azúcar es veneno, ¿verdad?* —*le dice con paciencia.*

La niña se gira hacia la silla que han colocado a su lado. En el asiento está la caja que Carlotta le ha prohibido poner encima del mantel blanquísimo, cerca de las tazas de porcelana, los cuencos con confituras, las fuentes con fruta fresca, bollería, huevos revueltos...

La ve levantar un poco la tapa para asegurarse de que, dentro, las larvas de los gusanos de seda están bien, de que no se han escapado y están devorando las hojas de morera que han colocado hace unos minutos.

No le riñe. La comprende más de lo que quisiera. Ella siente la misma constante inquietud respecto a Robert.

«¿Estará bien?, ¿habrá escapado?».

Trata de contener esa sensación, pero es imposible, así que, aunque la duda —el temor— la asalta a cada momento, se sobrepone y solo una vez al día, con la excusa de salir a cabalgar, da una vuelta por la cabaña, levanta la «tapa» de la caja y comprueba que todo sigue en orden.

—*Señora.*

Carlotta sale de su ensimismamiento.

—*¿Sí?*

De pie a su lado está Aurora, el ama de llaves, a la que de cuando en cuando también sorprende un gesto de dolor al mirar a Oli, al recordar a aquella otra niña. A ambas las une el mismo sufrimiento, la misma pérdida.

—*Bill, el chófer, ha encontrado esto en el asiento de atrás de su coche.*

En la mano lleva un sombrero de hombre, ¡el mismo que le pidió a Robert que se pusiera para pasar desapercibido! Tras el instante de alarma, Carlotta reacciona con naturalidad:

—*Debe de ser de mi cuñado. Haz el favor de dejarlo en mi habitación para que recuerde dárselo.*

Aurora sonríe de un modo extraño.

—Eso mismo le he dicho a Bill, que debía de ser del señor Aaron —contesta.

Carlotta comprende lo que la otra calla. Trata de congraciarse con ella, pero jamás le perdonará que ayudase a Pía a ocultar sus encuentros con Robert.

—¿Por qué lloras? Tú has tenido la culpa de la muerte de mi hermana —le dijo con rabia tras la «tragedia».

No le desasosiega ni el sombrero en sí ni tampoco el comentario —en el que cree entender que Aurora se muestra dispuesta a encubrirla como antaño a Pía—, sino que acaba de darse cuenta de que ha cometido un descuido, un primer descuido, al que pueden seguir otros.

Los objetos de la cabaña no deben salir de ahí, aunque, «¿y qué si lo hacen?, ¿quién va a relacionarlos con Robert?, ¿cómo van a demostrar que son suyos?».

Entonces, como si recibiera una bofetada, recuerda un artículo que leyó recientemente en la revista National Geographic, *una publicación que recibe mensualmente pues su abuelo materno fue uno de los treinta y tres hombres que fundaron la National Geographic Society en 1888.*

Con Pía solía bromear diciendo que les mandaban la revista para que no los olvidaran en su labor filantrópica; sin embargo, desde que hace tres años salió en portada la fotografía de esa joven refugiada de Afganistán con aquellos turbadores ojos verdes, Carlotta se ha acostumbrado a echarle un vistazo.

Hace apenas unas semanas leyó un excelente artículo sobre las huellas dactilares. Le llamaron la atención varios datos, por ejemplo, que en China ya las usaban como marca de identidad para firmar contratos en el siglo XI a. C. o que a mediados del siglo XIX surgió el sistema moderno, cuando un magistrado británico en la India calculó que la probabilidad de encontrar dos huellas idénticas era de una entre sesenta y cuatro mil millones.

El nuevo método se abrió paso con lentitud en Estados Unidos hasta que en 1924 el FBI estrenó su archivo.

«¡Las huellas dactilares, maldita sea!».

Robert Kerr es un escritor famoso: no cree que tarden mucho en advertir su ausencia y entonces comenzará una búsqueda. Ella ignora el funcionamiento del FBI pero, por poco avispados que sean, interrogarán a aquellos que pueden tener algún motivo —ella lo haría—, personas como los familiares de la mujer por cuyo asesinato se lo acusó.

Desde el momento en que Carlotta tomó la decisión de «ponerlo bajo su custodia» asumió que, cuando confesase y lo dejase en libertad, él señalaría a su captora y tendría que pagar el precio. No le importa.

«Pero de ningún modo esto puede ocurrir antes de que logre pruebas contundentes contra él o todo habrá sido en vano».

—Tía —la reclama Oli.

—¿Qué ocurre, cara?

—¿Estás bien?

—No pasa nada, cara —dice, y le acaricia el cabello.

Durante las siguientes semanas, el tema de las huellas dactilares de Robert la obsesiona.

«¿Cómo voy a eliminarlas?».

De ninguna forma se siente con fuerzas para cortarle los dedos.

Entonces, inesperadamente, la solución sale a su encuentro. Se dirige a las caballerizas para salir a cabalgar y dar la vuelta preceptiva por la cabaña y comprobar el estado de «su gusano de seda» cuando un olor muy potente y desagradable la detiene.

Tapándose la nariz y la boca con una mano rodea el establo hasta la parte trasera, donde encuentra a Billy y a los dos mozos de cuadra. Llevan guantes de goma y vierten el líquido causante del mal olor en uno de los desagües.

—¿Qué estáis haciendo?

Billy la intercepta.

—No se acerque, señorita Carlotta.

Le explica que desatascan el desagüe con ácido sulfúrico, un compuesto extremadamente corrosivo si se usa casi sin diluir, como es el caso.

—Si es tan corrosivo, ¿no destruirá la cañería? —se interesa señalando el tubo de plástico.

—Eso es lo mejor de este producto, no daña el plástico. En cambio, si le cayeran unas gotas sobre la piel la quemaría y, dependiendo del tiempo que tardara en lavarse, podría abrasarla hasta convertirla en trozos de carbón. Por eso utilizan guantes.

El corazón de Carlotta empieza a saltarle en el pecho, cada vez más rápido.

«¿Y si pruebo a hacerlo?».

Decide posponer la visita hasta el día siguiente. Regresa a la casa y busca en la biblioteca. Lee libros, enciclopedias, todo lo que encuentra referente al ácido sulfúrico, hace cálculos.

Podría funcionar. Volver a dejar a Robert inconsciente echándole en la garrafa de agua las mismas pastillas con las que lo narcotizó para meterlo en el sótano y verter con cuidado una pequeña cantidad de ese producto en las yemas de sus dedos.

Se mordisquea el pulgar.

«Cuando se despierte, el dolor será horroroso».

No está segura de si será capaz de causar ese daño de una forma intencionada.

—¿Te gusta? —le pregunta Oli desde la alfombra, mostrándole lo que ha dibujado—. Somos mamá y yo.

Su pensamiento, su respiración se detienen. Su expresión se vuelve sombría, pálida como la ceniza, los brazos rígidos y los ojos clavados en las dos figuras pelirrojas cogidas de la mano. Permanece inmóvil hasta que las intensas descargas eléctricas de la pena la hacen volver en sí.

—*Precioso, cara. —La voz se le quiebra un poco.*

«¡Maldito, maldito Robert! ¿Qué es su sufrimiento comparado con el que nos ha causado? Nada, no es nada». Cierra los puños clavándose las uñas. «¡Mañana, mañana me llevaré un poco de ácido sulfúrico a la cabaña y que sea lo que Dios quiera!».

—*¿Le pondrás un marco y lo colgarás con los otros cuadros en la galería?*

—*Por supuesto. El tuyo vale más que todos los demás juntos —responde sin mentir.*

Daría su colección de pintura, todo cuanto posee, incluso su propia vida, a cambio de que Pía estuviese ahí con su hija. Por poder volver atrás en el tiempo y cumplir su promesa de protegerla.

IBM y HAL

—No busques fantasmas donde no los hay. —Jacob suaviza el tono y añade—: IBM.

Al oír de sus labios el apodo «IBM», Olimpia recuerda la tarde en que lo conoció. Todavía más, recuerda aquella otra tarde anterior que él ignora, o que confía en que no haya descubierto.

Hace dos años y medio quedó con un ex jefe de operaciones del FBI ya jubilado en uno de los bancos de Central Park cercanos al puente. Olimpia lo conocía desde niña, frecuentaba Rochester porque era amigo de su abuelo y, mientras el resto de los invitados tomaban el aperitivo, él siempre dedicaba unos minutos a charlar con ella, a interesarse por su vida.

«Ya intuía mi potencial perverso».

En el momento en que se planteó abrir «una galería de arte» cenó con él, con Paul Newman, el nombre con el que se presentó. Tardó unos años en descubrir al actor y comprendió entonces que se trataba de un seudónimo.

«Elige un buen seudónimo, algo fácil de recordar», fue su primera lección cuando ella tenía catorce años. Para demostrarle que también podía ser muy retorcida escogió a Elizabeth Taylor.

—¿Has visto la película *La gata sobre el tejado de zinc*? —le preguntó con su cara más inocente, y él asintió orgulloso.

Siempre presta atención a sus lecciones, como la de montar una tapadera creíble: «Mejor en Washington D. C. que en Nueva York, debes estar cerca del poder», o tener en cuenta que hay cámaras y agentes por todas partes, agentes que, a menudo, están entrenados en leer los labios; por eso se citaban en aquel banco apartado bajo el gran magnolio.

—He encontrado lo que buscabas, la primera pieza de tu equipo —le dijo aquella tarde.

Sonreía como un chiquillo haciendo una travesura, aunque a sus ochenta y siete años, y tras la reciente operación de prótesis de rodilla, necesitaba un andador para desplazarse.

Ella leyó la ficha de un tal Jacob Walker, de veintisiete años. Un tipo muy interesante, un experto hacker que hablaba cuatro idiomas con fluidez —los mismos que ella—. El día en que lo conoció, comprobó que la fotografía no hacía justicia a su belleza. En persona conservaba todavía la esbeltez juvenil, la piel perfecta. Era un efebo.

—Hay un problema —le advirtió Paul Newman.

—¿Acaso alguna vez no lo hay? —Se encogió de hombros.

Le señaló un poco más abajo su perfil psicológico: «Amoral, voraz, curioso, egocéntrico. Insubordinación. Problemas de disciplina».

—Mantenme informado del encuentro —le dijo, y por la forma maliciosa en que le brillaban los ojos tras las gafas, Olimpia supo que la estaba retando.

Ella adoraba los desafíos, especialmente contra el astuto Paul Newman, así que se preparó a conciencia. Nunca imaginó que se ganaría a Jacob con algo tan sencillo como la anécdota de IBM y HAL de la película *2001: Una odisea del espacio*, que había leído en un artículo sobre el avieso director Stanley Kubrick.

Transcurrieron unas semanas hasta que trajo la primera maceta e hizo el primer injerto. El mensaje estaba claro: «Voy a quedarme».

Olimpia siente el calor que desprende la piel de Jacob sobre la suya. Se sorprende no solo de que no le moleste el contacto, sino de que ese gesto tan espontáneo y sincero la reconforte. Comprende que, al derribar la barrera del contacto físico y al utilizar el apodo «IBM», Jacob acaba de mostrarle sin reparos su debilidad, de abrir su alma en canal y ponerla a sus pies.

«El poder de la amistad, del amor, es algo que Paul Newman nunca entendería», piensa.

Lo que ignora, lo que Jacob no va a decirle, es que ni siquiera los cristales blindados son irrompibles y que la forma de atravesarlos es manteniendo firme la puntería y disparando con precisión en el mismo lugar balas de alta potencia hasta vaciar uno, dos, tres o los cargadores que hagan falta.

Ella comenzó aquella primera tarde y lleva dos años acertando en el mismo punto, pero ha sido el hecho de descalzarse, de mostrarse cansada, vulnerable, lo que ha conseguido fragmentarlo.

—La vida es un asco, HAL, pero mejora bastante si encuentras con quién sobrellevarla —le corresponde Olimpia.

Acaricia con el pulgar el dorso de esa mano tan perfecta como el resto de su cuerpo, tanto que el griego Policleto podría haber establecido otro canon a partir de ella.

—En eso estamos de acuerdo.

Ríen. La tensión del momento se rompe.

Olimpia aguarda aún unos minutos antes de separarse.

—Ahora sí que me voy —dice calzándose y cogiendo el bolso.

Jacob ve su espalda camino de la puerta.

«Ay, IBM, no sabes hasta qué punto la vida es una mierda».

Jacob se rige por la máxima de no hablar de aquello por lo que no le preguntan. Ha preferido no contarle que el motivo por el que Aaron estaba en el hospital la mañana en que se lo encontró es «una putada llamada cáncer».

En la historia clínica de Aaron Wimberly figura que no es el primero al que se enfrenta, pero, por lo avanzada que se encuentra la metástasis, posiblemente será el que lo derrote.

También ella se ha guardado un secreto: le oculta el resto de la conversación con su exmarido Richard Patterson. Los filtros de seguridad que creía tan férreos han demostrado no ser efectivos si él busca a una mujer. A partir de ahora no puede arriesgarse a dar la cara, debe interponer muros entre ella y los clientes.

Aunque se siente agotada, una vez en el montacargas, saca el móvil y marca el contacto de Paul Newman.

—Richard sospecha —le dice.

Porque lo que su exmarido ignora es que en la partida se enfrenta a dos rivales. A ella y a Paul Newman, el hombre a quien, años atrás, una jovencísima Olimpia le presentó a su flamante marido, que acababa de licenciarse en la facultad de Derecho, para que le diese una oportunidad en el FBI.

TERCERA PARTE

20 DE MARZO DE 1986

SOBRE EL ENFRENTAMIENTO DIRECTO E INDIRECTO

No detengas a ningún ejército que esté en camino a su país. Bajo estas circunstancias, un adversario luchará hasta la muerte. Hay que dejarle una salida a un ejército rodeado. [...] No presiones a un enemigo desesperado. Un animal agotado seguirá luchando, pues esa es la ley de la naturaleza.

SUN TZU, *El arte de la guerra*
Capítulo 7 «Sobre el enfrentamiento
directo e indirecto»

Aaron

Aaron se despierta en medio de un sueño intranquilo. Siente un enjambre de avispas zumbándole en las tripas y permanece unos minutos sin moverse, escuchándolo.

Los montañeros aprenden a prestar atención a su propio instinto porque todos lo han necesitado alguna vez para salvar la vida, como cuando la atracción de la cima les empuja hacia ella y no calibran las consecuencias, o cuando aparecen grietas o barreras inesperadas.

«Algo no está como debiera, y ese algo es Pía».

Febrero y marzo están siendo los peores meses de su vida, los más angustiosos. Desde que George le mostró los resultados que confirmaban su infertilidad, un puño furioso dentro de él comenzó a apretar y apretar haciendo crecer su rabia, su dolor. Buscó una segunda opinión profesional, hubiera buscado cientos a cambio de un poco de esperanza; sin embargo, la mirada resignada, compasiva, del segundo médico fue suficiente. No volvería a humillarse de ese modo.

Tras meditarlo detenidamente, decidió callar. Igual que había hecho con el cáncer. Callar, pero no perdonar. ¿Cómo iba a perdonarla? Casi, solo casi, podía asumir el engaño de Pía cuan-

do aún no estaban casados, tantas fiestas a las que debió impedirle ir, esa gente con la que se relacionaba...

«Pero ahora, ¿esto?».

Piensa en Pía desnuda entregándose a otro, a otros, en sus ojos cerrados, en el largo jadeo parecido a un maullido que escapa de sus labios entreabiertos al llegar al orgasmo. El puño aprieta cada vez más fuerte. Prefiere no saber quién, quiénes han sido, no ponerles rostro, ni tampoco durante cuánto tiempo.

El hecho de que Pía no se haya dado cuenta de su sufrimiento demuestra hasta qué punto se ha vuelto invisible para ella.

Y cuando ya creía que quizá podría vivir con todo ese dolor y esa rabia, llegó el golpe inesperado. Con el cuerpo paralizado por la sorpresa la oyó decirle que quería comenzar una nueva vida, divorciarse.

«¿Divorciarte? ¡¡Soy yo el que tendría que divorciarme!!».

—¿Hay otro?, ¿es eso? —le preguntó malintencionado.

—No, no. No hay nadie —aseguró tan tranquila.

Desde entonces tiene la espalda, los hombros y el cuello doloridos por la tensión, por la furia. En estas semanas se han sucedido las discusiones, los gritos, las lágrimas abrasándole los ojos, el puño que aprieta y aprieta.

La tarde anterior, después de otra pelea por teléfono, anuló las reuniones que tenía agendadas y fue a Rochester a convencerla. Inesperadamente, ella se mostró bastante razonable. Ante sus irrebatibles argumentos —básicamente, varios documentos que había redactado su abogado para arrebatarle la custodia de Oli—, Pía estuvo de acuerdo en pasar los fatigosos meses del embarazo en la tranquilidad de Rochester bajo los cuidados de Lotti y esperar a que el bebé naciera antes de tomar cualquier decisión.

«Claudicó enseguida —le grita ahora su instinto—, y eso es muy raro. Pía siempre, siempre, insiste hasta conseguir lo que quiere y salirse con la suya».

Enciende la lamparilla. Mira su reloj de pulsera: apenas son las dos de la madrugada. Todavía es noche cerrada y faltan horas hasta el amanecer.

Está solo en el lecho. Durante el primer trimestre de este nuevo embarazo —igual que sucedió en el anterior, el de Oli—, Pía se encuentra tan cansada e indispuesta que prefiere acostarse en otra alcoba. Aaron se pone el batín que ha dejado a los pies de la cama, se ata el cinturón y se dirige a la cocina a por un vaso de agua.

Apenas ha dado dos pasos cuando el enjambre zumba de nuevo.

Se acerca a la habitación de su pequeña Oli. Bajo la luz azul del quitamiedos, comprueba que está dormida en la cama —últimamente atraviesa una fase de jugar a esconderse debajo de ella o en el armario—. Mueve la cabeza con ternura mientras la cubre con la manta. La remete por debajo del colchón, aunque sabe que enseguida la niña se la quitará de encima.

Pasa unos minutos contemplándola, le aparta un mechón de la frente y besa su cabello tan fino y rojizo. Unos minutos de tranquilidad, de plácida calma, que ignora que serán los últimos en mucho tiempo.

Después, en lugar de bajar por las escaleras, dobla el pasillo y se dirige al dormitorio de Pía, gira el picaporte y entra. El resplandor de la luz de la luna basta para distinguir sobre la cama sin deshacer dos maletas.

El zumbido del enjambre retumba en su cabeza. Pestañea varias veces, pero la imagen no cambia. Dos maletas.

«¿Qué?».

Sabe lo que significa. En medio de una oleada de humillación piensa: «Todo lo que quiere conservar de nuestra vida en común cabe en estas maletitas».

Sobre el tocador están las joyas que le ha ido regalando, incluso la gargantilla que encargó expresamente al nacer Oli y que ella aseguraba que le chiflaba, aunque luego no se quitaba esa cadenita con una estrella que no sabía de dónde había salido.

«¡Qué hija de puta!».

Se da cuenta de lo más obvio: «¿Dónde demonios está?».

Entonces, a través del gran ventanal, distingue un resplandor en medio de la profunda oscuridad de la noche. Se acerca para asegurarse.

«¡Hay luz en las caballerizas!».

El chispazo de comprensión lo mortifica.

«Ha ido a despedirse de su yegua, de lo único que deja atrás que le importa».

El puño aprieta tan fuerte que le cuesta respirar.

Aunque a mitad de marzo los días son templados, en cuanto oscurece la temperatura desciende con rapidez. Los alfilerazos del frío atraviesan la fina seda del batín, pero no se percata de ello.

Él, el montañero que ha aprendido en sus propias carnes que cualquier acto impulsivo es un lujo que termina acarreando graves consecuencias —a menudo tragedias que cuestan vidas—, no ha trazado ningún plan.

Como las caballerizas están en un edificio cerrado y cubierto, nota la tibieza y el denso olor a estiércol y paja húmeda, un olor que, acostumbrado a los espacios abiertos, le desagrada.

«¿Qué cantidad de orina y mierda calcula que suelta un animal de quinientos kilos al día?», se rio el cuidador cuando se lo comentó.

Las luces que penden de las vigas de madera del techo están encendidas. Tanto Lotti como Pía son unas apasionadas amazonas y pueden permitirse mantener a cinco caballos y al personal necesario para cuidarlos.

Avanza por el ancho pasillo a zancadas furiosas, sin cuidado a pesar de que no lleva el calzado apropiado, y el suelo, con una gruesa capa de gravilla y paja, muestra pequeños charcos por el drenaje de los establos individuales que se abren en el lado derecho. Tal y como imaginaba, encuentra a Pía dentro del de Duquesa, cepillándole el cuerpo, hablándole en un tono reconfortante. Se ha quitado el chaquetón, que cuelga de un gancho, y va en manga corta.

Al oír el ruido de pasos, Pía se gira en su dirección. En su rostro no advierte el miedo que esperaba provocarle, sino más bien hastío. Lo confirman sus primeras palabras:

—¿Qué haces aquí, Aaron? —le pregunta sin dejar de pasar el grueso cepillo de mango de madera y cerdas flexibles.

—Impedir que cometas un error.

Levanta las finas y pelirrojas cejas en un gesto de escepticismo.

—El error sería continuar contigo un día más.

Y sí, esta sí que es la Pía que él conoce. Soberbia, arrogante. Cruza el umbral de la puerta del establo. El olor a paja húmeda, a orín, a animal, se intensifica.

La rabia se hincha, crece dentro de su pecho como un globo. No deja espacio para nada más.

—No vas a ir a ningún sitio.

—¿Y cómo vas a impedírmelo? No te pertenezco, soy libre de tomar mis propias decisiones.

Ante su mutismo, Pía cambia de estrategia:

—Voy a marcharme de todas formas. No nos hagamos más daño —le pide.

—Si te vas, perderás la custodia de Oli, ya te he enseñado los documentos —le advierte. Ante la condescendencia con que sonríe su esposa, insiste—: Ningún juez le concederá la custodia a una mujer infiel, y menos aún a una que ha abandonado el hogar familiar.

Ella continúa en silencio. Altiva. Hermosísima.

«*Voy a borrarte esa puta sonrisa, ya lo creo que sí*», *piensa con un odio como nunca antes había sentido. Él se ha esforzado, se ha esforzado muchísimo en callar, en aguantar, ha hecho todo lo posible por salvar su matrimonio y ella solo piensa en tirarlo por la borda.*

Escupe lo que el abogado le ha recomendado ocultar.

—*Contaré tu grave pasado de drogadicción.*

Consigue hacer mella en su coraza. Pía cambia de actitud. Deja que el cepillo resbale desde sus dedos al suelo, da unos pasos en el estrecho espacio hasta Aaron. Quedan frente a frente y lo reta a seguir hablando.

—*Tengo documentos que demuestran que estuviste ingresada en la clínica Betty Ford en 1980. La clínica ya es lo suficientemente famosa por tratar las adicciones a drogas y alcohol, pero, además, hay decenas de testigos de tus excesos en Studio 54.*

Pía no reacciona como él esperaba. Más bien, todo lo contrario. Su esposa comienza a reír.

«¿*Está riéndose de mí?*».

—*Pobre Aaron, estás realmente desesperado. Pero nada de eso te servirá.*

Tiene la osadía de mirarlo a los ojos mientras le asesta la puñalada definitiva.

—*Ningún juez te concederá la custodia. Tú no eres el padre ni de Oli ni del bebé que espero.*

«*Ella lo sabía*», *se sorprende Aaron.*

A lo largo de estos meses no había considerado esa posibilidad. La vergüenza de lo que supone esa doble traición asciende en ardientes oleadas que tiñen de grana su pecho, su cuello y su rostro hasta la raíz de los cabellos. Le invade una sensación desconocida. Por primera vez en su vida se siente ninguneado, insignificante.

Repara en que ella está observando el efecto de sus palabras.

«*Después de tantos años y no tienes ni puta idea de a quién te enfrentas. Yo también sé jugar a esto*».

—¿Acaso crees que no lo sé?

Ahora sí, sus hermosos ojos verdes se abren de asombro.

—¿Desde cuándo? —balbucea—. ¿Cómo?

—Hace cuatro años —responde Aaron con desprecio—. George me hizo unas pruebas y descubrí mi esterilidad.

La engaña. De ningún modo va a darle la satisfacción de reconocer que no lo descubrió hasta hace poco más de un mes, hasta que ella le contó que estaba embarazada de nuevo. Que durante estos años ha conseguido burlarse de él.

—¿Quieres tu libertad? Paga el precio que vale. Oli es mi hija y se queda.

—Mentira. Ella no es tuya.

Niega con la cabeza mientras da un paso hacia atrás.

—¿Cómo vas a probarlo? Además, lo será si no se lo cuentas a nadie.

Él da un paso hacia delante. La acorrala.

—¿La verdad?, ¿la mentira? Son dos caras de la misma moneda. —Aaron se carcajea—. ¿Sabes qué es la verdad? A menudo solo es falta de información. ¿Acaso la verdad hasta ahora no era que Oli era mi hija?, ¿no lo seguiría siendo si no hubiese descubierto mi esterilidad? ¿Qué verdad es menos cierta?

Pía

Pía se siente desconcertada. ¿Por qué nada está saliendo como ella quiere? Todo ha empezado a torcerse con la inesperada llegada de Aaron a Rochester unas horas antes. Ha sido imposible avisar a Robert.

«¿Qué hago? ¿No acudo esta noche? ¡Me quedaré atrapada aquí y en tres días publican la novela, mi novela, aunque lleve el nombre de Robert!».

No, de ningún modo puede posponerlo.

«Al fin y al cabo, aunque Aaron lo descubra, ¿qué va a hacer?, ¿atarme a la pata de la cama?».

Por eso cuando su marido aparece en las caballerizas lo considera un contratiempo menor, como un tacón que se rompe en una fiesta. Intenta mostrarse clemente, pero su escasa paciencia ya se había agotado en la discusión vespertina en la que simuló aceptar su intolerable propuesta de esperar a que naciera el bebé.

«¿Semanas?, ¡¿meses?! Al contrario, tengo que aprovechar cada minuto de la promoción de la novela hasta que nazca, después no me quedará más remedio que parar».

Duquesa resopla por la nariz. Aaron habla y habla. La aburre sobremanera y aún le faltan millones de cosas por hacer antes de que llegue Robert a recogerlas, así que decide terminar de una vez.

En la celebración de uno de sus cumpleaños infantiles contrataron a un mago que le enseñó el secreto de sus trucos: «Consigue que la atención del público se dirija a otra parte. Si miran tu mano derecha, no sabrán qué hace la izquierda».

Piensa en algo que pueda impresionarlo lo suficiente. Ni siquiera está segura. Es un presentimiento, un pálpito cada vez más poderoso. «¿Acaso una mujer, una madre, puede equivocarse en algo así?».

Como lo que busca es obligarlo a mirar en otra dirección, decide jugársela y lo suelta a bocajarro.

—Ningún juez te concederá la custodia. Tú no eres el padre ni de Oli ni del bebé que espero.

Ni siquiera algo tan sencillo sale como ella desea. Las palabras de Aaron reverberan en su cabeza: «¿Acaso crees que no lo sé?». «Oli es mi hija». «La verdad». «La mentira». «Mi hija».

Pía no puede dar crédito a tanta maldad.

—¿Qué clase..., qué clase de monstruo guarda un secreto así? —Toma aire costosamente y continúa—: ¿Con quién he estado casada todos estos años?

Necesita poner distancia, alejarse. Da un paso hacia atrás. Y otro. Entonces las manos de Aaron, convertidas en garras, se aferran con fuerza a sus antebrazos desnudos y los aprietan con brusquedad. Primero la derecha y después la izquierda. Sus facciones tan crispadas, los ojos enrojecidos le dirigen una mirada salvaje cargada de rabia.

—¿Un monstruo?

Aaron siente la tremenda presión del puño de la rabia. Esa rabia latiendo en el estómago, como un intenso ardor, bullendo hasta romper por fin los diques, extendiéndose imparable a su cerebro, a las piernas, a los brazos, a las manos, a los dedos. La rabia se ha derramado y Aaron ya no puede ver. Ni oír. Ni oler.

Solo obedecer a la necesidad de hacerla sufrir. De que sienta una mínima parte de lo que él ha padecido durante este mes.

—¿Un monstruo?, ¿yo, que he callado y he mantenido unida a nuestra familia mientras tú te revolcabas por ahí como una perra?, ¿yo?

—Ah —se queja—. Suéltame.

Pero él todavía aprieta más y a ella le duele, le duele mucho. Pía tiene la sensación de estar con un extraño, peligroso e imprevisible. Su cuerpo se echa a temblar.

Asiéndola con coraje, la zarandea como a una muñeca de trapo.

«Se lo merece».

Inesperadamente disminuye la presión, pero solo un momento, lo que tarda en cambiar las manos de sitio. Se ciñen a su cuello como una serpiente al frágil tallo de una flor.

—¡Su-él-ta-me! —gime.

Los dedos se enroscan privándole del aliento.

—¡Eres una puta!

—¡Por fa-vor, A-a-ron! —jadea.

No consigue decir nada más. La fuerza con la que el pulgar le aplasta la tráquea aumenta, tose y boquea tratando angustiosamente de conseguir aire. Su pecho se expande. Los pulmones presionan las costillas. Siente un intenso escozor.

—¡Puta, eres una puta!

Manotea intentando soltarse, golpearlo, librarse de la férrea presa que la asfixia. Lo hace durante apenas unos segundos, los que tarda en faltarle oxígeno en el cerebro y desmayarse.

Al sentir el peso del cuerpo laxo de Pía, el miedo se filtra en la mente de Aaron. La ofuscación, la rabia que se había apoderado de él, se desvanece de pronto, dejándolo aturdido. Afloja las manos alrededor del cuello.

«¿Qué coño estoy haciendo?».

Parpadea asustado y la suelta. El cuerpo inconsciente de Pía *cae hacia atrás. Los segundos transcurren en una angustiosa cámara lenta. En el espacio tan reducido del establo, la cabeza de ella golpea con fuerza contra el grueso canto del comedero.*

El sonido, seco y sordo, retumba en las paredes de las caballerizas y, durante un momento, como si entendieran lo que pasa, los cinco caballos detienen sus relinchos.

El tío George

Aaron le hace señas moviendo los brazos, el batín de seda ondea al viento con los faldones sucios. George frena ahí mismo, en la entrada de las caballerizas.

—¿Qué demonios ha ocurrido? —pregunta saliendo precipitadamente del coche.

Ha cubierto el trayecto hasta Rochester en apenas cuarenta minutos. Cuarenta y cinco si cuenta el tiempo que le ha costado vestirse y coger su maletín. La llamada intempestiva de Aaron, el tono imperativo y asustado de su amigo al gritar «Ven. Tienes que venir», lo han hecho prepararse para lo peor. Aun así, al ver su aspecto se asusta.

Sudoroso, con la cara pegajosa y brillante, los ojos inyectados en sangre, los rasgos contraídos por el pavor.

En todo el tiempo que hace que se conocen, nunca lo ha visto perder de esa forma la compostura, ni siquiera al enfrentarse al cáncer. Lo que sea que haya ocurrido debe de ser tremendo.

—¿Es Pía? —le pregunta.

De todas las hipótesis que ha barajado durante el interminable trayecto, un problema en el embarazo de Pía, un aborto, le parece la más plausible.

Aaron asiente, se mesa los alborotados cabellos. Empieza a andar pero, en vez de dirigirse a la casa, entra en las caballerizas.

«¿En la cuadra? ¡Como me haya sacado de la cama por un puto caballo!», se enfurece.

Y ojalá, ojalá hubiese sido un problema equino, pero no, la que yace decúbito supino en el suelo del establo es Pía, con la larga melena pelirroja apelmazada por la sangre. Incluso a esa distancia advierte las contusiones en los antebrazos, los brazos y el cuello.

—Ha sido un accidente —dice Aaron, aunque aún recuerda las pulsaciones de la rabia recorriéndolo como la electricidad de unos cables pelados. La certeza de explotar de un momento a otro. La terrible necesidad de detenerla. El insoportable impulso de hacerle daño al que tuvo que ceder.

George se agacha junto a ella en la paja y el serrín sucios; le alcanza el ligero olor a amoniaco del orín de los caballos. Observa la protrusión de los globos oculares, rojos con sangre, las petequias en el rostro. Aunque la mayoría de las lesiones se encuentran en la piel nívea del cuello, deduce que se deben tanto a la impronta de los dedos del agresor como al intento de defenderse por parte de ella. Hay enrojecimiento, moretones, hinchazón, distintos hematomas de contorno irregular, así como lesiones equimóticas y estigmas ungueales producidos por las uñas.

Aun así, coloca los dedos índice y corazón en la cara interna de la muñeca sobre la arteria radial. Unos centímetros más arriba están las primeras magulladuras.

—¡Te lo juro! Ha sido un accidente.

Traga saliva e intenta alargar el momento. No quiere enfrentarse a su amigo. Con congoja recuerda que la última vez que se vieron fue en su consulta, cuando le mostró los resultados del recuento de espermatozoides que demostraban que era infértil.

«¿Cuánto hace de eso?, ¿tres semanas?, ¿cuatro? Y ahora esto. ¡Por Dios, Aaron!».

Ante su impasibilidad, Aaron lo sujeta por el hombro y lo sacude.

—*¡Te juro que se ha desmayado, se ha caído hacia atrás y se ha golpeado! Yo no he hecho nada.*

George se pone lentamente de pie, primero una rodilla y después la otra.

—*¿Un accidente? —Ríe con tristeza—. ¿Cuánto pesas, ochenta y cinco, noventa kilos?*

Él asiente desconcertado.

—*¿Y ella?, ¿alrededor de cincuenta?*

Vuelve a asentir.

—*Un hombre alto, fornido, un deportista como tú, sujeta con la rabia suficiente a una mujer frágil, embarazada, a la que saca casi una cabeza y que pesa unos cuarenta kilos menos —conforme habla, su tono de voz se va elevando—, se impone a ella por su fuerza bruta, la aterra y la asfixia con sus propias manos.*

—*Estaba fuera de mis casillas, ofuscado. ¡Iba a abandonarme, a fugarse con su amante, después de todo lo que he hecho por ella! Solo ha sido un arrebato.*

—*¿Un arrebato? Un arrebato es pegarle una patada a una piedra —dice con amargura.*

Aaron no responde.

—*¿Sabes cuánto se tarda en morir asfixiado? Entre tres y cinco minutos. Tres, cuatro o cinco minutos a lo largo de los cuales tienes que ejercer una presión brutal sobre el cuello y la laringe; entonces, al impedir que la sangre llegue al cerebro, se produce la anemia cerebral y se pierde el conocimiento. Si se mantiene la presión solo un poco más, quince o veinte segundos, los pulmones se quedan sin oxígeno y se produce la muerte por asfixia.*

Le propina un empujón a Aaron, a quien pilla desprevenido. Nunca antes se había enfrentado a él. Trastabilla y no cae porque se da contra la puerta.

—*¿Eres consciente de lo largo que es un minuto? Cuenta,*

vamos, cuenta: uno, dos, tres, cuatro, cinco, seis, siete, ocho, nue-ve —le grita—. Así que, ¿qué ha sido un accidente?, ¿que no mu-riese estrangulada?, ¿que no mantuvieses la presión apenas unos segundos más?

George está harto. Muy harto. Descarga contra él la furia acumulada en tantas guardias en el turno de urgencias, de tantas mujeres que llegan con algún dedo, un brazo, una pierna o varias costillas fracturados. Contusiones, moretones o quemaduras por todo el cuerpo que para cualquier médico se convierten en un mapa detallado de su calvario: un puñetazo en el ojo, un cigarrillo en el pie, patadas en el abdomen, manos aplastadas a pisotones.

Una y otra vez.

Y en cada guardia, el miedo en las tripas a que a una de ellas le ocurra un «accidente» y no baste con escayolar una pierna u operar un bazo reventado.

Ninguno de los dos se mueve, los rodea un tenso silencio que rompen los relinchos de los caballos y sus patas golpeando el sue-lo o las paredes. Se encuentran atrapados en una falsa calma ver-tiginosa, insoportable.

—¿Qué hacemos ahora? —pregunta Aaron.

George es consciente de que ha utilizado el «nosotros», inclu-yéndolo en el problema.

—¿Hacemos? —Menea la cabeza de un lado a otro—. No hay otra cosa que podamos hacer que no sea llamar a la policía y entregarte. ¿Cómo explicarás los evidentes signos de asfixia? Ese «sin querer», aun en el mejor de los casos, tiene un nombre: ho-micidio involuntario.

Las facciones de Aaron vuelven a crisparse en una mueca de terror.

—No, no, no puedo ir a la cárcel. ¿Y Oli? ¡Perdería a sus dos padres! Ayúdame, tienes que ayudarme —le suplica.

George aprieta los puños, contiene los nervios, el temor; cuanto más habla el otro, más los aprieta.

—¿Te das cuenta de lo que me pides? ¡El mero hecho de no avisar ahora mismo a la policía me convierte en tu cómplice, en cómplice de asesinato!

Se aproxima a él y George vuelve a sentirse como el chico gordito y tímido del colegio.

«¡No! Ya no soy ese. ¡No!».

Se aparta a un lado, recupera espacio para darse la vuelta.

Es un hombre que ha trabajado y se ha esforzado mucho, muchísimo, durante años; tantas horas estudiando, tantas noches sin dormir, encadenando guardias eternas, favores, servidumbres.

—Lo siento —susurra sin mirarlo—, pero debo pensar en mí, en mi carrera profesional...

Al oírlo, Aaron se aleja. Su voz convertida en amarga carcajada al decir:

—¿Tu carrera? ¿Qué carrera?, ¿la que mi familia te ha costeado a base de becas?

George lo mira perplejo.

—Sabes que opto a una plaza en el servicio de Oncología, no puedo perder esa oportunidad —le recuerda.

—¿La famosa plaza? —pregunta con un deje de burla—. ¿Esa del Bon Secours Community, el hospital en el que mi padre y mi abuelo ocupan puestos en la junta directiva, los mismos que yo un día heredaré?

La amenaza está implícita en sus palabras. George nunca había pensado que su amigo pudiera ser tan miserable. Palidece ligeramente, constatando su sorpresa.

—Si me ayudas, será el principio de una fulgurante carrera. —Aaron lo ve dudar y añade—: ¿Sabes cuántos hospitales estarían encantados de recibir una sustanciosa donación, incluso un pabellón nuevo? Elige el que quieras.

Recurre a la lucha entre el ángel y el demonio que cada persona lleva dentro, entre el bien y el mal. No sabe que en George es una lucha perdida de antemano, que después de tanto tiempo no reconoce esa confusa mezcla de amor y miedo que genera la dependencia emocional de otra persona.

Aaron se siente acorralado; necesita a su amigo si quiere librarse de la cárcel, y en circunstancias como esas, los seres humanos reaccionan como los animales que son, se tornan violentos y muy peligrosos. Cuando ya no hay nada que perder, queda poco que temer.

Y movido por la más absoluta desesperación, se juega el todo por el todo. Dispuesto a cualquier cosa, hace aquello que cree que George anhela desde que se conocieron.

George ve que su amigo vuelve a acercarse. De pronto su cara está tan próxima a la suya que deja de respirar. Su presencia es un fuego que absorbe todo el oxígeno. Y todo rastro de cordura.

Incapaz de moverse ni de reaccionar, es Aaron quien lo agarra del brazo, lo atrae hacia él y lo besa en los labios.

Al separarse, ninguno de los dos hace ningún comentario.

Por su profesión, George está acostumbrado a tomar decisiones enérgicas, rápidas; muchas veces, unos minutos suponen la diferencia entre la vida y la muerte de un paciente. «Vamos, coge las riendas». Sobreponiéndose a la euforia que le provoca el cóctel de neurotransmisores que circulan por su cerebro, finalmente se hace cargo de la situación.

—En primer lugar, necesitaremos sembrar una duda razonable —le explica—. Ofrecer una mínima alternativa que no seas tú. Dado que Pía tenía las maletas preparadas y ella no conduce, es de prever que su amante acudirá a Rochester a buscarla. Un amante —se sonroja levemente al pronunciar la palabra— es una opción cargada de excelentes motivos.

Aaron está sorprendido por lo resolutivo que se ha vuelto George de golpe.

—¿Sabes a qué hora han quedado?

Se encoge de hombros apesadumbrado.

—Entonces debemos darnos prisa, no podemos arriesgarnos a que nos encuentre aquí. Tú regresa a la casa lo más discretamente que puedas, entra por la parte de atrás y deshaz las maletas. Yo debo irme.

—¿Qué vas a hacer?

—Necesitamos situarlo en la escena del crimen y para eso hará falta un testigo. De momento lo más importante es salir.

Aaron comienza a alejarse. Se gira de golpe para mirarlo de frente.

—¿Funcionará? —pregunta con los nervios a flor de piel.

—Nuestra parte, seguro. Espero que él cumpla con la suya y no decida dejar plantada a Pía a última hora.

Lo ve dudar y añade:

—Lo que ha ocurrido ya es irremediable, no podemos cambiarlo, pero sí elegir cómo sobrellevarlo. No hay tiempo que perder —lo apremia, aunque lo que más desea en el mundo es seguir a su lado, volver a besarlo.

George se monta en el coche y gira la llave de contacto. No responde.

«Venga ya, ahora no, por favor».

Es el feo coche naranja que Pía se empeñó en que Aaron le regalase para comprarse ellos uno nuevo, las sobras de los ricos. Hace el habitual juego de pies del embrague, el acelerador y la llave. Por fin, el motor se pone en marcha con gran estrépito. Solo unos segundos. Suspira. Sabe lo que viene a continuación. Espera un minuto, dos, tres. Vuelve a intentarlo y esta vez sí arranca.

«Si me llego a quedar tirado...».

En la seguridad del vehículo se relaja. Todavía no se puede creer que haya sucedido lo que jamás pensó que ocurriría. A poco que se esfuerce, aún nota el peso de los labios de Aaron sobre los suyos, su aliento. Siente un torbellino de emociones, pero ya habrá tiempo de analizarlo.

«¿Qué pasará a partir de ahora?».

Está demasiado ensimismado imaginando las posibilidades como para mirar por el retrovisor derecho mientras se aleja. Si lo hiciera, vería a una niña pequeña salir de la casa, una niña a la que ha despertado el ruido del motor.

Robert

Robert consulta de nuevo el reloj. No ha transcurrido ni un minuto desde la última vez. Tamborilea nervioso con un pie en el suelo. Se abrocha y desabrocha el botón central de la americana de auténtica lana de cachemir, la que Pía le regaló para ir a las editoriales a presentar el manuscrito. Espera que ella aprecie el gesto.

Pía. Pía lleva más de una hora de retraso. Son las cinco y media. Levanta la vista y topa con la barrera de los rododendros, la misma que lo oculta a él y al vehículo; detrás, el telón de la noche ha cambiado a un azul cada vez más claro, diluido. La mansión se encuentra a quinientos metros.

Ella le pidió que la esperase en ese escondite y le pareció lo más prudente, pero ahora...

«¿Y si ha cambiado de idea?, ¿y si ha cambiado de idea en lo del libro?», se asusta.

Cuando éramos reyes se publicará a finales de semana y, según se acercaba la fecha, las reticencias de Pía han ido en aumento, especialmente al ver la cartelería que se colocará en los escaparates, en la que aparece la portada del libro y su fotografía.

«*Cuando vivamos juntos, será más fácil calmarla*», se recuerda. Es el principal motivo por el que aceptó su propuesta de fugarse.

Con el conocido pellizco de inquietud en el estómago recorre el trecho que lo separa de la casa, amparándose en las sombras que la aurora va deshaciendo con sus dedos de luz. Por el camino no se encuentra ni con Pía ni con la niña, algo que por un lado lo tranquiliza y por otro lo perturba.

Se parapeta tras el seto que delimita el acceso a la casa. A apenas diez o doce metros, observa las caballerizas a las que Pía lo llevó en una ocasión para mostrarle su orgullo: su yegua Duquesa. Recuerda que se alumbraron con una linterna para pasar desapercibidos; en cambio, ahora el resplandor de las luces asoma por la puerta abierta.

Le extraña, por lo que decide abandonar la protección del seto y echar un rápido vistazo.

«*¿Estará despidiéndose de la maldita yegua?*».

Sin embargo, al entrar, lo que encuentra es el cuerpo de una niña en el suelo, la misma que Pía llevaba de la mano al colegio las mañanas en que la espiaba.

La niña que Pía asegura que es su hija, aunque no tiene ninguna prueba que lo demuestre.

«*¿Debería sentir algo?, ¿cómo se reconoce el instinto paternal?*», piensa observándola.

Él solo siente ira.

«*¿Qué es esto?, ¿una puta broma de Pía? ¿Dónde está?*».

Avanza a grandes zancadas hasta la niña. Dos o tres caballos relinchan y patean las paredes. Al agacharse, advierte que el pecho de la niña —Oli, sabe que se llama igual que la madre— sube y baja despacio, muy despacio con cada respiración.

No le da tiempo a plantearse nada más porque entonces distingue el otro cuerpo a través de la puerta entreabierta del establo. No necesita comprobar su pulso para saber que está muerta;

las magulladuras alrededor del cuello, las marcas rojas en el rostro, el charco de sangre dibujando un aura alrededor de la cabeza y, sobre todo, los ojos desorbitados mirando al vacío son suficientes.

Primero lo golpea la confusión, después la poderosa incredulidad. Da unos pasos hacia atrás.

«No. No puede estar pasando. No a Pía».

Después de los intensos y locos años vividos en Nueva York creía que ya lo había visto todo y que nada podría impresionarlo, pero se equivocaba. Nunca se ha enfrentado a una situación similar, sus manos tiemblan de un modo que le trae a la memoria cómo lo hacían en el centro de desintoxicación.

Se abraza el estómago con fuerza tratando de sobreponerse a los sucesivos espasmos, pero la arcada es demasiado intensa y apremiante. Al terminar, se limpia la barbilla y la boca con la manga de la carísima americana.

El miedo se apodera de él. El corazón le late frenético, su mente se ha convertido en un remolino. El impulso de huir lo invade todo. No sabe qué ha ocurrido ni quién lo ha hecho, pero sí que no pueden encontrarlo al lado de su amante muerta. De ningún modo va a arriesgarse a un escándalo así a menos a tres días de la publicación de la novela.

Se marcha dejando a la niña en el suelo, a esa miniatura de Pía en la que no reconoce ninguno de sus rasgos.

Desde el ventanal del dormitorio de Pía, Aaron lo observa con la piel pegajosa de sudor y dos cercos de humedad bajo las axilas. Las lágrimas bajan por sus mejillas nublándole la visión.

No puede negarse a sí mismo lo que le ha negado a George: la intención. La necesidad, incandescente e imperiosa, de hacerle daño a Pía, maldita sea, el brutal impulso de verla sufrir por una vez, de borrarle la sonrisa.

Extiende las manos ante sus ojos: le tiemblan. Las observa como si perteneciesen a un desconocido.

«No puedes pensar en eso ahora», se ordena.

Mira el reloj: debe aguardar veinte minutos para llamar a la policía. Fingirá que acaba de despertarse y de descubrirlo; así lo han convenido con George.

Robert regresa al Plymouth Reliant granate, precioso, el reluciente capricho que se compró al recibir el adelanto.

«Qué ironía, hace solo un par de horas lo que más me preocupaba era tener que meterlo por estos caminos de tierra».

Conduce diez minutos hasta abandonar los límites de la extensa propiedad de los Corbera. Durante ese tiempo vuelve a recuperar gran parte del dominio sobre sí mismo.

Le extraña, pero se siente ligero, aliviado, como si hasta entonces sostuviera entre los brazos un yunque y ahora le hubiesen liberado de esa pesada carga. Tanto que hasta ha desaparecido el insistente pellizco de miedo en el centro del estómago.

Por supuesto que siente pena, una tremenda pena por Pía.

«¿Cómo no voy a sentirla?».

Pía, tan alegre, tan vital, que de ningún modo merecía ese final tan trágico. Pero, por otra parte... Por primera vez se recrea en imaginar su cara presidiendo los escaparates sin que una sombra de temor acompañe la ensoñación. El reconocimiento. Los elogios. Las reseñas. Las entrevistas en televisión. Las presentaciones. Las adorables y jóvenes fans. ¡El dinero! Ya nunca más tendrá que preocuparse por el dinero.

«¡Qué pena que Truman ya no viva para verlo!».

Distraído, toma el desvío para incorporarse a la carretera de regreso a Nueva York y entonces ocurre. De la nada aparece un hombre en medio del asfalto, haciéndole señas con los brazos en alto para pedirle que se detenga.

Su cerebro envía una señal de alarma: no puede detenerse. Debe alejarse del cadáver de Pía, huir. Sin embargo, al adivinar su intención, el hombre casi se lanza encima del Plymouth y lo obliga a frenar.

—Necesito ayuda, por favor —le pide señalando el automóvil parado en el arcén—. A estas horas no pasa nadie por aquí.

No miente. El Pontiac naranja tiene un neumático pinchado.

—No llevo gato para cambiarla —le dice a gritos el desconocido. Y al ver su reticencia, continúa—: He visto que ha salido de la finca de los Corbera. Precisamente me dirijo allí, he quedado con Aaron, con Aaron Wimberly.

Robert está bloqueado, no sabe qué responder ni cómo actuar. El hombre entiende su silencio como un asentimiento, así que se aparta de delante del capó y comienza a rodear el vehículo. Sigue hablando igual que haría si se encontrase con un animal asustado.

—Me llamo George, George Brown.

Está a punto de alcanzar su ventanilla.

Atrapado, incapaz de tomar una decisión, Robert solo tiene la certeza inconsciente de seguir adelante, de escapar. Llevado por ese impulso, su pie aprieta el acelerador y sale huyendo.

Cuando se ha alejado varios kilómetros, las ideas, como motas de polvo, se posan. Por supuesto, Pía le ha hablado a menudo del «aprovechado de George». Le gusta decirlo con la voz atiplada, burlona; luego levanta las cejas y finge meterse dos dedos en la boca como si fuese a vomitar. Y se ríe. Su melena baila. Y la risa que brota de sus labios le sube hasta los ojos. Alegre, indómita, increíblemente vital.

«Pía».

Un chispazo de pena acompaña a la imagen.

Ahora se concentra en la carretera.

Cree que lo peor ya ha pasado, ignora que unos días más tarde será precisamente la cartelería en los escaparates con su nombre y su fotografía la que pondrá en la pista a la policía so-bre dónde localizarlo para interrogarlo, después de que George Brown lo haya identificado huyendo del escenario del crimen de Olimpia di Corbera.

EPÍLOGO

Nadie sabe que estás aquí, así que procura rezar para que no me pase nada porque si muero yo, morirás tú.

STEPHEN KING, *Misery*

No quisiera herir tu ego, pero esta no es la primera vez que una persona me apunta con su pistola.

Pulp Fiction, escrita y dirigida
por QUENTIN TARANTINO

1 DE JUNIO DE 2018

SOBRE LOS NUEVE CAMBIOS

[...] las consideraciones de la persona inteligente siempre incluyen el analizar objetivamente el beneficio y el daño. Cuando considera el beneficio, su acción se expande; cuando considera el daño, sus problemas pueden resolverse. El beneficio y el daño son interdependientes, y los sabios los tienen en cuenta.

SUN TZU, *El arte de la guerra*
Capítulo 8 «Sobre los nueve cambios»

Jacob

Una de las primeras cosas que cualquier aficionado a la jardinería aprende es que, para eliminar las malas hierbas que surgen entre las hermosas flores y les roban su sustento, no basta con arrancarlas; hay que cavar en la tierra y extraer completamente las raíces. Aun así, Jacob duda durante semanas antes de decidirse a enviar el email.

«Ojalá no lo hubiese descubierto».

Nunca antes conocer un secreto ajeno le había incomodado, más bien todo lo contrario, pero este lo coloca en una tesitura muy difícil.

Sobre todo, desde que Erika le contó que habían encontrado un montón de folios y varias libretas llenas de notas en el sótano donde durmió Morfeo durante treinta años. Se muere de ganas de leer esas páginas pero, quizá para impedírselo, Olimpia se las ha llevado. Está seguro de que ahí se encuentran las respuestas a los interrogantes —pocos— que aún le quedan.

Está de acuerdo en no investigar el asesinato de Pía di Corbera, ese carril que va en un solo sentido —ese al que su jefa prefiere no mirar—, pero que en la primera libreta apareciese escrito el nombre de Olimpia muestra cuál fue su última voluntad. La última voluntad de un inocente que sufrió el castigo más cruel y desmedido por culpa de una mujer desquiciada, que se arrogó el poder de ser Dios.

«El poder de juzgar y castigar».

Robert deseaba que Olimpia lo leyera, que lo conociese. Por desgracia, su estado *game over* se ha convertido en un serio obstáculo. Se echa atrás en la silla. Quizá Erika tenga razón cuando lo acusa de jugar en el equipo de Robert Kerr.

—¿Y qué? —pregunta en voz alta, desafiante.

Si en un videojuego cae alguien de tu equipo, el resto de los miembros se encargan de seguir adelante con la misión y conseguir el objetivo.

Y no solo lo hace por él, claro que no, sino también por ella, por Olimpia. No quiere que siga viviendo en una mentira.

Clica en enviar.

Carlotta y Robert

Mayo de 1990

—*Si eras inocente, ¿por qué no declaraste en el juicio?*

La voz de Carlotta le llega a través de la trampilla abierta del techo. Ella jamás baja al sótano y él jamás sale de él. Es el patrón que han seguido en los 1.023 días —en su desesperación, Robert continúa contándolos— que dura ya el cautiverio.

Al igual que los creyentes dedican el domingo al Señor, Carlotta dedica los martes a su prisionero. Solo en cuatro ocasiones, por culpa de los temporales de nieve que cortaron las carreteras y por un cólico, ha faltado a su cita. Llega con provisiones y garrafas de agua que le entrega y se lleva el cubo con los desperdicios, su orina y sus excrementos.

Hubo un tiempo en que cagar en un cubo y entregárselo después a ella le parecía denigrante. Hubo un tiempo en que aún le quedaba dignidad.

Permanecen un par de horas con la trampilla abierta para que el sótano se ventile; aun así, el olor a mierda persiste adherido a las paredes, al suelo. Hay veces que su intensidad se vuelve insoportable. Se tapa la nariz con ambas manos, mete la cabeza debajo de la almohada, se cubre con la manta. Durante horas tiembla y se estremece de asco porque comprende que el tufo lo desprende su propio cuerpo, su carne pudriéndose.

A lo largo de tantas semanas y tantos encuentros Carlotta lo ha domesticado como a un perro. Aguarda impaciente, casi salivando, los martes. Con un temor creciente conforme se acerca la hora. El temor a que no se presente, bien porque haya decidido abandonarlo a su suerte, bien porque le haya ocurrido algo.

«Nadie más sabe que estoy aquí, eso sería mi muerte segura —se angustia—. Una muerte espantosa».

—¿Por qué no te defendiste en el juicio si es cierto que cuando llegaste, ella ya estaba muerta?

Carlotta se lo ha preguntado cientos, miles de veces a lo largo de estos 1.023 días. Está enfadada, furiosa con él. Con la situación insoportable en que los ha colocado su testarudez. Tendría que haber durado unas semanas, un par de meses como mucho; sin embargo, su negativa a confesar está alargando la situación inmisericordemente.

El detective que contrató se rindió el primer año, y ella ya no sabe qué más hacer para obligar a confesar a Robert y terminar con este tormento.

Ha empeorado sus condiciones aposta en un intento desesperado de presionarlo: desde enero no le lleva ropa limpia ni tampoco le da jabón, pasta de dientes o agua suficiente para mantener una mínima higiene. Se acabó la comida casera y saludable; ahora lo alimenta a base de mermelada de yaca y pan. También lo mantiene a oscuras y ha dejado de llevarle libros, periódicos y revistas con los que entretener las larguísimas horas.

No encuentra una salida. Está dispuesta a pagar el precio de someter a otro ser humano a la tortura del encierro, a que la envíen a la cárcel, pero solo cuando él reconozca lo que hizo y pague por el crimen de Pía y el bebé no nato.

Espera oír su respuesta habitual: «Fue lo que me recomenda-

ron los abogados de la editorial», la mentira que repite una y otra vez, por eso le sorprende tanto la respuesta.

Robert está situado debajo de la trampilla abierta, como cada martes, con la cabeza levantada tratando de llevar aire puro a sus pulmones.

Pero hoy no es un martes cualquiera. Hoy es el martes en que ha decidido claudicar. Carlotta le ha vencido. No se siente capaz de soportar el día 1.024 y después el 1.025 y el 1.026. Va a ser sincero sin pensar en las consecuencias.

«¿Hay algo peor que esto?».

—Por el libro —*contesta con aire derrotado.*

Es tal su sorpresa, que Carlotta asoma la cara por la trampilla. Frunce el ceño por el hedor. Le cuesta distinguir los rasgos de Robert en la penumbra del sótano; en cambio, los suyos se perfilan con nitidez por la brillante luz del sol.

—¿El libro?, ¿qué libro?

—Cuando éramos reyes.

—¿Qué tiene que ver tu libro con lo que le hiciste a Pía? —*replica perpleja. Se pregunta qué está tramando.*

—Lo sabes perfectamente.

Carlotta mueve la cabeza de un lado a otro. Lo más terrible es que parece sincera.

«No, no. Imposible», piensa Robert.

—¡Claro que lo sabes! —*grita.*

Ella se cruza de brazos y tuerce la boca. Robert resopla por la nariz.

—Hace tres años, cuando me citaste para venir aquí, me dijiste que habías encontrado una caja con papeles y diarios de Pía, que ella los había escrito para mí.

—¿Eso? —*se extraña. Lo había olvidado.*

Espera ansioso a que continúe.

—Me lo inventé —reconoce Carlotta—. Sabía que Pía escribía a escondidas desde que te conoció y pensé en usarlo, que eso despertaría tu curiosidad.

—¿Te lo inventaste? —repite incrédulo, incapaz de asumirlo.

—Sí.

Una palabra tan simple. Dos letras de nada que, sin embargo, lo hunden. Es una carga demasiado pesada: las piernas no le sostienen y se deja caer en el suelo.

«¿Entonces? ¿Todo ha sido una puñetera casualidad?».

Aprieta los puños con todas sus fuerzas, se muerde los labios para contener la bola ardiente de rabia. De pronto comienza a reír, una risa que se transforma en carcajada, cada vez más alta, más histérica. No puede parar. Las lágrimas ruedan por sus mejillas. Ríe y ríe.

«Esto es mi castigo por desconfiar de ella cuando me juró un millón de veces que me lo había entregado todo, que no quedaba ninguna prueba de que ella hubiese escrito el libro».

El libro es el motivo por el que no testificó en el juicio. Aunque las pruebas contra él eran circunstanciales y sus abogados se lo aconsejaron encarecidamente. Sin embargo, Robert sabía que defenderse confesando que encontró muerta a Pía en las caballerizas podía costarle muy caro y se asustó.

Si subía al estrado a declarar, abriría la puerta a otras muchas preguntas sobre su relación, como dónde tenían lugar los encuentros… que acabarían señalando con una enorme flecha a la cabaña. Y de ninguna manera podía permitirse despertar la curiosidad por la cabaña en nadie, y menos en alguien tan intrusivo como Carlotta, mientras él estuviese en prisión preventiva a la espera de juicio, encerrado y sin posibilidad de acudir allí.

Pía era muy inteligente y Robert creyó que se habría guardado algo —él lo hubiera hecho—: una especie de póliza de seguro que demostraría quién era el verdadero autor del manuscrito.

Robert se obsesionó hasta tal punto que, una vez que recuperó la libertad, fue hasta la cabaña, forzó la puerta para fingir un robo y la revisó de arriba abajo durante horas, poniendo todo patas arriba, en vano. A pesar de ello, su inquietud se mantuvo: «¿No hay nada o no he sido capaz de encontrarlo?». Por eso cuando Carlotta lo llamó y le habló de la caja...

«Una casualidad. Una coincidencia».

Lo atraviesa la imagen de Pía. Pía, que escribió en Cuando éramos reyes acerca de las coincidencias. De una insólita que ocurrió en un pueblo de Nebraska el 1 de marzo de 1950, cuando los quince componentes de un coro que se reunían en una iglesia llegaron tarde al ensayo —cada uno por distintos motivos— y, justo a la hora en que debían estar allí, un fallo en la caldera la hizo estallar y destrozó el templo.

«Las coincidencias insólitas, la eventualidad de que se dé esa cadena de hechos en concreto y no otra, tienen una probabilidad infinitesimal de ocurrir y, sin embargo, a todas las personas les sucede por lo menos una vez. Creemos tener poder para controlar nuestras vidas a través de las decisiones que tomamos y, en realidad, estamos sometidos a una ley universal y desconocida que conecta a todos los seres humanos y que no se rige por la relación causa y efecto. Algunos lo llaman Dios».

Imagina a Pía radiante, sonriendo, triunfal: «Aquí tienes tu coincidencia insólita».

Olimpia

Durante las últimas semanas, Olimpia no ha aceptado a ningún cliente. Paul Newman estuvo de acuerdo en que había que actuar con extrema prudencia.

—Sabes de sobra lo astuto que es Richard. Si se cansa de esperar a que pique el pez, montará un cebo.

No necesitaba aclarar que el cebo podía tratarse de un cliente falso. Una ligera brisa movió las ramas del magnolio, le faltaba poco para florecer.

—Deja que las aguas se calmen; a río revuelto, ganancia de pescadores. —A Paul le encantaban las metáforas de pesca desde sus tiempos de agente durante la Guerra Fría—. No contactaré por teléfono contigo a no ser que se trate de una emergencia. Mientras, si necesitamos comunicarnos algo, ya conoces el procedimiento habitual.

«¿Emergencia?», se planteó.

Para que un hombre que conocía tantos secretos de Estado, que había formado parte del gabinete de varios presidentes de Estados Unidos, que había ordenado sin pestañear que los drones disparasen en países de Oriente Próximo tras ponderar que los daños colaterales —en forma de vidas humanas— eran inevitables, para que un hombre así considerase algo como una emergencia, debería tratarse de algo de dimensiones catastróficas.

Así que Olimpia no espera ninguna llamada. Todos los días revisa los anuncios clasificados de *The Washington Post* por si encuentra uno en el que vendan una copia original de la película *La gata sobre el tejado de zinc* y, mientras tanto, disfruta de las vacaciones.

El tiempo libre se ha convertido en un regalo que le permite preparar a conciencia la exposición que está comisionando en el Guggenheim de Nueva York. No se engaña; si ha conseguido ese privilegio se debe, más que a su fama de galerista, a que prestará varios cuadros de la colección privada de los Corbera que no se han expuesto nunca fuera de Rochester.

Está estudiando los presupuestos de varias empresas dedicadas al traslado de obras de arte cuando recibe un email de Jacob. No le sorprende; otra de las medidas de precaución, por si el cebo de Richard consiste en colocarle un par de agentes que la sigan, es no pisar la Oficina. Trabaja desde casa o la galería.

Al abrirlo ve que adjunta dos archivos sin ninguna línea de texto.

Clica en el primero, convencida de que son los resultados que ha obtenido tras cruzar los datos de todos sus clientes hasta la fecha. Por eso tarda un par de minutos en comprender que es un informe médico, un informe a nombre de su padre, Aaron Wimberly.

Sigue sin comprender el sentido hasta que llega a las dos líneas subrayadas, las que se refieren al recuento de sus espermatozoides y al diagnóstico de azoospermia o ausencia total de espermatozoides, lo que causa infertilidad.

«¿Infertilidad? ¿Qué?, ¿qué demonios?».

Se pone en pie con rapidez, como si se hubiese quemado, y echa hacia atrás la silla con tanta fuerza que rueda hasta la pared. El descubrimiento le corta la respiración.

«¿Cómo va a ser estéril? ¿Desde cuándo?».

Traga saliva muy despacio, incrédula, consternada. Aun así, debe continuar. «Las tiritas se arrancan de un tirón, *cara*, de un tirón», recuerda el consejo de su tía. Conociendo a Jacob, intuye que el contenido del segundo adjunto será la respuesta. Él jamás plantearía un enigma del que no conociese la solución.

La mano le tiembla cuando abre el otro archivo. Le sorprende la intensidad con la que siente el pulso en los oídos. Contiene el informe de una prueba de paternidad a nombre de Olimpia Wimberly di Corbera.

«¿Cómo ha conseguido mi muestra de ADN?».

A estas alturas ya le quedan pocas dudas sobre el otro sujeto.

«¿Quién si no?».

A pesar de tener casi la certeza, siente un hormigueo de ansiedad hasta que llega al final, al último párrafo, en el que el laboratorio genético concluye que Robert Kerr es su padre con una seguridad de un 99, 9%.

«Robert Kerr era mi padre», se repite, como si las palabras por sí solas tuviesen algún valor. Se siente tan vacía y hueca que necesita mirarse en un espejo, cerciorarse de que aún está allí.

Se dirige a trompicones por el pasillo hasta el amplio hall. Le cuesta reconocer su rostro ofuscado por el desconcierto y la pena. Lo acerca hasta que la respingona punta de la nariz roza la fría superficie y sus facciones se desdibujan.

A la derecha, de arriba abajo, se reflejan los vibrantes naranjas y rojos de su cuadro de Rothko. Del regalo de Carlotta. «¡Carlotta!». A su mente regresan sus palabras, las que oyó decir a su madre mientras la espiaba: «Tú eres el padre de mi hija y del que está en camino, contigo es con quien debemos estar».

«Se equivocó. No era con Aaron, sino con Robert con quien hablaba».

Las mismas palabras cobran ahora un sentido radicalmente diferente al cambiar el interlocutor.

Un montón de preguntas bombardean su mente, dejan cráteres de confusión y tristeza: «Entonces ¿mi madre iba a abandonar a Aaron?», «¿qué hubiese ocurrido si no la hubiesen asesinado?», «¿Aaron sabe que no es mi padre y me lo ha ocultado todos estos años?»; y, por supuesto, aquellas que no se atreve ni a plantearse porque no podría asumirlas: «Si Robert no la mató, ¿quién...?», «¿de quién era el coche naranja que veo marcharse en mi pesadilla?».

Mueve la cabeza de un lado a otro.

Antes de empezar a desenmarañar esa madeja, es consciente de que debe encontrar respuesta a la pregunta fundamental: «¿Quién puñetas soy?».

Regresa a su despacho, coge la llave que esconde adherida con celo en un estante del archivador y abre el primer cajón. Dentro están los folios y las libretas que encontraron en el sótano de la cabaña.

Abre la libreta en la que aparece su nombre: Olimpia.

Una duda como una fina puñalada se abre camino entre sus pensamientos: «¿Y si Robert en urgencias no me confundió con mi madre?, ¿por eso no me llamó Pía?, ¿acaso sabía que era yo, su hija?».

Carlotta y Robert

La cabaña, 1995

Carlotta acerca la cucharilla con la mermelada de yaca a los labios agrietados de Robert. Él permanece tumbado en el camastro, sin fuerzas para levantarse.

—Venga, un poco más.

Se alegra de que haya puesto fin a su fase «conde de Montecristo». Es la tercera vez que intenta emular a Edmond Dantès y trata de presionarla de la única forma a su alcance: dejándose morir de hambre. Con la larga melena y el cuerpo descarnado, guarda un cierto parecido con el protagonista.

«Con la salvedad de que Dantès era inocente».

Por supuesto, para ella resultaría mucho más sencillo permitirle salirse con la suya, librarse por fin de esta pesada carga, acabar con esta situación que tanto la atormenta, que la está convirtiendo en un monstruo, en una torturadora. Incluso durante el invierno de 1993 y la primavera y el verano que le siguieron, rezó a diario pidiendo que Robert consiguiera su objetivo y lo encontrara muerto al martes siguiente.

Lamenta con toda su alma el atolladero en que ha metido a

Robert y a sí misma. Daría lo que fuera por volver atrás en el tiempo. Aunque él nunca ha confesado y a lo largo de estos años ha insistido e insistido en la excusa del libro —«¿Qué tiene que ver la estupidez del libro con que asesinases a Pía?»—, alguna vez se ha planteado si se equivocó, si de verdad es inocente. Es un pensamiento que descarta enseguida: esa alternativa sería demasiado atroz.

Aunque lo desea, de ningún modo permitirá que muera si está en su mano salvarlo. La vida humana es un don precioso de Dios. «Pediré cuentas de la vida del hombre: la vida humana es sagrada e inviolable», recoge el Génesis.

Es uno de los pocos preceptos religiosos a los que se aferra. Por ese mismo motivo no accedió a abortar siendo una niña de catorce años. La violación de uno de sus tíos maternos —un demonio irlandés de pelo rojo— no solo dejó en su cuerpo un rastro de asco y vergüenza, sino también un bebé.

Sus padres quisieron obligarla a deshacerse del «problema», doblegar su voluntad.

—No hay otra forma —insistían cuando iban a verla al cuartucho en el que la encerraron para que meditara.

Pero claro que la había.

«Siempre la hay».

Al final, su madre y ella emprendieron un larguísimo viaje del que Carlotta regresó con una hermana. O, por lo menos, esa fue la mentira que contaron al mundo. La que juró que nunca revelaría a nadie. Su madre nunca volvió a mirarla a la cara; no le perdonó ese exilio ni que la obligase a vivir bajo el mismo techo que la mancha del pecado que era su nieta.

Carlotta jamás se arrepintió de su decisión, aun cuando la pagó con el elevado precio del amor de sus padres, y se volcó en su niña. El resto desapareció para ella. Desde el momento en que la enfermera se la colocó sobre el pecho y vio a aquel rollo de carne tibia con una mata de pelo del color de las zanahorias aso-

mando del arrullo, la quiso con toda su alma y se prometió que ningún sacrificio sería demasiado para cuidarla y protegerla.

Desde ese momento, su vida empezó y terminó en su Olimpia, su Pía.

—Tienes que poner de tu parte, Robert.

No traga y el contenido de la cuchara le cae por la barbilla hasta el hoyuelo. Le limpia con paciencia con el canto de una servilleta.

Están encadenados el uno al otro. Él paga de ese modo la muerte de Pía; y en ese castigo, en la condena de mantenerlo y cuidarlo, ella también tiene su propia penitencia.

Dos vidas destrozadas.

Olimpia y Liam

Hasta que Liam no enciende la luz del techo no sale de su estado de abstracción.

—¿Qué haces aquí a oscuras, Oli?

«¿A oscuras?». Ni siquiera se ha dado cuenta de que ha anochecido. Ha pasado ese tiempo reflexionando e intentando asumir la nueva situación. No se ha atrevido a leer ni una página del manuscrito de Robert Kerr.

Ahora toca regresar a la realidad, así que, emulando a uno de sus personajes preferidos, la Scarlett O'Hara de la película *Lo que el viento se llevó*, piensa que, «definitivamente, mañana será otro día».

Liam mira su rostro pecoso abotargado. Las semanas transcurridas desde el suicidio de Carlotta han sido muy duras, y la agresiva quimioterapia de Aaron y el estrés de comisionar la exposición en el Guggenheim tampoco ayudan.

No le hace ninguna pregunta, ha aprendido a no hacerlas, a no agobiarla.

En medio de la desesperanza, Olimpia siente un ramalazo de amor por la forma en que él se esfuerza en no entrometerse. Se coloca su habitual coraza de seguridad, se acerca y le planta un beso. Después agarra entre sus dientes su labio inferior, lo mordisquea y tironea suavemente de él.

—¿Me visto y vamos a cenar a algún sitio o prefieres que pidamos algo? —le pregunta al separarse.

—He traído otra caja del «campamento base» —le responde él. Así es como se refieren al piso de Liam.

Tras la bajada a los infiernos que supuso para Olimpia la muerte de su tía Carlotta y el desmoronamiento del mundo ideal de familia feliz y madre perfecta que había creado para ella, Liam fue la roca a la que asirse. Tuvo la extraña sensación de que, por una vez, estaba en el lugar en el que quería estar.

«No pierdo nada por volver a intentarlo».

Él estuvo de acuerdo, pero prefirieron fijar unos mínimos de convivencia, y cada uno impuso una condición.

—Nada de casarnos, ¿eh? —dijo él—. Que nos conocemos.

La de Olimpia fue que mantuviese su piso, así que él continúa pagando el alquiler y duerme ahí algunas noches al mes. Y ella está más tranquila sabiendo que el encantador doctor Miller dispone de un lugar al que regresar si la cosa se tuerce, porque el instinto de huida siempre formará parte de ella. Es algo con lo que tienen que aprender a convivir.

Liam deja la caja de cartón sobre el amplio escritorio de la habitación que han preparado para su despacho. Olimpia fisga el contenido: carpetas, cuadernos, bolígrafos de gel de 0,5 de varios colores, folios impresos con correcciones del artículo que está escribiendo para la prestigiosa revista *Medical Journal* y...

—¿Qué es esto? —pregunta.

Al escuchar su tono juguetón, Liam se vuelve alarmado a mirarla.

«Mierda».

Tarde, muy tarde, recuerda por qué tenía que vaciar la caja solo. Oli sostiene entre sus dedos un objeto duro de color marrón.

—¿La cáscara de coco? ¡No me jodas! —se burla.

Liam se sonroja. Su plan era guardarla antes de que la viese. Por toda respuesta se encoge de hombros.

—Doctor Miller, eres un maldito sentimental.

Olimpia se sienta mientras él dispone los objetos sobre la mesa y en los estantes.

—¿Conoces los hábitos reproductores del cuco? —le pregunta Olimpia.

—¿El cuco?, ¿el pájaro?

—Se reproduce de forma parásita, ¿sabes? Las hembras ponen sus huevos en los nidos de otras especies de aves. Estos huevos pasan desapercibidos porque el diseño y el colorido son similares y las otras hembras creen que son suyos, por eso los empollan y, cuando nacen, los cuidan y los alimentan. La clave reside en mimetizarse.

Liam no entiende a dónde quiere ir a parar. Es imposible que adivine que parte del tiempo que Olimpia ha pasado reflexionando a oscuras lo ha dedicado a pensar en el cuco. Ella misma, tan parecida físicamente a su madre, es un cuco, uno al que colocaron en el nido de la familia Wimberly.

«¿Un juego? —se plantea Liam—. ¿Va a soltarme alguna pulla? Aunque parece interesarse mucho por la ornitología y los animales de granja». A menudo la oye hablar por teléfono de huevos, gallinas…

En ese preciso momento suena el móvil de Olimpia, la pantalla se ilumina sobre el escritorio y aparece un nombre: Paul Newman.

El contraste entre el íntimo momento que estaba compartiendo con Liam y la alarma que se activa en su mente es brutal. Se le aceleran las pulsaciones.

«¿Una emergencia? No, no, no».

Tarda un par de segundos en recomponer su máscara y simular una sonrisa.

—¡Ay, qué pesados los de la exposición! —dice agarrando rápidamente el teléfono—. Lo siento, pero tengo que contestar.

Los timbrazos se interrumpen.

—¡Qué raro! —miente. Ha contado los cinco tonos establecidos en el protocolo—. Voy a subir a la terraza. Debe de haber problemas con la cobertura.

Se fuerza a fingir una tranquilidad que está lejos, muy lejos de sentir. Tiene que darse prisa: dispone de siete minutos hasta que la llamada vuelva a repetirse y, en ese tiempo, debe cambiar la tarjeta SIM del teléfono y encontrarse en un lugar fuera de la triangulación de las antenas.

«¿Qué puñetas ha pasado?».

El peligro le produce un subidón de adrenalina, aumenta la potencia de los latidos del corazón, el estado de alerta. De nuevo se siente increíblemente viva.

—¿Paul Newman?, ¿en serio? —le pregunta Liam, suspicaz.

Observa su determinación, el conocido brillo en su rostro, ese que él es capaz de encender de vez en cuando.

Ella se rasca la base del cuello apartando la cadena de oro con el colgante mientras maldice no haber tenido la precaución de guardar su contacto solo con las iniciales.

—Su madre sería una fan entregada… —contesta encogiéndose de hombros.

En su mente, ese espacio compartimentado y eficiente, la cuenta atrás que el teléfono ha activado le avisa de que ya ha perdido un minuto. Averiguar qué ha ocurrido se convierte en su máxima prioridad, todo lo demás: el cuco, las libretas de Robert Kerr, la infertilidad de Aaron, el asesinato de su madre, su relación con Liam, incluso las preguntas sobre su propia identidad, queda relegado a un segundo plano.

«¿Richard?, ¿se trata de Richard?».

Liam piensa que es imposible no percibir el cambio: en unos segundos, la Olimpia afligida que se ha encontrado al regresar se ha convertido en esta Olimpia radiante. No está seguro de qué lo ha motivado: «¿Todo por una llamada?». Su razonamiento apunta en la dirección incorrecta, cree que se está haciendo realidad su temor más profundo: la necesidad de Olimpia de no pertenecer a nadie.

—¿No estarás poniendo en práctica tu famoso número de escapismo? —dice medio en broma.

La toma de la mano y la atrae hacia él. Olimpia ríe un poco forzada.

«Joder. Un minuto y medio».

Liam mira dentro de sus preciosos ojos, tan claros y transparentes, busca el temblor oscuro en el fondo de sus pupilas, el que delata sus verdaderas emociones: esa desazón que la impulsa. La avidez. Ella hace acopio de toda su fuerza de voluntad para no soltarse y salir corriendo. Calcula que ya ha desperdiciado dos minutos.

«Venga. O te convences ya o me piro».

Si se da prisa, aún puede coger la SIM de la caja fuerte y alcanzar el vestidor. No es la mejor alternativa, pero los inhibidores de señal que Jacob instaló servirán. No puede esperar más.

—Es muy importante que hable con los de la exposición. Vuelvo enseguida —le dice.

Mientras la ve alejarse, entre las cejas se le forman las dos arrugas de preocupación, los «raíles de tren»: «¿Paul Newman?, ¿quién demonios es Paul Newman?».

Con resignación se recuerda que para entender el comportamiento humano, esa mezcla de deseo, emoción y conocimiento, no se puede utilizar la lógica. Las personas son demasiado complejas y a menudo impredecibles, y tratándose de Olimpia Wimberly, aún más. Intentar detenerla es tan absurdo como pretender frenar un tren de mercancías con la cabeza.

AGRADECIMIENTOS

Escribir una novela es una labor ardua y solitaria, pero en este caso he disfrutado tanto como con mi serie *75 consejos para sobrevivir*. Esto ha sido posible gracias a las personas que me han acompañado a lo largo de todo el proceso y que se han entusiasmado con ella tanto como yo.

A Mun, el mejor valedor de Olimpia. Gracias por las numerosas alegrías, los consejos y tu tiempo. Me enorgullece que me consideres tu amiga.

A Clara Rasero, la mejor editora que este libro podía tener. Gracias por tus lecturas, tu ánimo, la gran complicidad y por escucharme siempre con una sonrisa a pesar de tener tanto trabajo.

A Juana, que delante de una piscina me ayudó a unir varias ideas inconexas hasta que en mi cabeza se formó una rotunda y brillante. Mejoras mis novelas y mi vida.

A Juan, por preocuparse por mí, por su inmensa paciencia y por repetirme las cosas hasta que las escucho.

A Montero, por insistir e insistir en que «me soltara». Al final lo has conseguido. Creo.

A Irene, por la playa y por tener razón casi tantas veces

como yo. A Hugo, mi cariño. A Luquin, consejera y referente, imprescindible. A Mijangos, mi puerto seguro. A Sergio y Carcasona, con los que siempre puedo contar. A Rita, por ser sencillamente maravillosa. A María José, por prestarle su nariz a Olimpia. A Ana, por tantos años.

A mis amigos por las muchas risas, a mis padres por quererme tanto y consentirme y a Miguel, el pilar de mi vida.

Por supuesto, a Carmen Romero y a todo el equipo de Ediciones B por volver a confiar en mí, mejorar mi manuscrito y darle visibilidad. A Paco Buesa y al resto de la estupenda red de comerciales que, novela a novela, continúan luchando por mí. A todos los libreros y, en especial, a los de Zaragoza, mi ciudad: Central, Antígona, General, Siglo XXI, París, Casa del Libro, FNAC, Ámbito Cultural del CI… por recomendarme y cuidarme tanto y tan bien.

Y por último, a ti, lector, por elegirme.

ÍNDICE